DREAMBOOKS

DREAMBOOKS

두 번 사는 랭커

사도연 판타지 장편소설

ORIGINAL FANTASY STORY & ADVENTURE

dream
books
드림북스

두 번 사는 랭커 17 용의 신전

초판 1쇄 인쇄 2020년 3월 6일
초판 2쇄 발행 2020년 12월 21일

지은이 사도연
발행인 오영배
편집 편집부
일러스트 우문
표지 · 본문 디자인 오정인
제작 조하늬

펴낸 곳 (주)삼양출판사 · 드림북스
주소 서울시 강북구 도봉로 173
대표 전화 02-980-2112 팩스 02-983-0660
편집부 전화 02-987-9393 팩스 02-980-2115
블로그 blog.naver.com/dreambookss
출판등록 1999년 3월 11일 제9-00046호

ⓒ 사도연, 2020

ISBN 979-11-283-9775-2 (04810) / 979-11-283-9659-5 (세트)

드림북스는 (주)삼양출판사의 판타지 · 무협 문학 브랜드입니다.

사도연 판타지 장편소설
ORIGINAL FANTASY STORY & ADVENTURE
17
두 번 사는 랭커
| 용의 신전 |
dream books
드림북스

목차

Stage 51.
사왕좌(死王座)

정우는 한참 동안 멍한 표정이 되었다.

그러다 얼굴을 굳히며 물었다.

『그게…… 무슨 말이지?』

하지만.

"들으신 그대로랍니다."

외눈 안경 속에 든 이블케의 눈은 흔들림이 없었다. 도저히 속을 알 수가 없었다.

"차정우 군의 영혼은 찾을 수 없을 겁니다. 어디에서도. 왜냐하면 없거든요. 어디에도."

『……어째서?』

"글쎄요."

『설마 소멸하기라도 한 건가?』

특전을 수도 없이 반복하는 것은 영혼에 막대한 무리를 가져다준다. 지금 사념체인 자신의 몸도 그래서 위태로웠던 것이다. 그렇다면 진짜 영혼이 계속 닳고 닳다가 사라졌다고 해도 절대 이상하지 않았다.

"글쎄요."

그러나 여전히 돌아오는 대답은 모르쇠.

『아니면.』

그래서 정우는 '혹시나' 하는 마음이 들었다.

『혹시 어디서 살아 있나?』

"글쎄요."

『야!』

깐족대는 듯한 말투.

결국 정우가 답답함을 참지 못하고 버럭 소리를 질렀다.

그런데.

파직, 파지직!

이블케는 스파크가 튀는 자신의 손을 앞으로 내밀어 보였다.

"사실 여기까지 말해 준 것만 해도 저로서는 상당히 무리를 한 것이랍니다. 이 보세요."

『…….』

"시스템은 이 정도 언질을 주는 것만으로도, 제가 플레이어들의 일에 필요 이상으로 간섭하고 있다고 경고를 하고 있답니다. 오효효효! 이 이상은 저 역시 말씀드릴 수가 없어요. 아쉽군요."

이블케는 외눈 안경을 고치면서 말을 이어 나갔다.

"그래도 제가 감당하는 권한 안에서 드릴 수 있는 말씀이라면…… 차정우 군은 그 날 사망 판정을 받아 '로그아웃'이 된 게 맞다는 점입니다."

정우는 작게 중얼거렸다.

사망 판정. 로그아웃.

어찌 보면 게임 용어처럼 보이기도 한 것들.

잊어서는 안 될 단어들이었다.

반드시 연우에게 전해 줘야만 했다.

"하지만 사실 따지고 보면, 지금 당신이 하는 생각이 전부 부질없는 가정일지도 모르지요. ### 님이 말씀하신 대로, 당신도 똑같이 '실재'하는 차정우 군이니까요."

『나는 그저 특전이 남긴 사념…….』

이블케는 검지를 까딱거렸다.

"이따금 차정우 군은 깨어 있는 것 같으면서도 답답할

정도로 고루한 면이 많아요."

정우는 이블케의 화술에 홀리는 기분이 들었다.

"영혼은 흔히 혼(魂)과 백(魄)으로 나뉜다는 말, 들어 보셨나요? '혼'은 우리가 아는 흔한 영혼의 개념이지요. 살고, 죽고, 윤회를 반복해서 새롭게 태어나기를 갈망하는. 그런 것. 그렇다면 '백'은 무엇일까요?"

『……혼이 남긴 흔적.』

"땡. 틀렸답니다. 발자취입니다."

이블케의 입꼬리가 서서히 말려 올라갔다.

"'혼'은 윤회를 겪고 나면 모든 기억이 사라집니다. 문제는. 그렇게 기억이 사라진 '혼'을 두고 '나'라고 할 수 있을까요? '나'라는 것은 본디 태어나면서부터 여기에 이르기까지, 내가 살아온 모든 기억과 과정의 총집합체인 것을요. 윤회를 겪는다 한들, 전생자와 환생자를 데려다 놓는다고 한들, 그것들은 '나'와는 전혀 별개의 인물들이랍니다. 타인이지요. 하지만 기록과 과정, 그 자체라 할 수 있는 '백'은, 어떨까요?"

뜬구름 잡는, 철학적인 메시지라 할 수도 있었지만.

정우는 자기도 모르게 몸을 파르르 떨고 말았다.

차정우로서의 기록.

그리고 차정우로서의 과정.

그 모든 것들을, 자신은 갖고 있었다.

반면에.

나중에 연우가 차정우의 진짜 영혼을 찾는다고 해도, 옛 기억이 전혀 없다면. 과연 그를 두고 '차정우'라고 할 수 있을까?

"그러니 어깨를 당당히 펴고 지켜보십시오. 도리어 따지고 보면, 어디에 있을지도 모르는 혼보다, 당신이야말로 진짜 차정우 군일지도 모르니까요."

『…….』

정우는 입을 꽉 다물었다. 잠시 그에게서는 아무런 말도 없었다.

하지만.

여태 슬프게 착 가라앉아 있던 정우의 두 눈은 무언가를 다짐한 듯, 단단하게 다져져 있었다.

그리고 연우가 있는 쪽으로 고개를 홱 하고 돌렸다.

이블케는 정우의 두 눈에 새롭게 깃든 의지를 놓치지 않았다. 살고자 하는 의지가 엿보였다.

"그런 모습을 보니, 보고 있는 제가 다 기분이 좋아지는군요. 오효효! 오효효효!"

이블케의 입꼬리가 기분 좋게 귓가에 걸렸다.

　　　　*　　　　　*　　　　　*

　이블케의 웃음소리는 그렇게 길게 이어지지 않았다.

　새로운 손님들이 그를 찾아온 탓이었다.

　"이런 이런. 간만의 나들이인데. 할 일도 참 많고, 상담해 드려야 할 분들도 많고. 이래서 인기 스타들이 그토록 고생을 하는 모양이군요. 오효효!"

　이블케가 고개를 돌린 곳에는 디스 플루토의 군단장들과 병사들이 딱딱하게 굳은 표정으로 서 있었다.

　"관리국의 총책임자, 이블케 드 서번트."

　"오효효. 그런 직함과 이름 앞에 사실 '전(前)'이 놓인 지 오래되긴 하였지만. 그래도 불러 주시니 고맙군요. 네. 무슨 일이신가요?"

　죽은 람을 대신해 디스 플루토를 임시로 이끌게 된 군단장, 제라드는 굳은 표정으로 말했다.

　"그대와 관리국에게 제안하고 싶은 거래가 있다."

　"호오. 거래라. 좋아요. 어떤 걸 거래하고 싶은지 물어볼까요?"

　제라드는 깊게 숨을 골랐다.

　여기서부터 말을 잘 해야 그들은 물론, 그들이 모시는 주인이 살 수 있는 길을 만들 수 있었다.

그들의 주인이 올포원을 상대로 선방을 하고 있다지만.

주인을 시키는 창과 방패가 되어야 할 자신들이 오히려 보호를 받는다는 것은 말도 안 되지 않은가.

주인을 잃었다는 오명은 단 한 번만으로 족했다.

물론, 따지고 보면 관리국과 거래를 한다는 것도, 사실 좋은 선택지라 할 수는 없었다.

관리국과 천계의 관계는 소 닭 보듯 하는 관계. 이렇게 먼저 거래를 제안하는 것도 나중에 문제가 될 가능성이 다분했지만. 지금은 그런 걸 가릴 때가 아니었다.

"조언을 구하고 싶다."

"흐응. 어떤 조언을 요구할지 빤히 알 것 같긴 하군요."

"올포원의 기준에서 벗어나려면…… 어떻게 해야 하지?"

제라드가 내린 결론이 바로 그것이었다.

올포원이 직접 개입을 천명한 이유는 천계와 하계 간에 있었던 '맹약'에 있었다.

타르타로스의 군단이 넘어온 것을 맹약 위반이라고 판단했기 때문이었다.

그렇다면. 그런 위반 요소가 될 거리를 제거하면 개입할 명분도 저절로 사라지게 된다.

최소한 그들이 알기로, 올포원은 플레이어와 초월자들

양측에 자신의 잣대를 강요하는 독선적인 측면이 있었지만.

그만큼 스스로에게도 아주 엄격하기로도 유명했다.

"올포원의 눈에서 피한다, 라."

"그런 경우가 아예 없었던 게 아니란 걸 알고 있다. 하지만 널리 알려지진 않았어. 그러나 총책임자였던 당신이라면 알고 있겠지. 부디 조언을 부탁한다."

"조언을 부탁한다."

"조언을 부탁해요."

제라드에 이어서 디스 플루토의 군사들이 모두 허리를 숙였다.

이블케는 조금 놀란 눈이 되었다가 피식 가볍게 웃음을 흘리고 말았다.

자존심이 강하기로는 천계의 군사들 중에서도 손에 꼽힌다는 디스 플루토가 이렇게 저자세로 나올 줄이야.

새롭게 주인을 모신 지 단 하루도 안 지난 것으로 알고 있건만.

벌써부터 이런 충성심을 보인다는 건가?

'역시. ### 님, 당신은 늘 볼 때마다 새롭고 짜릿하단 말이지요. 오효효!'

이블케는 튜토리얼 때부터 그를 눈여겨봤던 자신의 안목

이 틀리지 않았다는 사실에 기분 좋게 웃을 수 있었다.

"사실 이런 일에 끼어드는 것은 좀 그렇긴 하지만…….
스테이지가 이 이상 망가졌다가는 복원 작업도 힘들어질
테니 한 가지 힌트만 드리도록 할까요. 다행히 딱 한 가지
방법이 있긴 있답니다."

순간, 허리를 숙인 병사들의 고개가 번쩍 들렸다.

"어떤……?"

"그보다. 그대들이 조언의 대가로 어떤 걸 내놓을 수 있
는지를 먼저 보여 주어야 하지 않을까요?"

제라드는 딱딱하게 굳은 얼굴로 누군가 들을까 싶어 어
기전성을 사용해 입술을 달싹였다.

순간, 내용을 들은 이블케의 눈동자가 살짝 커지다, 살짝
곡선을 그렸다.

"호오. 정말 그걸 내놓으실 건가요? 당신들에겐 더할 나
위 없이 소중한, 그런 중요한 보물일 텐데 말이지요."

"보물이라는 것도, 결국엔 힘이 있어야 지킬 수 있는 법
이니까. 하지만 우리는 현재 힘이 없다. 보물을 빼앗길 바
에는 차라리 믿을 수 있는 곳에다 '맡기는' 게 훨씬 나을 테
지."

"표현이 아주 재미나군요. 맡긴다, 라. 전 돌려 드린다고
한 적이 없는 것을요?"

"어차피 당신이 그냥 사용해도 상관없어. 그런다고 해서 가치가 바래는 건 아니니까. 그리고 우리의 새로운 주인이라면."

제라드는 칠흑을 불꽃처럼 화려하게 피우며 다시 올포원과 충돌 중인 연우에게로 시선을 돌렸다. 그를 보는 눈동자에는 굳건한 믿음이 실려 있었다.

"언제든지 되찾아올 거라고 믿는다. 보상이라는 형태로라도."

"오효효효! 좋아요, 아주 좋아! 그런 자신감이야말로 이 탑에서는 아주 중요한 소양이지요."

이블케는 외눈 안경을 바로 고치면서 말했다.

"제가 드릴 조언은 아주 간단하답니다."

"뭐지?"

"사왕좌(死王座)."

순간, 한쪽 입꼬리를 말아 올리면서 훤히 드러난 송곳니는. 마치 악마의 그것처럼 차가워 보였다.

"### 님이 앉으신 그 자리의 특성을 잘 되짚어 보세요. 금방 정답이 보일 겁니다."

명계의 병사들은 이블케가 무슨 말을 하는지 몰라 고개를 갸웃거리다가, 순간 한 가지 생각에 허리를 쭈뼛 세우고 말았다.

"설마……?"

"예. 바로 그것이랍니다. 당신들의 충성심이 얼마나 대단한지를 시험해 볼 수 있는, 아주 좋은 기회이기도 하지요."

"……!"

"……!"

＊　　＊　　＊

쐐애액—

연우를 닮은 무언가는 목을 베어 오는 손날을 가까스로 피하면서 왼팔을 안쪽으로 잡아당겼다.

철컹!

쇠사슬이 팽팽해지면서 올포원의 손길이 도중에 멈췄다.

연우는 두 날개를 활짝 펼치면서 비그리드를 안쪽으로 깊숙하게 휘둘렀다.

['비그리드—???'가 숨겨진 진면, '듀렌달'을 개방합니다.]

[전승: 일도양단]

쏴아악—

하지만 올포원은 곧바로 축지를 밟아 아슬아슬하게 공세를 피했다.

녀석이 사라진 자리로 비그리드가 스치면서 공간이 갈라졌다. 그 너머로 방금 전 연우가 지면을 밟으며 높다랗게 세웠던 산자락이 잘려 나가면서 우측으로 기울었다.

쿠쿠쿵—

산이 허물어지면서 비탈을 따라 어마어마한 양의 먼지구름과 산사태를 쏟아냈다.

연우는 쇠사슬의 흔적을 따라 사라진 올포원을 쫓아 움직였다. 위치는 무너진 산자락 위. 먼지구름 사이였다.

퍼퍼퍼펑—

이윽고 두 존재가 격돌하면서 폭발음이 천둥처럼 연신 울려 대고. 칠흑과 섬광이 부딪치면서 하늘을 몇 번씩이나 찢어발기는 게 보였다.

본 드래곤과 부—파우스트도 올포원을 쫓기 위해 갖가지 브레스와 마법을 골고루 뿌려 댔지만.

위잉—

번— 쩍!

스테이지를 빼곡하게 물들이는 섬광과 함께 모든 공격은 철저하게 무효화되고 말았다.

그리고 거기서 샘솟은 빛줄기가 그들이 스테이지 곳곳에 뿌려 댔던 설정 권한까지 취소시켜 버렸다.

동시에.

팟—

본 드래곤의 뒤편으로 올포원이 나타나 발로 척추를 내리찍어 박살을 낸 뒤, 양쪽 날개를 잡아 뜯어 하늘로 날려 버렸고.

부—파우스트가 그를 막으려 움직일 때, 이번에는 공간을 비틀면서 빛을 사방으로 굴절시켰다. 부—파우스트는 빛의 감옥에 갇혀 배리어를 연거푸 쏟아 냈지만, 곧 모조리 파훼당하고 왼쪽 어깨까지 통째로 날아가고 말았다.

성력이 부—파우스트와 본 드래곤을 잠식하기 시작했다. 올포원은 옛 숙적들을 빠르게 제거하기 위해 다시 한번 더 축지를 전개하려 했지만, 이번에도 쇠사슬이 움직이면서 공허가 활짝 열렸다.

연우를 닮은 무언가는 몸의 절반 이상이 날아간 채, 잔뜩 일그러진 얼굴로 비그리드를 빠르게 올포원의 가슴팍에다 박았다.

쾅!

둘은 고공에서 그대로 지상으로 추락했다. 엄청난 먼지 구름과 함께 올포원은 그대로 지면에 충돌, 체내의 모든 장기란 장기는 모조리 박살 난 채로 비그리드까지 깊숙하게 받아들여야만 했다.

하지만 그는 전혀 아무렇지 않다는 듯이 손을 휘둘렀고, 연우는 다시 빛의 폭발과 함께 한참이나 날아가 겨우겨우 지상에 다시 착지했다.

헉.

헉.

연우를 닮은 무언가는 칠흑으로 몸을 빠르게 재생시키면서 빠르게 숨을 몰아쉬었다.

어려워도 참 어려운 싸움이었다.

몇 번씩 죽여도 되살아나는 괴물을 상대하는 건, 도무지 쉬운 일이 아니었다.

하지만.

"키키키킥!"

연우를 닮은 무언가는 기분 좋게 광소를 터뜨렸다.

이 얼마 만에 맛보는 바깥 공기인지.

간만에 이리저리 날뛰어 다니기까지 하니 기분이 더할 수 없이 상쾌했다.

'그릇'도 이만하면 제법 윤활해졌을 테니, 머저리가 아니고서야 자신이 형틀로 되돌아간다고 해서 제대로 사용하지 못하거나 그러지는 않을 터였다.

'이전과 똑같이 답답하게 군다면 그때는 진짜 잡아먹어 버릴 테지만.'

다만, 문제가 있다면.

'저 빌어먹을 놈인데.'

파스스―

「저놈은 오래전과 똑같군. 아무리 죽여도 죽지 않아. 이제 어떻게 할 생각이지?」

뒤쪽으로 검은 연기와 함께 본 드래곤이 나타나 다시 날개를 활짝 펼쳤다. 드래곤 하트가 있을 위치에서 발현된 보라색 기운이 몸을 빠르게 복구시켜 주고 있었다.

"저것도 고작 3할에 불과하단 말이지?"

올포원은 어느새 깊은 크레이터의 중심에서 몸을 빠르게 회복하고 있는 중이었다. 츠츠츠, 하는 소리와 함께 잿빛 안개와 오로라가 무럭무럭 피어나고 있었다.

올포원은 77층에서 벗어나는 일이 좀처럼 없었다.

타 층계에 본체를 드러내는 일이 있더라도, 차원 간섭을 이용해서 몸의 일부를 겹치는 것일 뿐. 그의 전력 중 상당수는 78층 이상으로 향해 있다는 것을 잘 일고 있었다.

"아, 이제 5할인가."

연우를 닮은 무언가는 잿빛 안개를 두르기 시작한 올포

원을 보면서 피식 웃음을 흘렸다. 입술 사이로 송곳니가 훤히 드러났다.

사실 따지고 보면, 연우만큼이나, 아니, 연우보다도 훨씬 올포원을 증오하는 게 바로 그였다.

정확하게는. 그 너머에 있는 놈이지만.

어쨌든 올포원도 거기서 크게 벗어날 수는 없었다.

하지만 지금의 상태로 올포원을 도모하기란 요원한 일. 시간을 끄는 게 전부였고, 그것도 이제 슬슬 한계에 부딪히고 있었다. 이대로 있다가는 연우란 존재가 완전히 잡아먹히고 말 테니까. 필멸자는 이래서 불편했다.

그래서 어떻게든 수를 써야 한다는 생각에 입술을 엄지로 훔치는데.

"음?"

갑자기 디스 플루토들이 포위망을 갖추면서 올포원과의 간격을 좁혀 오기 시작했다.

"저것들, 뭐 하는 짓이지?"

연우를 닮은 무언가는 인상을 팍 찡그렸다.

자신을 도우러 온 것인지는 몰라도. 그의 눈에는 영락없는 자살 행위로밖에 비치지 않았다.

사실 그로서는 저들이 얼마든지 죽어 나가도 별반 상관없었다.

하지만 문제는 자신의 속에 내재된 '연우'였다.

저들이 죽는다면 연우가 받는 타격이 클 수밖에 없다. 그가 받을 마음의 상처가 중요한 게 아니었다.

퀘스트. 하데스가 건넨 유언이 문제였다. 왕좌를 제대로 이어받기 위해서는 마지막 조건들을 완수해야만 했다.

그래야만 격이 제대로 상승해, 그릇도 더 단단하게 다질 수 있을 테니까.

그리고 하데스가 다스리던 '죽음'은 원래 그가 포용하던 아늑함에서부터 파생된 부류가 아니었던가.

언젠가는 회수해야 할 편린이었기에, 굳이 거부할 필요가 없었다.

자신이 바라는 건 단순히 그것밖에는 없었다.

하지만 어쨌든 올포원은 너무 큰 장애물이라, 저들을 말려야 할까 싶었는데.

"이것들, 재미난 짓을 하려는 거군."

연우를 닮은 무언가는 그들의 비장한 표정을 읽고, 무엇을 하려는지 깨닫고는 파안대소를 터뜨리고 말았다.

자신이 생각해도 도무지 '미쳤다'고밖에 할 수 없는 짓이었다.

저들에게서는 죽음의 냄새가 물씬 풍겨 나고 있었다.

퀘스트의 마지막 조건은 새로운 '안식처'를 찾아 베이스 캠프를 꾸리는 것.

연우가 이은 것은 죽음의 왕좌.

또한, 죽은 영혼들을 수용할 수 있는 칠흑의 권능을 지니고 있다.

그렇다면.

궁지에 몰린 디스 플루토가 내릴 수 있는 마지막 선택은 무엇인가?

여기에 대한 해답은 아주 간단했다.

"죽음으로써, 왕에게 귀의한다."

그 순간.

디스 플루토의 병사들이 들고 있던 창날을 역으로 돌리면서 일제히 자신들의 심장을 찔렀다.

어떻게 말릴 새도 없이 발생한 일이었다.

이렇다 할 징조도 없었고, 유언도 없었다. 올포원을 둘러싼다 싶더니 갑자기 창칼의 방향을 역으로 돌렸다.

연우를 닮은 무언가는 올포원이 처음으로 '당황한다'는 느낌을 받았다.

아무리 탑을 굽어보는 올포원이라 하더라도, 미래까지 전부 예측할 수 있는 건 아니었으니.

집단 자결은…… 그만큼 충격적이었다.

부서진 심장을 따라 수많은 신격들의 피가 허공으로 튀어 오르고, 꺼져 가는 각막 위로 영혼이 서서히 떠올랐다.

그 광경을 보면서.

연우를 닮은 무언가는 자신이 무엇을 해야 하는지 너무 잘 알고 있었다.

지이이잉―

칠흑왕의 세 형틀이 일제히 몸을 길게 떨었다.

화아악―

바닥에 맺힌 그림자가 지면을 따라 빠른 속도로 퍼져 나가기 시작했다.

그림자는 빛에 먹히기도 하지만, 때로는 빛을 잡아먹기도 하는 어둠을 담고 있다. 그림자는 칠흑의 총화이자, 권능의 근원. 당연히 그 속에는 소울 컬렉션도 담겨 있었다.

그림자 위로 검은 아지랑이들이 한껏 치솟으면서 디스 플루토의 영혼들과 뒤섞이기 시작했다.

그들을 소울 컬렉션 속으로 수용하려는 것이다.

『허튼짓!』

올포원은 그늘의 노림수를 읽고, 잿빛 안개를 사방으로 퍼뜨려 그림자의 확산을 막아서려 했지만.

「하하하! 미쳤구나, 미쳤어! 다들 제대로 미쳤어! 하지만! 올포원, 가장 미쳐 있는 그대가 이걸 막는 건 도무지 말이 안 되지 않은가!」

「주인. 께. 방해. 하지 마라.」

본 드래곤이 광소를 터뜨리면서 브레스를 다시 한번 더 내뱉어 잿빛 안개를 태워 버리고, 부―파우스트는 영괴들을 이용해서 올포원의 다른 권능들을 견제했다.

연우와 디스 플루토가 하려는 일을 방해하지 말라는 시위였다.

츠츠츠―

그사이. 어느덧 검은 아지랑이와 뒤섞인 디스 플루토들의 정신이 연우와 하나둘씩 접촉되기 시작했다.

그들이 내뱉는 생각, 사고, 염원 따위가 모두 한목소리가 되어 연우에게로 전해지고 있었다.

「새로운 왕이시여.」

「부디.」

「우리들의 염원을.」

「이뤄 주소서…….」

그들이 내뱉는 사념이 연우를 닮은 무언가에게로 고스란히 전해졌다.

"왕으로서."

연우는 부쩍 차오르는 고양감에 자신도 모르게 크게 웃

음을 터뜨리면서 한쪽 입꼬리를 말아 올렸다.

"그대들의 간언을 가납하겠노라."

그 말과 함께 연우는 왼손을 활짝 펼치면서 땅거죽에 갖다 댔다. 시동어는 따로 외울 필요가 없었다. 탐욕스러운 녀석이 이런 기회를 놓칠 리 없으니.

검은 멍울을 따라 새하얀 톱니 이빨이 드러나며 지면에 박혔다.

찰칵, 찰칵—

['바토리의 흡혈검'이 대규모 흡수를 진행합니다.]

구오오—

디스 플루토의 영혼들을 묶은 거대한 그림자가 소용돌이를 그리면서 바토리의 흡혈검으로 빨려 들어오기 시작했다.

디스 플루토는 말단 병사까지 개개인이 전부 신격을 이루거나 그에 준하는 자들.

그들의 영혼은 아주 크며 신성하다.

그런 그들의 '죽음'은 연우가 앉은 왕좌인 사왕좌에 지대한 영향을 끼칠 수밖에 없었다.

거기다 그들의 행위는 단순한 자결이 아닌 연우에 대한 강한 신뢰, 아니, 그마저도 넘어선 신앙(信仰)이 한껏 담겨 있는 것이었으니.

그런 신앙을 바탕으로 이뤄진 순교(殉教)는 신에게 막대한 공양으로 다가오게 된다.

지금 이 순간.

연우를 닮은 무언가는 집단 순교를 선택한 디스 플루토의 왕이자, 그들이 모시는 신으로서 서 있었다.

"아하하."

연우를 닮은 무언가는 부족했던 칠흑이 바짝 차오르는 것을 느끼면서 크게 웃음을 터뜨렸다.

"하하하하!"

죽음이라!

이것이야말로 가장 기본적인 칠흑의 한 형태일지니!

[서든 퀘스트(엑소더스)의 두 번째 달성 조건과
세 번째 달성 조건을 차례로 완수하였습니다.]

엑소더스 퀘스트의 두 번째 달성 조건은 타르타로스를 무사히 탈출하는 것, 그리고 세 번째 달성 조건은 안전한 거류지를 찾아 베이스캠프를 차리는 것이었다.

하지만 안전한 거류지에 대한 조건은 따로 명시되어 있는 게 아니었다.

시스템이 납득할 수 있는 곳, 혹은, 보호 대상인 디스 플루토가 마음을 놓을 수 있는 장소면 충분했다.

그런 뜻에서.

칠흑의 권능이 가득 담긴 소울 컬렉션은 더할 나위 없이 안전한 거류지이기도 했다.

그 속에서는 다른 걱정을 할 필요가 없었으니까.

그들의 왕이자 신이 있는 이상, 절대 무너질 리가 없었다. 아니, 도리어 죽어서도 신과 함께할 수 있다는 사실이 그들에게는 그토록 바라던 완벽한 이상향이나 다름없었다.

[서든 퀘스트(엑소더스)를 완벽하게 달성하였습니다.]

[누구도 쉽게 이루지 못할 업적을 달성했습니다. 추가 공적치가 제공됩니다.]

[공적치를 100,000만큼 획득했습니다.]

[추가 공적치를 200,000만큼 획득했습니다.]

……

[보상으로 권능 '명토 선포'를 획득했습니다. 지금부터 지정된 권역에 사왕좌의 힘을 투영할 수 있게 되었습니다.]

[보상으로 '타르타로스의 재건 자격'을 획득했습니다. 에레보스로 향하는 새로운 타르타로스를 설치할 수 있게 되었습니다.]

[보상으로 '신성 조각'을 획득했습니다. 추가 보상으로 '초월성'에 대한 힌트를 획득했습니다.]

……

[잠겨 있던 권능 '어둠 속의 군세'가 해제되었습니다.]

[잠겨 있던 권능 '사왕좌의 심안'이 해제되었습니다.]

……

콰콰콰—

"그릇이 또 한 번 단단해졌군."

연우를 닮은 무언가는 기분 좋게 웃음을 터뜨리면서도 가볍게 혀를 찼다.

괜히 귀엽지 않은 놈에게 좋은 일만 해 준 것 같았지만.

그래도 이건 이것 나름대로 괜찮았다.

어차피 이 몸뚱이는 언젠가 자신이 완전히 독차지할 그릇이었으니까. 단단하게 다져질수록 이로운 건 자신도 마찬가지였다.

기분 좋은 감정을 한껏 만끽하면서 올포원 쪽을 보았다. 여전히 치열하게 싸워 대는 본 드래곤과 부—파우스트가 보였다.

거기다 대고 손을 뻗으며 외쳤다.

"명토 선포."

[이미 지정된 권역 '비나' 위에 새로운 성질이 부여됩니다.]

[명토(冥土)가 설정되었습니다!]

연우를 따라 춤을 추던 검은 아지랑이가 촉수처럼 뻗쳐 나가며 하늘을 새카맣게 물들였다.

칠흑이 다시 내려앉으면서 잿빛 안개를 밀어내고, 그 아래로 어두운 무언가를 나타내기 시작했다.

아지랑이가 하나둘씩 사람의 형상을 갖췄다.

어두운 칠흑색으로 빛나는 갑주를 두르고 투구를 쓴 채.

역시나 칠흑색으로 빛나는 창을 길게 잡은 병사들.

투구 아래로 빛나는 붉은 안광이 불길처럼 뜨거웠다.

명계의 군세가, 새로운 명왕의 그림자에서 다시 태어나 창칼을 높이 든 것이다.

그것도 절대 죽지 않는 불사의 군대.

몇 번이고 부서져도 재복구가 가능한, 도저히 말도 안 되는 신의 군대가 바로 그곳에 있었다.

거기엔 이곳에서 순교를 택한 이들만 있는 게 아니었다.

타르타로스에서 힘없이 쓰러진 이들. 연우가 언젠가 구원하겠노라면서 거둬들였던 다른 병사들의 영혼도 더러 섞여 있었다.

그중에 가장 크게 빛나고 있던 람의 영혼이 크게 소리를 질렀다.

「왕의 위명을 더럽히려는 간악한 자를!」

그리고 여기 화답하듯, 다른 군단장들이 말을 이어받았다.

「바로 이곳에서 토벌하라!」

「전— 군!」

「돌격하라!」

「돌격하라!」

구우우—

명계의 군대가 일제히 올포원에게로 달려들었다. 죽음의 기운을 한가득 몰고서.

본 드래곤과 리치에 이어서 끝없는 숫자의 군단까지.

그 어마어마한 광경 앞에서.

오랫동안 탑의 지배자로 군림해 왔다던 올포원은 망망대해에 갇힌 외딴섬처럼 보였다.

그때, 올포원이 이쪽으로 시선을 홱 하고 돌렸다.

이딴 것으로 자신을 막을 수 있을 것 같으냐는 눈빛.

그에.

"물론, 여기서 끝나지는 않겠지."

연우를 닮은 무언가는 올포원에게 보라는 듯이 가볍게 웃어 보였다.

올포원은 그가 무슨 생각을 하는지 몰라 인상을 찡그리다, 갑자기 연우가 비그리드를 높이 드는 것을 보고 눈을 크게 떴다. 뒤늦게 그가 뭘 하려는지를 깨달은 것이다.

하지만 그가 제지를 하기도 전에.

촤아악—

연우를 닮은 무언가는 공간을 길게 찢었다. 그 너머에 활짝 열린 공허를 따라, 또 다른 기운이 스멀스멀 피어 나오고 있었다.

『비쳤구나, 네놈이 정녕!』

"키키킥! 그릇이 좀 더 다져졌다고 해도, 지금 이 몸으로 널 막으려면 이 정도는 해야지 않겠나?"

공허에서 튀어나온 기운은 여태 두드리고 있었던 벽을 드디어 뚫었다는 듯이, 아주 기분 좋게 튀어나와 스테이지를 물들이기 시작했다.

쿵, 쿵, 쿠웅—

곧 공간이 부서지는 커다란 충격파와 함께 공허가 더 크게 열리면서 기세가 휘몰아치기 시작했다.

올포원도 어떻게 감당하기 힘들 정도로 거센 해일.

잡. 아. 먹. 는. 다.

내. 놓. 아. 라.

내. 것.

그것은 무언가를 찾기 위해 이리저리 기웃거리다가, 곧 스테이지를 장악하고 있는 존재를 포착하고 움직였다.

우선 영역을 독차지하기 위해서 영역의 주인부터 제거하고자, 본능적으로 나선 것이다.

당연하지만, 그 대상은 올포원이었다.

쐐애액—

콰앙!

연우를 닮은 무언가는 그것을 보면서 파안대소를 터뜨렸다.

녀석이 내뿜는 막대한 사념이 모든 이들의 머릿속에 아로새겨졌다.

타르타로스와의 공간을 활짝 열며 나타난 것은.

바로 대지모신이었다.

연우를 찾아서, 스테이지를 찾기 위해 여전히 발버둥 치던 놈.

내. 놓. 아. 라.

쿠아아앙—

대지모신은 바로 지척에 있는 연우를 감지하지 못했다. 그보다 더 큰 무언가가 연우를 삼키면서 기척을 숨겼기 때문이었다.

그 때문에, 대지모신은 올포원이 자신이 삼키려던 연우를 대신 삼켰다고 생각했다.

올포원으로서는 당황스러운 상황이었다.

명계의 군세에 이어서 대지모신까지 등장할 것이라고는 생각도 못 했을 테니.

하지만 그렇다고 해서 대지모신씩이나 되는 작자가 스테이지를 함부로 침범하는 것을 용납할 수도 없는 일이었다.

결국 올포원도 이대로는 위험하겠다는 생각에 인상을 굳히면서 77층에 묶어 뒀던 본체의 태반을 이쪽으로 끌어와야만 했다.

휘리릭—

그를 감싸던 빛무리가 활짝 열림과 동시에 실타래처럼 풀린다 싶더니.

쿵!

스테이지를 짓누르는 중압감이 더욱 커지면서, 그 사이로 어마어마한 존재감이 솟아올랐다.

강림.

수십 년 만에 처음으로 이뤄진 올포원의 등장이었다.

그오오—

곧 좌측에서는 칠흑을 둘러싼 명계의 군사들이 달려들고, 우측에서는 대지모신의 기세가 다가왔다.

올포원은 그들을 최대한 빠르게 제거하기 위해 움직이기 시작했다. 조금이라도 시간을 지체하면 77층이 천계의 것들에게 잠식당할 수 있었다.

"씨발……! 이제 어떡하면 좋니……."

"오효효효!"

연우는 망연자실한 표정이 된 관리자들의 말을 들으면서, 몸을 돌려 일행들에게로 그림자를 뻗쳤다.

이 정도 사고를 쳤으면, 이제 뒤로 빠져도 될 것 같았다.

제아무리 올포원이라고 해도 저 많은 것들을 제대로 상대하려면 골치가 이만저만이 아닐 테니까. 그리고 싸움이 끝난 뒤에는 다시 77층으로 이동해서 방어에 전념해야 할 테지.

무리한 강림으로 인한 스테이지의 피해 복구와 그 후폭풍도 만만치 않을 것이다. 아마 시스템의 제약까지 받을 수도 있지 않을까?

때마침 합체도 거의 풀리려고 하던 차였기에 여러모로 잘된 셈이었다.

당분간은 녀석의 귀찮은 마수를 피할 수 있겠지. 그리고 무엇보다 저 고리타분한 면상에다 한 방 먹였다는 사실이 흡족하기만 했다.

"키키키킥!"

연우를 닮은 무언가는 그렇게 웃음을 터뜨리면서 층계를 이동했다.

[다음 층계로 올라가시겠습니까?]
[36층으로 이동합니다.]

[이곳은 36층, '푸른 섬'의 관입니다.]

크게 활짝 열린 푸른색 포탈을 따라, 대인원이 한꺼번에 쏟아졌다.

칸을 비롯한 일행들의 얼굴에는 피로가 역력했다. 타르타로스에서의 격전에 이어 올포원의 등장까지.

다른 플레이어들은 평생 살아도 한 번 겪을까 말까 한 대규모 이벤트를 연속으로 겪다 보니 머릿속이 어지러울 정도였다.

"카인!"

하지만 그들은 힘든 기색을 내비칠 시간도 없었다. 포탈을 통과하자마자, 연우가 균형을 잃고 한쪽으로 쓰러지고 있었던 것이다.

칸이 다급히 뛰어가 연우를 끌어안았다.

방금 전까지 올포원을 상대로 그렇게 미쳐 날뛰던 녀석이 맞나 싶을 정도로, 지금 그의 기운은 너무도 약했다.

연우에게서는 새카만 아지랑이가 물 새듯이 빠져나오는 중이었다. 몸뚱이가 불에 올린 것처럼 펄펄 끓고 있었다. 신열(神熱)이었다.

칸은 선술로, 브라함은 마법으로 연우를 치료하고자 했다.

하지만 연우를 괴롭히는 신열은 점점 더 심해질 뿐, 가라앉을 기미가 전혀 보이지 않았다.

신격이 지나간 자리에 남는 후유증이나 다름없는 신열은, 영혼의 오버히트나 다름없기 때문에 선술로도 한계가 있을 수밖에 없었다. 브라함이 비록 98층 출신이긴 하지만, 그렇기 때문에 더 잘 모르기도 했다.

그때.

「비켜라, 아둔한 것들.」

갑자기 뒤쪽에서 앙칼진 목소리가 들렸다.

일행들은 그쪽으로 시선을 돌렸다가 인상을 딱딱하게 굳혔다.

여름여왕이 어느새 인간의 형태로 폴리모프를 한 채, 도도하게 이쪽으로 걸어오고 있었다.

생전에 그녀를 상징하던 붉은 머리칼 대신에 검은빛이 감도는 머리를 길게 늘어뜨리면서. 여름여왕은 자신을 경계하는 이들을 보며 눈살을 찌푸렸다.

「네놈들이 명청한 머릿속으로 무슨 생각을 하는지 잘 알고 있다만. 그딴 일은 없을 것이니 비켜. 마음에 들지 않지만, 지금은 나도 저놈의 편을 들 수밖에 없는 상황이니까.」

여름여왕을 소환한 것은 여우의 권능이었다. 만약 연우가 잘못된다면 겨우 얻은 소생의 기회도 같이 날아가게 된다.

그제야 일행들도 일리가 있다 여겼는지 물러섰다.

하지만 그래도 여전히 경계는 풀지 않았다. 여름여왕이 얼마나 영악한지 잘 알기 때문이었다. 아무리 지금은 같은 편이라고 해도, 자신을 죽인 것이나 다름없는 연우에 대한 원한을 품고 있지 않을 리가 없었다.

그런 생각을 아는지 모르는지.

여름여왕은 도리어 콧방귀를 뀌면서 연우에게 다가갔다. 그때, 다른 누군가가 그녀의 앞을 가로막았다. 정우였다.

여름여왕은 아주 잠깐 흠칫거렸다. 그녀에게 있어 본 드래곤으로의 강령(降靈)은 사실 수치나 다름없는 일이었지만. 그런데도 제안을 받아들인 것은 정우에 대한 한 줄기 미련이 남아 있어서였다.

「무엇이냐? 또 하지 못한 말이라도 남아 있나, 헤븐윙?」

사실 따지고 보면, 정우에게 가장 큰 원수 중 한 명이 여름여왕이었다.

정우가 그녀의 드래곤 하트를 앗아 갔듯이, 그녀도 정우에게서 수명을 앗아 갔으니까.

당장 부딪쳐도 이상하지 않을 일이었지만.

정우는 천천히 고개를 가로저었다. 그러다 살짝 엷은 미소를 띠며 말했다.

『아니. 형을 잘 부탁한다고.』

「……」

『부탁할게, 이스메니오스.』

「……흥. 말했지만, 지금 나와 그 녀석은 마음에 들지 않아도 일심동체나 마찬가지인 상태다. 그러니 얼쩡대지 말고 비켜.」

여름여왕은 자신의 이름을 부르는 정우의 목소리에 아주 잠깐 눈빛이 흔들렸지만, 곧 언제 그랬냐는 듯이 도도하게 획 하고 옆을 지나쳤다. 정우가 그런 그녀의 뒷모습을 가만히 쳐다보았다.

「멍청한 것. 아주 잠깐이라도, 이 나를 거느렸을 정도라면 당연히 이 정도는 거뜬하게 극복해야 맞건만. 아직 갈 길이 멀었군.」

여름여왕은 연우를 보면서 손을 활짝 펼쳤다.

화아아—

그녀의 손을 따라 시푸른 광망이 터졌다.

＊　　　＊　　　＊

여긴…… 어디지?

『이제 그릇은 그런대로 쓸 만해졌나 싶었는데. 안에 담긴 내용물은 여전히 부실해. 먹을 게 없어도 너무 없어.』

어지러웠다. 모든 것이.

『키키킥! 조금 더 분발해야 할 거야. 너에게 주어지는 기회도 이제 거의 끝이 보여 가니.』

무슨 소리를 하는 걸까.

『너에게만 이런 좋은 기회가 주어지고 있다고, 그렇게 생각하는 건 아니겠지? 안 그래?』

기회?

연우는 어지러웠던 정신이 번쩍 뜨이는 기분이었다.

여태껏 아무것도 보이지 않는 심해 깊숙한 곳을 마구 떠돌아다니다가, 겨우 정신이 돌아오고 있었다.

그리고 갖가지 기억의 편린들이 떠올랐다.

마성과 합일을 이루며 날뛰던 기억들. 부에게 파우스트의 기억을 되돌려 주고, 본 드래곤에 여름여왕을 강령시켜 같이 싸웠던 순간들. 손을 흔들 때마다 불길처럼 휘몰아치던 칠흑은 아직도 손끝에 남아 있는 것 같았다.

그건 자신이었으며, 자신이 아닌 존재였다.

더 거대한 무언가.

마성이라고 하기에도 어려운…… 아주 커다란 무언가였다.

마치.

'근원으로 되돌아간 것 같은…….'

아주 오래전에 잊어버린, 기억의 바다 저 너머에 묻어 두었던 옛 기억과 인격을 끄집어 올린 듯한 기분이었다.

왜 그런 거 있지 않은가.

사람이 보고 있는 빙산은 사실 끄트머리에 지나지 않으며, 대부분의 몸체는 해수면 아래에 가라앉아 있다는.

연우는 자신이 그런 빙산의 끄트머리이고, 무의식 아래에 가라앉아 있던 큰 몸체를 끄집어 올린 듯한 기분이었다.

단순히 마성이 튀어나와 뛰어다닐 줄 알았던 그로서는. 당혹스러운 감상이기도 했다.

하지만.

그런 연우의 의문을 풀어 줄 생각이 전혀 없다는 듯. 마성은 그를 한껏 희롱하면서 서서히 사그라졌다.

연우가 몇 번이고 녀석을 불러 댔지만, 마성은 전혀 뒤도 돌아보지 않고 현자의 돌 속으로 숨어 잠이 들었다.

그래도.

다행이라면 다행이랄까, 마성이 있었던 덕분에 올포원을 따돌릴 수 있었으니.

만약 녀석의 도움이 없었더라면 어떻게 되었을지 짐작도 가질 않았다.

디스 플루토는 물론, 하데스로부터 받은 명계의 왕좌도 강탈되지 않았을까.

물론, 전지(全知)와 전능(全能)에 가장 가깝다고 불리는 올포원이니만큼, 언제고 다시 제지를 가할 가능성이 높았지만.

연우는 마성이 판단했던 대로, 당분간 그러기 어렵지 않을까 하고 생각했다.

아마도 지금쯤 위쪽 층계의 압박이 다시 거세지기 시작했을 테니.

아래에서는 연우가 열어 버린 공허를 따라 대지모신이, 위쪽에서는 태초신과 창조신들이 손길을 뻗친다면. 올포원으로서도 발목이 단단히 묶일 수밖에 없을 테니.

게다가 어떻게든 올포원이 그들을 떨쳐 낸다고 해도, 연우에게 당장 손길을 뻗치지 않을 것 같았다.

그도 칠흑왕의 권능을 깨운 연우를 봤을 테니, 그것을 막을 대책을 마련하려 할 것이다.

결국 연우도 올포원이 다시 제지를 가해 오기 전에, 힘을 최대한 많이 길러 둬야만 했다.

'그보다…… 분명히 올포원에 강한 분노를 표출하고 있었어. 어떻게 아는 사이인 거지?'

연우는 마성에 대한 그런 의문을 던지면서 천천히 눈을 떴다.

때마침 검붉은 머리칼을 칙칙하게 늘어뜨린 여인이 자신과 닮은 누군가와 이야기를 나누고 있었다.

연우는 처음 보는 색깔의 머리였지만, 그녀가 누군지는 잘 알고 있었다.

워낙에 낯이 익은 얼굴인 데다가, 자신과 심령으로 연결
이 되어 있었으니.

"여름여왕."

사실 따지고 보면 눈앞에 있는 존재는 여름여왕이되, 여
름여왕이라 할 수 없는 존재였다.

진짜 여름여왕이라는 존재는 완전히 지워져 연우의 영혼
에 영양분이 되고 말았으니까.

눈앞에 있는 여름여왕은 그것이 남긴 잔재이자, 껍데기
같은 존재였다.

연우가 그녀를 보며 느끼는 감정도 한 개의 뿌리에서 갈
라져 나온 다른 분신을 보는 것에 가까웠다. 그녀의 존재
근원이 연우의 영혼에 적을 두고 있으니.

여름여왕은 정우와 짤막하게 이런저런 이야기를 나누다
가, 연우가 의식을 되찾은 것을 확인하고 이쪽으로 고개를
돌렸다.

그녀는 무심하기 짝이 없는 눈빛을 하고 연우를 위아래
로 훑더니, 여전히 도도한 얼굴로 자리에서 일어났다.

「꼴을 보아하니, 이제 좀 괜찮아진 모양이로군.」

『가려고?』

정우가 쓰게 웃으면서 여름여왕을 바라보았다.

여름여왕은 가볍게 코웃음을 쳤다.

「이미 나는 무(無)와 공(空)으로 스러진 지 오래인 존재. 여기에 남아 있는 것도 지난 미련이 있어 머무는 것일 뿐이지. 사실 종족의 어른들이 보셨다면 경을 쳤어도 크게 쳤을 일이다.」

용종은 순리를 거역하지 않는다. 순리에 따라 움직이며, 때에 따라서는 순리를 움직여 자신들의 의지를 발현한다. 그것이 그들 종족이 마나의 축복을 받을 수 있는 비결이었다.

그런 뜻에서, 여름여왕이 죽음이라는 순리를 거스르고 다시 탄생한 것은 사실 있을 수 없는 일이었다.

하지만.

늘 그랬듯이, 여름여왕은 자신이 한 선택을 후회하지 않았다.

「이만하면 놀 만큼 즐거이 놀았고, 그대와도 이야기를 나누었지. 그럼 되었다.」

여름여왕이 정우와 나눈 이야기는 고작해야 시시한 신변 잡기가 전부였을 뿐. 생각보다 연우가 금방 눈을 떴기 때문이었다.

하지만 그녀는 그것으로도 만족했다.

정우는 여전히 원수나 다름없는 자신에게 '미소'를 지어 주었다. 원망을 많이 하더라도, 할 말이 없는데도 불구하고. 오히려 그는 이미 복수는 형이 마쳐 주었으니 괜찮다고 말했다. 도리어 같이 죽은 몸이니 지난 은원은 잊어버리고, 예전처럼 잘 지내자는 말까지.

순진한 건지, 호구 같은 건지. 아니면 마음이 넓은 건지. 무엇인지는 알 수 없었지만. 여름여왕은 그런 짧은 대화만으로도 마지막 남은 미련을 훌훌 털어 버릴 수 있었다.

휘이이—

여름여왕이 불어오는 바람과 함께 자취를 감춘 뒤.

연우는 정우를 보았다.

영체는 여전히 흐릿했다. 그 속을 수많은 문자열들이 동맥처럼 흐르는 것이 보였다.

그래도 이전에 비해 많이 안정되어 보였다.

물론, 연우는 그게 임시방편에 불과하다는 것을 잘 알고 있었다.

사념체는 자신이 사념체라는 것을 자각하는 순간, 서서히 흐트러지기 시작한다. 자신이 가짜라는 사실을 알고, 형체를 더 이상 유지하지 못하는 것이다.

하물며 영력을 과소모했다면 유지 시간은 더더욱 줄어들 수밖에 없다.

"몸은 좀 괜찮고?"

『어. 덕분에.』

"그렇다면 다행이다."

연우는 가만히 고개를 끄덕였다. 정말 다행이라고 생각하는 게 맞나 싶을 정도로 무뚝뚝한 태도였지만, 그 안에 형의 진심이 담겨 있다는 것을 동생은 잘 알고 있었다.

그래서. 싸움이 끝나면서 정리했던 생각을 진심으로 털어놓을 수 있었다.

『형, 혹시 저번에 내가 했던 말 기억해?』

"무슨 말?"

『나, 다시 살고 싶다고 했던 말.』

―난 못난 자식이었지만. 그래도 어머니 같은 사람이 되고 싶어.

―되살아나고 싶어.

―그러니까.

―그래서 내 손으로 세샤를 안아 주고 싶어. 어머니가 우리에게 그러셨던 것처럼. 나도…… 그럴 수 있을까?

정우가 처음 일기장에서 깨어나 깊은 이야기를 나눴을 때.

녀석은 저런 말들을 했었다.

자신의 손으로 세샤를 안아 주고 싶다고.

아난타를 다시 만나 미안하고, 또한 고마웠다는 말을 전해 주고 싶다고.

『그때, 그 소원 다시 부탁해도 될까?』

그래서. 정우는 간절한 염원을 담아 연우를 바라보았다.

연우는 무겁게 고개를 끄덕였다.

"어떻게든."

『'소생(蘇生)'은 보통 신의 영역도 넘어서는 일이라는 것, 잘 알고 있지?』

"알다마다."

『그러려면 해야 할 게 참 많겠네.』

정우는 피식 웃음을 크게 터뜨렸다.

시체를 다룬다거나, 죽은 영혼을 부린다거나 하는 경우는 그래도 종종 있었다.

하지만 완전히 죽은 사람을 살아 있던 때와 동일한 상태로 되돌리는 이벤트는 아직 탑에서 벌어진 적이 없었다.

소생과 부활은 일반적인 스킬과 권능의 영역을 넘어선 '기적'의 영역이기 때문이었다.

창조나 생명과 관련된 태초신, 혹은 개념신이나 되어야 가능한 영역.

또는, 그 지점에 다다랐을 거라고 추정되는 창조신들만이 가능하지 않을까 하고 추론하는 게 전부인 아득한 영역이었다.

그러나 그들이 성공했다는 말도 들린 적이 없었다.

즉, 명계의 왕좌를 물려받은 연우가 아무리 신격을 터득하고, 계속 성장한다고 해도 가능하지 않을 수도 있는 영역이란 뜻이었다.

그렇다면.

연우가 정우를 소생시킬 수 있는 방법은 딱 하나.

모든 플레이어들의 비원.

탑의 꼭대기에 이르러, '진짜' 신이 되어 소원을 이루는 수밖에는 없었다.

『우리 형, 앞으로도 많이 바쁘게 살겠는데.』

플레이어들의 장벽이라는 50층에 오르고, 올포원이 있는 77층을 처음으로 지나, 신과 악마들이 산다는 98층을 딛고 일어서, 어느 누구도 발을 들이지 못했다는 100층에 다다른다.

플레이어와 초월자, 누구든 가릴 것 없이 이르지 못했던 미지의 영역.

99층부터는 누가 존재하는지 아무도 모른다.

게다가 '어디' 있을지 모를 영혼을 찾는 것도 지난한 숙제가 될 터였다.

그렇기에 연우가 하고자 하는 다짐이 허풍으로밖에 안 보일 수도 있었지만.

정우는 형이 언제고 간에 해낼 수 있으리라 여겼다.

자신이 늘 보아 왔던 형은 언제나 그런 존재였으니.

그래서.

정우는 편하게 잠에 들 수 있었다.

파아아—

정우를 이루고 있던 영체가 흐트러지기 시작했다. 활자들이 문자열을 이루면서 흘러나왔다. 그래도 다행이라면. 이전처럼 물 새듯이 마구잡이로 새는 게 아니라, 차례차례 풀려나오고 있다는 점이었다.

문자열의 내용도 전부 말이 되는 것들이었다. 일기장을 이루고 있던 글자들.

『그때까지.』

정우는 흐릿해지는 모습으로 미소를 흘렸다.

『여기서 기다리고 있을게.』

팟!

정우는 그 말과 함께 빛무리가 되어 잘게 부서졌다. 활자들이 연우를 따라 한껏 춤을 추다가 서서히 회중시계 안쪽으로 빨려 들어갔다.

"……."

J. W. CAH

연우는 말없이 회중시계의 뒷면에 새겨진 글자를 몇 번씩 쓰다듬으면서.

뚝.

뚝.

소리 없이 고개를 푹 숙였다.

땅바닥이, 어디서 떨어지는지 알 수 없을 빗방울 자국으로 점점이 물들고 있었다.

Stage 52.
50층으로

50층. '용의 신전'의 관.

"저 무리……."

"어. 맞아. 마희성(魔姬城). 결국 여기까지 왔구만."

길을 지나던 사람들은 모두 걸음을 멈추고 좌우로 물러나기 시작했다.

그들 사이로 움직이는 어느 거대한 무리 때문이었다.

통일된 구색 없이, 다양한 복장과 무장을 한 자들. 언뜻보기에 동네 왈패가 아닐까 싶을 정도로, 일그러진 얼굴이나 풍기는 기세가 하나같이 흉흉했다.

게다가 허락 없이 다가온다면 바로 베어 버리겠다는 듯. 주변엔 살기와 투기까지 휘몰아치고 있었다.

그래서 구경꾼들은 그들을 신기하다는 듯이 가만히 지켜 보는 게 전부였다.

다가갈 엄두는 전혀 내지 못하고 있었다.

이미 이들 무리의 악명은 지난 몇 달간 탑 내에서도 널리 알려진바.

그들이 이룬 업적도 대단했다.

클랜 '달밤의 그림자'의 궤멸.

랭커 '나인 블레임'의 패퇴.

히든 던전 '여섯 개의 마수정 굴'의 붕괴.

히든 보스 '알레아노의 영주' 토벌.

그 외, '마검 타천'의 시험 등등.

각 층계가 보유하고 있다는 난이도 높은 퀘스트를 압도 적인 성적으로 공략하는 것은 물론, 그들과 분쟁을 벌인 클 랜과 랭커들은 줄줄이 죽어 나갔다.

이렇다 할 지휘 체계가 없어 아직 세력으로서 인정을 받 지 못했던 그들이었지만.

언제부턴가 그들은 무너진 트리톤과 네크로폴리스를 대 신해 새로운 신흥 클랜으로 손꼽히기 시작했다.

그리고 그들이 일으키는 돌풍은 아래 층계를 크게 뒤흔

들면서 여러 이목을 한꺼번에 집중시켰다.

하지만.

가장 크게 두각을 드러내는 존재는 따로 있었으니.

바로 마희성의 수장이자, 구심점인 마희 에도라였다.

연보랏빛 머리를 길게 늘어뜨리고, 관자놀이에서부터 산양처럼 굽은 뿔을 세운 여인.

품이 넉넉한 도복에 이제는 그녀를 상징하는 트레이드마크가 되다시피 한 거대한 칼, 신마도가 안겨 있었다.

그녀는 외뿔부족 청람가 출신으로서 튜토리얼 때부터 이목을 집중시키며 화려한 데뷔식을 치르고, 이제는 어엿하게 스스로를 증명하면서 뛰어난 전사로 각광을 받고 있는 중이었다.

특히 누군가가 도전을 해 올 때마다 냉막한 표정으로 신마도를 거침없이 휘두르는 모습은 잔혹하면서도 마치 춤을 추는 것처럼 아름다웠으니. '마희(魔姬)'라는 별칭이 붙은 것도 바로 그런 이유 때문이었다.

누군가는 여태껏 그녀가 세운 업적을 따라, '핏빛 현자, 무왕에 이어 외뿔부족의 새로운 세대를 이끌 인재의 등장'이라고 평가를 내리기도 했다.

혹은 '독식자의 돌풍을 유일하게 견제할 수 있는 라이벌'이라고 표현하기도 했다.

그게 어떤 평가든지, 외뿔부족과 경쟁 관계에 놓인 자들은 또 한 번 더 탄식을 흘릴 만한 소식인 셈이었다.

그리고.

이는 마희 에도라에게 달라붙는 세간의 시선과 기대가 그만큼 크다는 뜻이기도 했으니.

이제 그녀가 50층에 다다랐다는 소식은 더더욱 그런 시선과 기대를 크게 부채질하는 데 한몫할 것이 자명했다.

50층, 용의 신전.

일반 플레이어와 랭커를 가른다는 기준점.

수많은 실력자들이 통과하기 위해 도전했지만 좌절을 겪어야만 했다는 곳.

달리 '통곡의 벽'이라 불리는 스테이지에, 에도라가 도전하게 된 것이다.

물론, 사람들의 관심사는 에도라가 이곳을 통과할 수 있을 것이냐가 아니었다.

이미 그들은 에도라의 실력이 랭커 급에 다다랐거나, 넘었을 거라고 예상하는 중이었으니까.

다만, 에도라가 '어떻게' 용의 신전을 공략할 것인지를 가장 궁금했다.

용의 신전은 여태껏 플레이어들이 공략한 여러 스테이지 중에서도 가장 '괴이하다'는 평가를 받는 곳.

공통된 시련 내용은 널리 알려졌지만, 중간부터는 각 플레이어마다 주어지는 시련이 다 다르다.

그래서 충분히 통과할 만한 실력을 지녔다고 평가를 받는 이들 중에서도 탈락하는 이들이 더러 있을 정도였다.

반대로 자격이 부족한데도 불구하고 운 좋게 통과해서 뛰어난 랭커로 성장하는 자들도 있었고.

그러니 여태껏 압도적인 성적으로 스테이지를 클리어했던 에도라의 공략 방식에 대해 관심을 가질 수밖에 없었다.

하지만.

'귀찮아.'

에도라는 그런 시선들이 영 지겹고 따분하기만 했다.

사실 그녀는 이런 수많은 관심이 영 불편했다.

탑은 어디까지나 수행자들이 개개인의 역량을 단련하고, 더 높은 경지로 올라서고자 하는 곳. 당연히 개인주의가 그만큼 강할 수밖에 없다. 자신을 단련하는 데 집중해도 하루하루가 모자라기 때문이었다.

에도라도 그런 성격이었다.

아버지가 그러했고, 일족의 사람들이 그러했다. 보고 자란 것이 그런 것이기 때문에 당연히 수행에 임하는 자세도 그래야 한다고 생각했다.

그런데.

이건 대체 무엇일까?

각자 태어난 행성이나 세계에서는 손꼽히는 실력자들로 분류되었을 이들인데도 불구하고.

자신이 하는 행동 하나하나에 열광하고 환호한다.

이미 그들은 스스로를 잊어버리고, 기존 지배층을 노릴 수 있는 새로운 루키의 등장에 대리 만족을 느끼고 있었다.

게다가 자신을 따라다니면 무언가 한자리라도 차지할 수 있지 않을까, 콩고물이라도 떨어지지 않을까 하는 속셈을 갖고 달라붙는 승냥이들만 많아지고 있었다.

처음에는 다 떨쳐 냈었지만, 언제부턴가는 귀찮아서 자신이 하는 일에 방해만 되지 않는다면 내버려 두고 있는 중이었다.

그러자 따라다니는 무리는 계속 눈덩이처럼 불어나더니, 언제부턴가는 저들끼리 서열을 정리하고 체계를 갖추기까지 했다.

그리고 붙은 마희성이라는 이름은 조금 어이없기도 했지만.

어차피 그들에 대한 별다른 관심이 없었기에 계속 내버려 두고 있었다. 정도가 지나치면 그때 베어 버리면 그만이었으니.

아니, 저런 쓸데없는 곳에 신경을 쓸 겨를조차 없었다.

지금은 저 통곡의 벽이라는 시련에만 집중할 생각이었다.

  —난. 너희들이 내 날개가 되어 줬으면 한다.

언젠가 마을을 떠나기 전에 연우가 했던 말은 여전히 그녀의 머릿속에 단단히 남아, 그녀를 움직이게 하는 원동력이 되고 있었다.

지금은 어디에 있는지 모를 나쁜 님이었지만.

어디선가 자신을 지켜보고 있을 거라고 생각하면서.

스르릉—

에도라는 칼집에서 천천히 신마도를 뽑았다.

어느새 거대한 신전의 문이 눈앞에 다가오고 있었다.

  [시련이 시작됩니다.]

  *   *   *

『내 영역을 침범한 자, 죽음으로서……!』

봉암이 강물처럼 흐르는 대지 위로.

마수 플루크라트는 구겨진 종잇장처럼 헐거운 검은 날개를 활짝 펼치면서 포효를 내질렀다.

산자락이 떨쳐 울릴 정도로 강렬한 파동이 불어닥쳤지만.

['비그리드─???'가 숨겨진 진명, '게이 볼그'를 개방합니다.]

[전승: 해수 귀소]

쐐애액─

여의봉과 연결된 비그리드가 큰 궤적을 남기면서 단번에 플루크라트의 가슴팍에 틀어박혔다.

새롭게 개방된 비그리드의 진명, 게이 볼그.

게이 볼그는 죽은 바다 괴물의 늑골로 만든 창으로, 대대로 영웅들의 손을 타고 내려오다가 쿠 훌린이라는 영웅에게까지 다다랐다는 전승을 지니고 있었다.

한 번 던지게 되면 목표가 무엇이든지 간에 필중(必中)이며, 박힌 자리에서 수십여 개의 가시가 치솟아 적을 격살시킨다는 특징을 지니고 있기도 했다.

그래서 연우도 처음 게이 볼그라는 진명을 개방할 때, 이게 제대로 된 게 맞나 의심이 들었었다.

비그리드는 어디까지나 검의 형태였으니까.

하지만 창날은 몸체와 분리를 하는지 여부에 따라 얼마든지 검으로 변화할 수 있고, 평상시 연우도 비그리드를 여의봉과 결합해 사용하던 것을 생각해 보면 절대 이상한 일은 아니었다.

무엇보다.

최근 들어 비그리드를 투창용으로 많이 사용하던 연우로서는 기꺼운 일이기도 했다.

게이 볼그는 흔히 투창용으로 잘 알려진 무기. 당연히 위력도 배로 증가할 수밖에 없었다.

콰아앙!

쿠쿠쿠, 콰르르—

『크어어어!』

게이 볼그가 명중한 가슴팍을 따라, 등허리와 사타구니까지 수십 개에 달하는 뼈 가시가 삐죽삐죽 솟아올랐다.

플루크라트는 고통에 크게 몸부림을 치며 악다구니를 질렀다. 하지만 녀석의 비명 소리도 금세 파묻히고 말았다.

검게 물든 뼈 가시를 따라 그림자가 잔뜩 번져 나오면서 녀석의 몸뚱이를 야금야금 먹어 치워 나가기 시작한 것이다.

「먹을 거다, 먹을 거.」

「주인께, 더 강한 힘을…….」

타르타로스에서 나온 이후로 맛난 먹잇감을 만끽하지 못했던 영괴들은 서로 플루크라트를 조금이라도 더 많이 먹겠다면서 아귀같이 달려들었다.

결국 플루크라트는 그림자의 늪에서 허우적대다가 그대로 무너지고 말았다.

39층의 히든 보스로서, 수많은 플레이어들이 공략하고자 애썼지만 결국 해내지 못했던 존재의 죽음이었다.

[모든 시련이 종료되었습니다.]

[누구도 쉽게 이루지 못할 업적을 이뤄 냈습니다. 추가 공적치가 제공됩니다.]

[공적치를 100,000만큼 획득했습니다.]

[추가 공적치를 200,000만큼 획득했습니다.]

[체력과 마력이 회복됩니다.]

[모든 상태 이상이 회복됩니다.]

......

[모든 죽음의 신들이 당신을 보며 경탄합니다.]

[모든 죽음의 악마들이 당신의 활약에 만족스럽게 고개를 끄덕입니다.]

[다수의 신들이 당신을 신중한 눈으로 지켜봅니다.]

[다수의 악마들이 당신에 대한 탐욕을 드러냅니다.]

......

[모든 공적치를 합산합니다.]

......

[위대한 기록을 달성했습니다. 명예의 전당에 이름을 올리시겠습니까?]

[등록을 거부하셨습니다.]
[하지만 공개되지 않아도 당신의 업적은 탑에 깊게 새겨져 원할 시에 언제든 등록 여부를 전환하실 수 있습니다.]

[다음 층계로 올라가시겠습니까?]

"이번에도 스테이지 랭킹 1위로군. 저렇게 빠른 공략을 시도하는데도 참 대단해."

브라함은 멀리서 그런 연우를 보면서 쓰게 웃음을 지었다.

갈리어드가 어쩔 수 없다는 듯 팔짱을 끼며 고개를 끄덕였다.

"그럴 수밖에. 우리조차 파악하지 못하고 있던 히든 피스라는 히든 피스는 죄다 쓸어 모으면서 올라가고 있는데.

게다가 층계의 시련도 아무리 높이고 높여 봤자, 저 친구에 겐 너무 쉽기도 하고."

아마 50층대, 아니, 60층대가 아니고서야 타르타로스에 버금가는 위험천만한 난이도를 가진 스테이지는 없을 것이었다.

아니, 연우가 겪은 이벤트만 따지고 본다면 그것도 부족할 수 있었다.

기간토마키아가 발발하고, 대지모신이 나타나며, 마지막에는 올포원까지 간섭하려던 것을 감안한다면.

아마 그런 대규모 이벤트를 겪은 플레이어는 거의 없지 않을까.

아홉 왕이나 되어야 겨우 비교할 수 있을 터였다.

"또 잔뜩 조바심도 나고 있겠지. 아마 모르긴 몰라도, 지금도 최대한 자제하고 있는 게 아닐까?"

갈리어드는 36층에서 가면을 푹 쓰고, 회중시계를 끌어안은 채 천천히 돌아오던 연우의 모습을 떠올렸다.

돌아오는 길에 정우는 없었지만.

설명이 없어도, 어떻게 된 일인지 눈치채는 건 어렵지 않았다.

그들이 만난 정우는 존재가 언제 부서져도 이상하지 않을 위태로운 사념체였고, 회중시계라는 매개체가 없었다면 절대 실재가 불가능했다.

정우도 그런 사실을 눈치챘기 때문에 훗날을 기약하면서 다시 회중시계 속으로 들어가 깊게 잠이 든 것이겠지.

연우가 뭘 노리는지도 잘 알 것 같았다.

완전한 소생.

혹은 부활.

믿을 수 없는 신화로만 전해졌을 뿐, 초월자들도 이루지 못했다던 기적을 그리려 하는 것이다.

그러려면 하루라도 빨리 층계를 올라야만 한다.

하지만 여전히 층계 곳곳에는 연우를 가로막을 장애물이 너무나 많았고.

그들을 일일이 치우면서 올라가려면 아직 많은 시간을 필요로 했다.

연우도 그것을 잘 알기 때문에 순서대로, 차근차근히 단계를 밟아 나가려는 것 같았지만.

역시나 그도 사람이라 그런지 조바심을 완전히 숨기지 못하고 있었다.

생각했던 것보다 훨씬 빠른 속도로 스테이지 공략이 계속 이뤄지는 중이었다.

36층을 통과한 지 얼마나 되었다고 벌써 39층이 끝나서 40층을 앞두고 있으니.

평소에는 바늘로 찔러도 피 한 방울 나지 않을 것처럼 차갑기만 하면서. 유독 정우와 관련된 일에는 쉽게 감정을 숨기지 못하는 게 안타까울 따름이었다.

"한데, 백이 회중시계에 남아 있었다면, 그럼 혼은 대체 어디로 간 것일까?"

"글쎄."

그리고 그런 모습을 안타깝게 지켜보면서. 브라함과 갈리어드는 마지막까지 남은 의문을 지울 수가 없었다.

'존재' 는 의식인 백과 영혼인 혼의 결합으로 이뤄진다.

그중 정우의 사념은 회중시계에 남아 있었다.

그렇다면.

정우의 영혼은 대체 어디에 있는 걸까?

"분명한 건, 녀석이 회중시계에 자신의 사념을 남겨 놓은 게 단순히 일기장을 만들어 놓기 위해서만은 아니란 건데."

브라함은 미간을 좁히면서 작게 중얼거렸다.

분명 처음 일기장을 남긴 의도는 특전을 이용해서 연우의 빠른 성장을 유도하기 위해서였지만.

과연 단순히 그런 이유만 있는 걸까?

브라함은 아니라고 생각했다.

그가 아는 정우는 순진할지언정 우둔하지는 않았으니까. 생각보다 영악한 녀석이었다.

'언젠가 영혼만 돌아와서는 별 의미가 없을 테니. 기억

과 자아를 따로 저장해 둔 건가?'

이게 끝이 아닐 거란 생각이 자꾸만 들었다.

아니, 반드시 그래야만 했다.

최악의 경우에는.

'특전을 계속 반복하다가 영혼이 쇠락을 거듭하며 기억만 남고 완전히 소멸한 것일 수도 있을 테지만……'

브라함은 침음을 삼켰다.

'그건 아니길 빌어야지.'

그렇다면 너무 슬픈 이야기가 되어 버릴 테니.

다른 어떤 안배가 있기만을 바랄 뿐이었다.

"자네, 창조의 브라흐마였지 않던가. 그래도 몰라?"

"신격을 상실하고, 신성도 놓아 버린 몸일세. 전지와 전능은 이미 딴 데다 둬 버린 지 오랜데, 알려면 뭘 얼마나 더 알려고."

브라함은 갈리어드의 구박에 코웃음을 치면서 무시했다.

그때, 새로운 메시지가 그들 앞으로 떠올랐다.

[40층으로 이동합니다.]

층계 공략은 별다른 휴식 없이 계속 이뤄지고 있었다.

　　　　＊　　　　　＊　　　　　＊

[이곳은 42층, '격쟁(擊錚)의 관'입니다.]

[42층의 시련을 시작합니다.]

[시련: 예부터 전사에게 있어 전장은 자신을 증명할 수 있는 유일한 무대였습니다. 증명할 수 있는 것들도 아주 많았습니다. 싸움을 두려워하지 않는 용맹, 굽히지 않는 기상, 군중을 휘어잡는 카리스마, 타인보다 뛰어난 육체적인 능력…….

그리고 나열된 이런 것들과 마찬가지로 전장에서 증명할 수 있는 것이 또 있습니다.

그건 바로 '지략'과 '운'이었습니다.

전장에선 자신이 위치한 진영이 지닌 전력을 냉정하게 파악할 줄 아는 눈과 환경을 불리(不利)에서 유리(有利)로 바꿀 줄 아는 명석한 두뇌, 그리고 변수 없이 계획이 진행될 수 있도록 운 역시 필요로 합니다.

지금 이곳에는 당신 외에 99명의 인원이 서로가 볼 수 없는 대기 공간에 배치되어 있습니다. 그리고 그 앞에는 네 가지 길이 놓여 있습니다.

붉은색, 푸른색, 검은색, 흰색.

이 중 한 곳을 선택하고, 그 끝에 있는 무리들과 함께 팀을 이뤄 무작위로 주어진 환경에서 경쟁해 승리를 이루십시오.

경쟁의 룰은 다음과 같습니다.

1. 한번 정해진 팀원은 절대 바뀔 수 없습니다.

2. 각 팀에는 해골 문장 5개와 팀의 깃발이 1개씩 주어집니다.

3. 해골 문장을 지닌 팀에게는 디버프가 주어지며, 문장의 개수가 많아질수록 디버프의 위력도 강해집니다. 즉, 각 팀은 해골 문장을 어떻게든 다른 팀에게 넘겨야 합니다.

4. 여기에는 한 가지 변칙이 존재합니다. 만약 다른 팀의 깃발을 쟁취했을 시, 그 팀과 상징색 교환이 이뤄집니다. 이때, 소지한 해골 문장도 똑같이 교환됩니다.

5. 24시간을 간격으로 팀 정산이 이뤄지며, 해골 문장을 더 많이 소지한 팀이 패배하게 됩니다.

6. 경기는 총 5일에 걸쳐 진행되며, 가장 높은 점수를 받은 팀이 최종 승리를 하게 됩니다.]

30층대의 시련이 대부분 스스로의 역량을 키워서 극복해야 하는 솔로 플레이가 주를 이루는 것과 다르게.

40층대의 시련은 무작위로 팀을 구성하고, 함께 미션을 수행해야 하는 팀플레이가 주를 이루는 편이었다.

그중에서도 42층은 가장 복잡한 룰을 가진 것으로 유명했다.

100명의 한정된 인원이 4개의 팀으로 나뉘고, 각자 주어진 해골 문장을 최대한 많이 털어 내야만 한다.

해골 문장을 많이 얻을수록 디버프가 중첩되기 때문에 한 번 패배를 겪은 팀은 계속 몰락을 거듭하게 된다.

게다가 처음에 팀을 정할 때에도 눈치 싸움을 필요로 한다.

한 번 정해진 팀원이 그대로 가야 하니, 만약 소수 인원으로 이뤄진 곳에 배정되거나, 전력이 너무 약한 곳에 가담한다면 회차가 엉망으로 꼬일 수 있기 때문이었다.

그래서 42층은 입성하기 전에 따로 마음 맞는 사람들끼리 팀 컬러를 미리 정해 두는 편이었다.

이 과정에서 용병을 구하는 등, 여러 방식이 나오기도 했고.

하지만 전력이 약한 팀에 속했다고 해서, 반전의 기회가 아주 없는 것은 아니다.

변수는 팀의 색깔이 언제든 바뀔 수 있다는 것.

깃발을 소지한 팀원이 적에게 노출되어 깃발을 빼앗길

경우, 타 팀과 해골 문장이 곧바로 교환된다는 점이 관건이었다.

다른 팀들이 얼마나 해골 문장을 소지하고 있는지 확인할 길은 없다.

정황을 바탕으로 판단하는 게 전부. 그렇기에 문장을 많이 소지한 팀은 최대한 없는 척하거나, 없는 팀은 많은 척을 하는 등 기만 전략도 상당히 필요로 한다.

때에 따라서는 팀끼리의 협력이나 배신 등, 다양한 전술도 나올 수 있으니.

꽹과리가 요란하게 울린다는 뜻의 '격쟁'이라는 단어가, 스테이지의 이름이 되는 것도 무리는 아니었다.

다만, 이번 회차에는 새로운 변수가 더해지고 말았다.

아니, 단순히 변수라고 지칭하기에는 너무 큰 걸림돌이었다.

"뭐? 독식자가 나타나? 그놈이 여기는 왜? 더 위에 있어야 할 놈이…… 무슨 양민 학살이라도 하러 왔나?"

"그새 잊었나? 독식자는 아직 50층에도 이르지 못했던 거?"

"아, 그랬지? 젠장!"

"한동안 보이지 않기에 어디서 객사한 건 아닌가 했었는데…… 하필 이번에 나타나고 말았군."

"진짜 어쩌지?"

"어쩌긴 뭘 어째……."

한바탕 소란이 있고 난 뒤.

"당연히 독식자가 있는 팀을 찾아서 가야지."

참여자들은 눈에 불을 켜고 독식자가 어디로 이동했을지 추론하기 시작했다.

비록 독식자가 지난 몇 달 동안 알 수 없는 이유로 행방불명이긴 했다지만.

그래도 그의 명성이 어디로 사라지는 건 아니었다.

랭커들 사이에는 여전히 과대평가를 받고 있다는 평가가 주를 이뤘으나, 그래도 저층 구간에서는 압도적인 실력자인 것만큼은 확실했다.

특히 20층에서 철사자단을 비롯한 여러 클랜 연합을 패퇴시킨 이야기는 아직도 회자가 될 정도였다.

당연히 플레이어들은 독식자와 같은 팀이 되기를 간절히 바라고 있었다.

그래야 이 복잡하기만 한 42층의 시련을 편하게 통과할 수 있을 테니까.

하지만 그가 어디로 갈지에 대해서는 의견이 분분했다.

유추할 만한 이렇다 할 근거가 전혀 없었기 때문이다.

그래서 대개 운이나 자신의 직감에 의존을 해야만 했고.

플레이어 윌럼프도 독식자와 한 팀이 되길 바라는 일반적인 케이스에 해당했다.

다만, 조금 다른 점이 있다면.

'나는 아예 까막눈인 저들과 다르다는 거지.'

윌럼프는 지금쯤 각자 대기 공간에서 고민에 잠겼을 다른 플레이어들을 떠올리면서 비웃음을 던졌다.

그가 지닌 특성은 '운명의 별'.

내리는 선택마다 의도했던 것보다 좋은 결과가 나오거나, 최악의 상황이 닥쳤을 때 목숨을 보전할 수 있게끔 최소한의 방어책이 마련되는 아주 드문 것이었다.

덕분에 윌럼프는 자신의 실력에 비해 꽤 높은 점수로 층계를 꾸준히 공략할 수 있었고.

지금에 이르러서는 그 운을 체득해서 뛰어난 실력자가 될 수 있었다.

그래서. 윌럼프는 이번에도 42층의 시련을 시작하기에 앞서 품에서 작은 주사위 두 개를 조용히 꺼냈다.

〈운명의 주사위〉. 특성에서 비롯된 스킬로, 그의 운명을 점지해 주는 고마운 도구였다.

이걸 두고 동료들은 '운빨망겜'이라면서 투덜거리기 바빴지만.

윌럼프는 이번에도 이 주사위가 자신을 행운으로 이끌

것이라 믿었다.

독식자가 있을 곳으로.

'굴러라!'

월럼프가 주사위를 굴렸다. 이미 머릿속으로 규칙은 생각해 두었다. 주사위 총합 12를 기준으로, 3 이하는 레드, 4 이상에서 6 이하는 블루, 7 이상에서 9 이하는 화이트, 10 이상에서 12 이하는 블랙을 선택할 참이었다.

그리고 결과는 6과 6. 12였다.

"누가 봐도 무조건 블랙으로 가라는 거군. 좋아!"

월럼프는 주사위를 회수하면서 쾌재를 외쳤다. 이렇게 깔끔하게 숫자가 나는 경우는 잘 없다. 그렇다면 이번 자신의 선택은 무조건 옳다는 뜻이었다.

그래서 아무런 거리낌 없이 곧장 검은 깃발이 있는 쪽으로 길을 선택해 걸었다.

주변에는 아무것도 없는 깜깜한 어둠을 따라, 보이는 것이라고는 꼬불꼬불한 오솔길 같은 좁은 길뿐이었다.

그런데.

'뭐지, 저건?'

어느 정도 걸었다 싶을 때, 갑자기 길목 한가운데에 커다란 무언가가 나타났다.

그림자를 뭉쳐 놓은 것처럼, 배경과 같은 색을 자랑하는 인간 형상 같은 것이 우뚝 서 있었다.

제 몸집만큼 커다란 소드 브레이커를 앞에 세운 채로. 불길한 기운을 마구 뿜어 대는 중이었다.

42층에 저런 게 있었던가? 월럼프는 미리 숙지했던 시련의 내용을 상기해 봤지만, 도저히 떠오르는 게 없었다.

그때.

「멈춰.」

그림자 인형으로부터 목소리가 울려 퍼졌다. 얼마나 강렬한지 대기가 잘게 떨릴 정도였다. 월럼프도 이 이상 걸으면 뭔가 위험하겠다는 생각에 흠칫 걸음을 멈췄다.

「미안하지만, 이 앞으로는 더 가지 못해. 우리 인성왕이 다른 저급한 것들과는 어울리기 싫다고 하셔서 말이야. 정말 나아쁜 놈이야, 그렇지 않냐?」

월럼프는 어쩐지 생김새를 알 수 없는 그림자 인형이 장난스럽게 웃고 있는 듯한 느낌을 받았다.

그러면서도. 발이 땅에 딱 달라붙어서 도저히 떨어지질 않았다.

저 말을 무시하고 앞으로 가면 머리가 당장 어깨에서 분리될 것 같은 기분.

저건 단순한 충고가 아니었다.

경고였다.

정말 죽을지도 모른다는.

그제야 윌럼프는 떠올릴 수 있었다.

독식자가 부린다는 정체를 알 수 없는 권속들. 하나하나가 웬만한 플레이어쯤은 쉽게 잡아먹는다는 괴물이 바로 저것이라는 것을.

그렇다면 저 너머에 독식자가 앉아 있다는 건데. 대체 뭘하려는 걸까?

윌럼프는 그게 너무나 궁금했지만.

확인할 용기는 전혀 없었다.

*   *   *

"도일은 치료할 수 있을 것 같습니까?"

검은 깃발이 있는 블랙 팀에는 연우만 홀로 앉아, 브라함과 이야기를 나누고 있었다.

당연한 말이지만, 그는 이번에도 점수를 독식하기 위해서 샤논을 입구에다 박아 두고 아무도 들어오지 못하게 하는 중이었다.

팀이 불리를 겪으면 겪을수록 가중되는 가산점도 클 수밖에 없으니 이것을 노리려는 것이다.

거기다 연우는 이참에 해골 문장도 가득 모을 생각이었

다. 그만큼 많은 디버프를 받겠지만.

'그걸 토대로 42층에서만 터득할 수 있는 히든 피스도 있으니.'

그러다 마지막 정산 때 마음에 안 드는 놈들의 깃발을 빼앗아 역전하면 그만이었다.

그런 생각을 읽은 건지, 브라함은 가볍게 혀를 차면서도 연우가 던진 질문에 고개를 끄덕이며 대답했다.

"가능할 듯싶어. 조금 더 살펴야 할 것 같지만, 페르세포네와의 채널링은 아직 맺어진 지 얼마 되지 않았으니 싱크로율만 떨어뜨린다면 가능할 것 같네."

연우가 스테이지 공략에 몰두하는 사이, 다른 일행들은 잠시 흩어진 상태였다.

칸과 빅토리아는 도일을 데리고 페르세포네와의 채널링을 끊을 수 있는 방법을 찾아서 아나스타샤에게로 갔고, 크로이츠는 오랜만에 연대의 본단에 다녀오겠다며 자리를 비웠다. 헤노바는 갈리어드의 도움을 받아 대장간으로 되돌아간 상태였다.

그러다 도일의 소식을 다시 듣게 된 것이다.

듣기로, 빅토리아가 도일을 데려온 것 때문에 아나스타샤가 다시 단단히 뿔이 났다고 했다.

기껏 큰맘 먹고 아다만틴 노바를 쥐여 주고 보낸 제자가 무사히 돌아오자마자 하는 말이 난생처음 보는 놈팡이를 구제해 달라는 것이었으니 얼마나 기가 찼을까.

하지만 초월자와의 채널링을 끊는 건 절대 쉬운 일이 아니었고, 이를 위해서는 반칙을 필요로 했다.

그래서 선택된 것이 바로 아나스타샤가 다룬다는 주술이었다.

큰 존재로부터 힘을 빌려 오는 게 주술의 본질이니, 채널링의 방향을 바꾸는 데도 효과가 있지 않을까 하는 생각에서였다. 여기에 대신격이었던 브라함이 붙어서 의견을 더한다면 큰 도움이 되리라 여겼다.

대지모신의 사도인 페르세포네와의 채널링이라 쉽게 끊어지지 않으면 어쩌나 싶었는데.

이미 천마와의 채널링도 끊어진 전적이 있기 때문인지, 이번에도 해제가 가능할 듯싶었다.

물론, 문제점이 전혀 없는 건 아니었다.

"문제는 대체할 만한 채널링을 찾는 것이야."

천마에 이어 대지모신까지. 도일의 채널링은 웬만한 걸로는 절대 대체가 불가능했다.

그러니 다른 대체품을 모색하는 게 쉽지가 않았다.

"거기에 대해서는 좀 더 논의를 나눠 봐야겠군요."

"그렇겠지. 그래도 다행히 시간은 좀 남아 있어. 천천히 해도 될 것 같아. 그리고."

브라함은 다른 일행들의 상황을 모두 전달하고, 입꼬리를 씩 말아 올리면서 짓궂게 웃었다.

"아주 재미난 소식도 같이 갖고 왔다네."

재미난 소식?

연우가 고요한 눈빛으로 브라함을 바라봤다.

"자네가 뿌려 놨던 씨앗들 있지 않은가. 슬슬 싹이 제법 보이더군. 상황이 아주 재미있게 돌아가고 있어."

순간, 연우의 두 눈동자가 가면을 뚫으며 안광을 잔뜩 예리하게 드러냈다.

브라함이 말한 '씨앗'이 무엇인지 눈치챈 것이다.

혈국과 마군. 화이트 드래곤과 블랙 드래곤. 마탑이 이끄는 마법 연합이나, 철사자단이 규합한 용병 연합 등이 뒤엉키기 시작한 세력전의 상황. 여기에 타르타로스의 일을 계기로 엘로힘도 참여하게 될지 몰랐다.

"아직 전초전에 불과하지만. 혈국이 블랙 드래곤과 손을 잡고, 화이트 드래곤에 충돌을 시작했다네."

가면 아래, 연우의 표정이 조금 묘하게 번졌다.

워낙에 큰 세력들이 주렁주렁 복잡하게 얽혀 있어서 당분간 큰 싸움은 벌어지지 않을 거라고 생각을 했었는데.

의외로 빨리 시작된 것이다.

그만큼 식탐황제가 욕심을 부린 걸까, 아니면 자신이 모르는 어떤 변수가 개입한 걸까.

뭔지는 몰라도, 예상했던 것보다 상황이 빠르게 진행될 듯했다.

"언제부터입니까?"

"더 자세하게 알아봐야겠지만. 파악한 바로는 얼마 되지 않은 모양이야. 이전까지 자잘한 충돌은 여러 번 있었지만, 그래도 크게 부딪칠 기색은 전혀 없었어. 마치 간을 보는 것 같았달까. 그런데."

브라함의 눈이 묘하게 변했다. 너무 재미있어 죽겠다는 듯이.

"올포원이 등장하면서 상황이 백팔십도 뒤집혔다더군."

"……?"

"거대 클랜 놈들이, 올포원의 움직임을 어떤 '징조'라고 받아들인 모양이야. 그놈이 움직일 때면 언제나 큰 파란이 있곤 했으니까. 이번에도 그가 움직일 만한 큰 '거리'가 있다고 여긴 거지."

연우는 자기도 모르게 손으로 이마를 탁 짚고 말았다.

결국 변수는 자신이 만들어 낸 것이다.

올포원의 갑작스러운 강림.

전후 사정을 전혀 모르는 이들로서는 갖가지 오해를 할

수밖에 없는 상황이었다.

연우도 올포원의 등장으로 탑이 꽤나 시끄러워질 것이라고 예상은 했지만.

아무래도 그가 생각한 것보다 반향이 더 큰 모양이었다.

"여름여왕의 유지를 이으려는 화이트 드래곤은, 이유는 몰라도 올포원에게 무슨 일이 있다고 생각해서 77층 공략을 재시도하려 했고. 기회를 틈틈이 노리던 블랙 드래곤이 이 뒤를 들이친 것 같아. 혈국도 덩달아 신나서 뛰어들었고."

브라함이 그 뒤에 말해 준 내용은 아주 간단했다.

77층을 노리는 화이트 드래곤과 이 뒤를 노리는 블랙 드래곤&혈국 연합.

전초전에 불과해도 막상 충돌이 시작되니, 탑의 층계 곳곳에서 분란이 발생했다.

'우선 심지부터 당기고 본 건가? 식탐황제가 수를 크게 던진 것 같은데.'

식탐황제는 예전에 외뿔부족과 환상연대를 끌어낼 목적으로 연우에게 동맹 제안을 한 적이 있었다. 그런데 대답을 제대로 듣기도 전에 먼저 전쟁을 시작한 모양이었다.

정말 연우를 같은 편이라고 철석같이 믿고 있는 듯했다.

"그런데 여기서 문제는."

브라함이 혀를 가볍게 찼다.

"그렇게 저들끼리 열심히 싸워 대는 건 좋은데, 블랙 드래곤이 혈국만 전면에다 세워 두고 뒤로 조금씩 빠질 모양새를 보이고 있다는 점이지."

연우가 눈을 가늘게 좁혔다.

"자칫 잘못하다가는 혈국 혼자서 독박을 뒤집어쓰는 모양새가 되고 말겠군요."

"그런 셈이지. 그린 드래곤도 블랙 드래곤을 돕겠다고 말만 하고서 막상 전투가 시작되니 발을 빼 버렸으니까. 아무튼 덕분에 현재 정황은."

"혈국이 화이트 드래곤에게 실컷 두들겨 맞고 있다?"

"정답일세."

연우는 인상을 살짝 구기면서 가볍게 혀를 찼다.

화이트 드래곤이 아무리 소수 인원이라고 해도, 여름여왕의 정식 후계자였던 봄의 여왕, 왈츠가 이끌고 있는 곳이었다.

특히 왈츠는 아홉 왕 중에서도 순위권에 해당할 만큼 뛰어난 실력자.

감히 식탐황제가 도모할 수 있는 상대가 아니었다.

혈국이 패퇴를 하고 있을 거라는 것쯤은 쉽게 짐작할 수 있는 바였다.

하지만.

'그래서는 안 되지.'

혈국이 무너지는 것이야 연우로서도 두 팔 벌려 환영할 일이었지만. 이렇게 무참하게 꺾이는 건 그가 바라는 바가 절대 아니었다.

판세가 더 크게 흔들려야 했다.

그래서 발생한 소용돌이가 탑을 집어삼킬 수 있도록.

모든 세력들이 남김없이 그 속에 휘말려 죄다 갈려 나가 게 만들어야만 했다.

"도와야겠습니다."

연우는 지금쯤 혈국이 자신을 애타게 찾고 있을 거라고 생각했다. 저들로서는 손이 하나라도 더 절실할 테니.

게다가 연우는 자신에게 판세를 더 크게 뒤흔들 만한 힘 이 있다고 자부하고 있었다.

그만큼 타르타로스에서 이룬 게 많기 때문이었다.

죽음과 투쟁의 날개, 권속으로 거둬들인 디스 플루토, 탐 욕스러운 영괴, 그리고 깊어진 칠흑왕의 권능까지.

여기다 다른 동료들까지 더해진다면.

그 모든 전력을 따진다면 다른 거대 클랜들과 비교해도 절대 뒤지지 않을 터였다.

격동을, 민들어 낼 수 있었다.

물론, 자신의 정체를 드러내기 전까지는 전력을 최대한 많이 감춰야겠지만.

그래도 판세를 뒤흔들 정도는 되었다.

혈국과 식탐황제를 처리하는 건, 그렇게 소용돌이가 커진 뒤에 해도 늦지 않았다.

"마음을 정한 게로군."

"정우가 다시 눈을 떴을 때 쓰레기장이 있으면 안 되니까요. 이참에 깨끗하게 쓸어 내야겠습니다."

브라함이 고개를 끄덕이면서 씩 웃었다.

"잘 생각했네. 마침 좋은 기회도 생겼고 말일세."

"……?"

연우가 무슨 말이냐는 눈빛으로 브라함을 바라봤다.

브라함의 입꼬리가 씩 말려 올라갔다.

"철사자단과 마탑 기억나나? 그들이 응분을 갚겠답시고, 이번에 42층으로 킬러들을 대거 고용해 보냈다더군."

*   *   *

─너와 2번대가 해야 할 임무는 아주 간단하다.

헤드 커터(Head Cutter) 녀석들이 독식자를 제거하러 움직이는 동안, 너는 독식자의 전력을 소상히 파악할 것.

철사자단의 부단장, 조나단은 머리를 쓸어 올리면서 대장, 철사자 아이반이 했던 말을 곰곰이 곱씹었다.

지난 고행오산에서의 패퇴 이후, 철사자단은 급격한 내홍을 겪어야만 했다.

한낱 독식자에게 패배했다는 사실 때문에 용병단으로서의 가치가 크게 훼손되고 만 것이다.

그 때문에 내분이 생기며 지휘 체계에 말썽이 생기기도 하고, 그동안 철사자단과 각별한 관계를 맺었던 타 용병단들이 거리를 두거나 철사자단을 중심으로 한 질서 체계에서 벗어나려고 시도하기도 했다.

하지만 아이반은 그런 것을 절대 용납하지 않았다.

오히려 이참에 걸러 낼 건 크게 걸러 내겠다는 생각으로 직접 칼을 뽑기까지 했다.

때문에 큰 출혈이 뒤따랐고, 용병계는 오히려 내홍 이전보다도 훨씬 더 단단하게 질서가 마련되었다.

그리고 아이반은 이것을 토대로, 용병 연맹을 구축하기에 이르렀다.

내세운 명분은 간단했다.

탑을 둘러싼 분위기가 심상찮게 돌아가니 용병들 간의 단합이 필요하다는 것.

하지만 멍청이가 아니고서야, 아이반의 표적이 어디인지

는 불을 보듯 뻔한 것이었다.

'독식자와 그를 돕는 무리들에 대항하는 것. 과연 대장님의 생각이 얼마나 통할는지.'

사실 조나단은 독식자와의 대립이 그리 좋은 선택은 아니라고 생각하는 편이었다.

용병은 용병으로 살아야 그 가치가 발하는 법.

자유를 빼앗고, 강제를 한다면 당연히 가치가 떨어질 수밖에 없다. 그런데 아이반은 지금 그런 방향으로 가고 있었다. 자식을 되찾아와야겠다는 생각 때문인 건지, 아니면 상한 자존심을 회복하기 위함 때문인지.

게다가 독식자의 전력이나, 그를 따르는 자들, 그리고 그를 비호하는 세력들이 하나같이 대단하다는 것을 감안한다면.

도무지 쉽게 끝날 리가 없다.

아마 아이반도 그 사실을 잘 알기 때문에, 거의 1년 만에 스테이지로 되돌아온 독식자의 전력을 확실하게 파악하고자 자신을 보낸 것이겠지만.

'머리 아프군.'

조나단이 지끈거리는 관자놀이를 검지로 꾹꾹 누르던 그때였다.

"하핫. 날씨가 참 좋군요. 거참 목 자르기 딱 좋은 날씨 아닙니까? 하하. 모든 병력들이 다 집결했습니다."

조나단이 있는 곳으로 십여 명의 플레이어들이 걸어왔다. 하나같이 살벌한 기색을 띠는 자들이었다. 특히 그들을 이끄는 자의 눈동자는 광기로 번들거리는 중이었다.

헤드 커터.

이 녀석들은 사실 랭커들 사이에서도 제법 이름이 알려진 놈들이었다.

의형제를 맺은 열댓 명의 무리가 한꺼번에 움직이면서 점찍은 사람들의 머리를 잘라다 장신구를 만드는 게 취미인 놈들.

워낙에 손속이 잔인하고, 도처에 적을 많이 만들어 놓은 까닭에 평상시에는 음지에 숨어 사는 편이었지만.

그래도 뛰어난 실력 때문에 많은 의뢰자들이 찾는 편이었다.

그러다 이번에는 아이반의 의뢰를 받고 움직인 것이다.

녀석들은 처음 42층의 시련에 참여하기 전에 의논을 나눴던 대로 화이트 팀을 선택해 모인 상태였다.

조나단은 걸어오는 내내 건들거리는 녀석들의 태도가 영 못마땅했지만, 굳이 지적하지 않았다.

애당초 말을 한다고 해서 알아들을 놈들이었다면, 독식자를 사냥하겠다는 미친 의뢰를 받지도 않았겠지.

"독식자가 어디에 있는지는 찾았나?"

"으히히. 따로 찾을 필요도 없겠더군요."

"그게 무슨 소리지?"

"블랙 팀으로 가는 곳에 그림자 괴물이 서서 길목을 막고 있더랍니다. 그게 무엇을 의미하겠습니까?"

조나단의 눈이 살짝 빛났다.

"팀을 혼자서 독차지한다?"

"빙고! 이 욕심 많은 우리 목표님께서 또 욕심을 부리시는 거죠. 과욕을 부리다가는 급체하기 쉬운 법인데 말이죠. 으히히."

녀석들은 서로를 보며 낄낄거리기 바빴다. 한 개의 팀에 배정되는 해골 문장은 총 5개. 그것을 혼자서 독박 쓴다면 당연히 팀에 부여되는 디버프도 혼자 몰아 받을 수밖에 없다.

반면에 이쪽은 헤드 커터 외에도 고용된 킬러들과 철사자 2번대까지 합쳐서 인원이 60여 명에 다다른다.

해골 문장의 디버프를 받는다고 해도, 많은 인력이 나눠서 받다 보면 효과도 그만큼 반감되기 마련. 독박을 쓴 독식자와는 큰 차이를 보일 수밖에 없다.

가뜩이나 인원수도 이쪽이 월등히 많은데, 알아서 실력까지 다운시켜 준다면. 그들로서는 두 팔을 벌려 환영할 일이었다. 뒈지고 싶어서 환장한 모양이었다.

그런 상황에서.

조나단은 뭔가 알 수 없는 불안감을 받고 말았다.

'녀석이 이렇게 나온다고? 자처해서?'

조나단은 여전히 아리기만 한 오른쪽 팔뚝을 매만지면서 인상을 찡그렸다. 오래전, 독식자의 기습을 받아 잘려 나가고 말았던 부위.

여태껏 그가 파악한 독식자는 절대 이렇게 뻔히 보이는 악수를 둘 자가 아니었다.

능구렁이를 몇 마리나 품은 게 아닐까 싶을 정도로 용의주도한 녀석이었을 텐데?

하지만 그런 조나단의 우려를 아는지 모르는지.

"하여간 빨리 스테이지 미션이 시작되었으면 좋겠군."

"독식자라. 소문만 무성하게 돌던데, 진짜 어떠려나? 목이 잘리기 직전에 내는 소리는 다른 놈들과 똑같을 텐데 말이지."

"이번에는 무슨 소리가 나게 하지? 키키키킥!"

헤드 커터를 비롯한 킬러들은 벌써 독식자를 다 잡기라도 한 것처럼 서로 낄낄거리기 바빴다.

[팀 배정 시간이 얼마 남지 않았습니다. 선택을 마무리하세요.]

[00:01:00]

[00:00:59_99]

·······.

그래도 의뢰를 허투루 할 생각은 없는 건지, 팀 배정 시간이 끝나간다는 카운트가 뜨자마자 일사불란하게 움직이기 시작했다.

헤드 커터는 원래 그들이 사냥에 나설 때 사용하는 포지션을 갖추고, 다른 킬러들은 자신들이 가진 무기를 점검하기 시작했다.

독극물을 다루는 자들은 병을 확인하며 뒤로 빠지고, 직접 몸으로 움직이는 어쌔신들은 은신 스킬을 사용하면서 하나둘씩 자취를 감췄다.

[00:00:24_56]

30초가 지나기 시작하자, 공터를 둘러싼 어둠이 조금씩 가시기 시작했다.

그러면서 점차 훤히 드러나는 스테이지 광경들.

드넓은 숲의 정경이었다.

하지만 화이트 팀에 있는 그들은 저 너머에 갖가지 지형이 갖춰져 있다는 것을 잘 알고 있었다.

42층의 스테이지는 다양한 지형이 복합적으로 이뤄진

구조였다.

4개의 진영 간에는 3개의 큰길과 12개의 작은 길이 복잡하게 얽혀 있고, 그 주변은 크게 협곡·평원·늪지대·고산 지대 등으로 이뤄져 있었다.

그리고 지형지물은 각 회차마다 계속 무작위로 바뀌었다.

때문에, 스테이지 미션이 시작되었을 때 가장 먼저 파악해야 할 것은 지형지물이었다.

사용하기에 따라서 타 팀으로 빠르게 침투할 수 있는 지름길을 발견할 수도, 매복 장소를 마련할 수도 있기 때문이었다.

더러는 전투에 도움이 되는 히든 피스들도 숨겨져 있었다.

그래서 흔히 '길잡이(Path Finder)'나 '정글러(Jungler)'라고 명명된 이들의 활약이 가장 중요했다.

길잡이 역할로 참여한 2번대 용병들이 천천히 앞으로 나섰다. 그들 중에는 엘프를 조상으로 두고 있는 이들도 있었다. 역시나 아이반이 특별히 조나단에게 붙여 준 자들이었다.

[00:00:19_61]

"출발하기 전에 짤막하게 말하겠다."

헤드 커터는 어둠 너머로 보이는 지형 구조를 눈대중으로 빠르게 훑던 중, 갑자기 들려오는 조나단의 목소리에 고개를 그쪽으로 돌렸다.

그들은 영 귀찮다는 표정이었다. 조나단이 별의별 쓸데없는 소리로 그들의 신경을 긁어 놓은 때가 한두 번이 아니기 때문이었다.

"독식자는 어떻게 나올지 알 수 없어. 그러니 단단히 주의를……."

"이보십시오, 부단장."

[00:00:10_33]

그때, 헤드 커터의 수장, '이온의 학살자' 파라탄이 한쪽 입술 끝을 차갑게 말아 올렸다.

"의뢰를 받고 난 뒤부터 일을 하는 건 전적으로 우리의 소관이오. 거기에 대해 당신이 왈가왈부할 일은 아니란 말이지. 뭘 우려하는지는 알고 있으니, 그쪽은 거기 가만히 앉아서 지켜보기만 하쇼."

"……."

조나단은 입을 꾹 다물었다. 발끈한 수하들이 나서려 했지만, 조나단이 손을 뻗어 제지하면서 고개를 가로저었다.

[00:00:6_10]

파라탄은 그 모습을 보며 조나단이 꼬리를 마는 것이라고 생각했다.

그러고는 의형제들을 돌아보면서 낄낄거렸다.

"철사자단, 철사자단, 그렇게 노래를 불러 대더니, 이제는 이빨도 다 빠져 버리고. 겁만 많아져서는. 쯧!"

[00:00:3_98]

"원래 앞 물이 뒤의 물 밀어내고, 세대도 교체되고, 뭐 그런 거 아니겠습니까?"

"크하핫! 나도 이참에 용병왕에 한번 도전해 봐?"

[00:00:2_10]

"형님이라면 충분히 가능하고도 남습죠. 이참에 독식자 모가지 잘라다 악세사리로 들고 다니면서 용병단이나 규합하는 게 어떻겠습니까, 형님?"

"그럴까?"

염병할 것들.

조나단은 잔뜩 굳은 얼굴로 놈들을 노려봤다.

[00:00:1_59]

"뭐, 그런 건 일부터 끝내고 천천히 생각하자고."

때마침 카운트가 끝에 다다르고 있었다.

어둠도 거의 사라진 상태였다.

[00:00:00_02]

[00:00:00_01]

[00:00:00]

[카운트가 종료되었습니다.]

[팀을 선택하지 못한 플레이어들은 무작위로 팀
이 배정됩니다.]

[그럼 시련이 시작됩니다.]

[건승을 기원합니다.]

"자, 그럼 이제 모가지 따러 가……!"

파라탄이 기세등등하게 앞으로 나서려던 순간.

스걱—

갑자기 그의 머리통이 말하던 그대로 잘렸다. 어깨에서 분리된 머리가 바닥으로 뒹굴었다.

"대, 장……?"

방금 전까지 파라탄과 기분 좋게 이야기를 나누던 놈들은 상황을 즉각 인지하지 못하고 멍하게 있다가, 뒤늦게 핏물이 얼굴에 튀는 것을 느끼고 재빨리 몸을 뒤로 물리려고 했다.

하지만.

쐐애액, 스걱, 스걱—

이미 녀석들 사이로 빠르게 다가온 칼바람이 휘몰아치고 있었다. 줄줄이 머리통이 떨어져 나가고, 외곽에 있던 킬러들이 기겁을 해 자리를 빠져나가려 했다.

그러나 녀석들도 불시에 당한 건 마찬가지였다.

"이, 이거 뭐야……!"

"놔! 놓으란 말이야!"

"읍! 으으읍!"

어느새 그들의 그림자가 위로 길쭉하게 늘어나 신병을 단단히 구속하고 있었다.

그림자 사이로 언뜻 드러난 영괴의 눈동자가 희미하게 곡선을 그렸다. 기분 좋게 웃고 있는 것처럼 보였다.

"놔! 제발!"

영괴에게 묶인 플레이어들은 어떻게든 그림자를 떨쳐 내기 위해 아등바등했지만.

그럴수록 영괴는 더 거세게 그들을 속박하면서 플레이어들을 그림자 속으로 잡아당겼다. 그림자 늪으로 빨려 들어가는 내내 그들은 코와 입이 막힌 채 살려 달라며 발버둥을 쳐 댔다.

「그러게 발 뻗을 곳도 어디인지를 잘 알고 뻗었어야지. 감히 네깟 놈들이.」

공간이 갈라지면서 살벌한 안광을 피워 올린 한령이 나타났다. 그는 큰 칼을 쥐면서 으르렁거렸다.

「전부 잡아먹어라.」

그의 외침에 따라, 그림자가 해일처럼 일어나 화이트 팀을 가득 뒤덮었다.

*　　　*　　　*

난리가 난 곳은 화이트 팀의 진영만이 아니었다.

아아악!

"파우스트! 어째서 리치 따위가 파우스트의 마법을……!"

"도망쳐! 도망쳐라!"

"마법이! 마법이 발동되질 않아! 으아악!"

용병 연맹 말고도, 다섯 개의 마탑을 중심으로 구성된 마법 연합에서 파견된 마법사들도 있었다.

통칭 '워 메이지'로 분류되는 자들.

마법학은 수많은 학파로 나뉘어 있는 만큼 공격 마법에 특화된 이들도 있기 마련이었고, 그중에서 가장 각광을 받는 이들이 바로 전쟁터를 무대로 살아가는 워 메이지였다.

마법 연합에서는 그들에게 상당한 아티팩트를 쥐어 주며 독식자를 잡아 올 것을 명령했지만.

스테이지 미션이 시작되면서 벌어진 갑작스러운 기습에 속수무책으로 당해야만 했다.

어떻게 결계를 구축하거나 반격을 가하려 해도, 체내의 마력이 꿈쩍도 하지 않았다.

얼굴이 새파랗게 질린 채로 원인을 찾던 그들은 뒤늦게 이유를 알아낼 수 있었다.

저 드높은 상공을 따라 돔의 형태로 구축된 마방진 때문이었다.

화계 화진(禍界禍陣).

돔 안에 갇힌 자의 마력을 단단히 구속해서 생명력을 앗아 가는 결계!

마법을 익힌 자라면 누구나 숭상할 법한 전설적인 존재, 파우스트가 만들었지만 그의 실종과 함께 사라진 것으로 알려진 결계가 나타나고 만 것이다.

그리고 돔의 위쪽에는 거대한 크기를 자랑하는 인페르노 사이트가 이쪽을 굽어보고 있었으니.

그 눈을 본 순간, 워 메이지들은 어떻게 움직여야겠다는 생각도 하지 못하고 주뼛 굳어 버리고 말았다.

고양이 앞에 놓인 쥐가 아마 이렇지 않을까.

워 메이지들은 이미 스테이지 미션이 시작되기도 전에 자신들의 운명이 결정되어 있었다는 것을 알아차려야만 했다.

저 눈의 주인이 진즉에 위치를 파악하고, 만반의 준비를 갖춰 두고 있었던 것이다.

돔을 따라 맺힌 수많은 마방진을 통해 이어지는 마법 포격에 그들이 맞설 방법은 어디에도 없었고.

탈출을 하려 해도, 입구를 봉쇄하면서 물밀 듯이 들어오는 그림자와 망령의 해일을 피할 방법은 없었다.

죽음의 손길이 그들의 목을 단단히 옥죄고 있었다.

「주제. 도. 모르는. 것들.」

부는 감히 주제도 모르고 주인님을 해하려 한 이들을 모두 쓸어버리겠다는 듯, 마력의 출력을 더 높이기 시작했다.

마성이 사라진 뒤, 파우스트로서의 기억과 정체성을 다시 잃어버리긴 했어도. 여전히 그에게는 그만한 파우스트가 남긴 잔여 기억이 있었다. 무면목법서가 빠르게 돌아갔다.

우우우—

귀곡성이 음산하게 퍼졌다.

영괴들이 빠르게 움직이면서 해골 문장을 가로챘다.

[혼돈이 가만히 전장을 굽어봅니다.]

＊　　　＊　　　＊

[화이트 팀의 '해골 문장×5'을 수거하였습니다.]
[디버프가 적용됩니다.]
[블루 팀의 '해골 문장×5'을 수거하였습니다.]
[디버프가 적용됩니다.]

[권능, '전투 본능'을 사용, 디버프를 해제하는 데 성공했습니다.]

연우는 몸이 계속 무거워지는 것을 느꼈지만, 오래전에 아레스로부터 받은 권능을 사용해 전부 쫓아내는 데 성공했다. 〈전투 본능〉은 전투에 방해가 되는 것들을 일시적으로 해제해 주는 데 뛰어난 효과를 지니고 있었다.

하지만 그는 정작 전장은 권속들에게 전부 맡겨 두고, 다른 손님을 맞이하고 있는 중이었다.

"어서 오시오."

"오랜만에 볼…… 아니, 이제는 존대를 해야겠구려. 그대는 폐하의 절친한 벗이니. 오랜만에 뵙소. 카인."

혈국의 수상, 괴(怪) 뚜언띠엔 공작이 빙긋 웃으면서 손을 앞으로 내밀었다.

연우는 뚜언띠엔 공작의 손을 말없이 가만히 보다가 맞잡았다.

순간, 뚜언띠엔 공작의 눈가로 이채가 스쳤다.

'이거, 생각보다…….'

사실 그는 여기에 올 때까지만 해도 별다른 기대를 하지 않고 있었다.

사실, 겉으로 드러난 것과 다르게 혈국이 처한 상황은 그리 긍정적이질 못했다.

화이트 드래곤과의 전쟁이 서서히 규모를 더해 가면서 혈국이 받은 피해는 아주 큰 편이었다. 화이트 드래곤의 전력이 생각했던 것보다 훨씬 강했던 것이다.

특히 그들의 수장, 봄의 여왕이 강해도 너무 강했다. 식탐황제가 손속을 섞다가 정황상 불리함을 느끼자마자 꽁무니를 뺐던 것만 봐도 충분히 알 수 있는 일이었다.

그 후로, 동맹을 맺기로 한 곳들도 하나둘씩 발을 빼는 분위기였으니.

혈국이 아무리 험악한 분위기를 연출하면서 막으려고 해봤자, 화이트 드래곤의 공세가 너무 크니 다른 곳으로 눈길을 돌릴 겨를도 없을 정도였다.

사태를 관망하기 시작한 블랙 드래곤도 문제이긴 마찬가지였다.

그러던 차에 그들은 그동안 자취를 감췄던 독식자가 다시 나타났다는 소식을 들을 수가 있었다.

그동안 독식자가 사라진 것을 두고, 전쟁이 닥치자 겁을 먹고 몸을 숨긴 것이라고 생각했던 혈국으로서는 별 탐탁지 않기도 했지만.

지금은 고양이 손이라도 빌려야 하는 절실한 상황.

그래서 원래대로라면 백작이나 자작 급의 인사를 사자(使者)로 보냈을 테지만, 뚜언띠엔 공작이 직접 움직인 것이었다.

그런데 막상 오고 나니, 여태 부정적인 생각으로 가득했던 뚜언띠엔 공작의 머릿속에 조금씩 파란 불이 켜지기 시작했다.

그가 가진 전력이 생각했던 것 이상이었기 때문이다.

용병을 비롯해 네크로폴리스 등, 갖가지 랭커들이 뒤엉켰던 고행오산의 분전에서 독식자가 승리했다는 것쯤은 익히 소식을 접해 알고 있었다.

그래도 아래 층계에서 일어난 일. 그게 무슨 대단한 일이나 될까 싶어 여태 무시를 해 왔었는데.

지금 이렇게 목격을 하고 나니 그렇지 않다는 것을 알 수 있었다.

정체를 알 수 없는 권속들을 부리는 것만으로, 헤드 커터를 비롯한 마탑 연합의 워 메이지들을 몰살시키고 있지 않은가.

'이만한 수준이라면…… 머지않아 군주급에 다다르겠어. 아니, 이미 그 정도인가? 어쩌면 언젠가는 흡혈군주 같은 놈이 될지도.'

한때, 여인의 몸으로 여름여왕에 비견되며 탑을 지배하다시피 했던 흡혈군주, 에르체페트 바토리.

그녀는 자신과 닮은 생물의 생기를 빨아들이고, 자신의 숨결을 불어넣어 권속으로 삼는 말도 안 되는 기예를 펼쳤었다.

때문에 흡혈군주가 지나는 자리에는 항상 죽음이 가득하고, 그녀가 뿌린 권속들이 산더미를 이뤘으니.

개중에 실력이 뛰어난 자들이 권속이 되기라도 하면, 그녀의 라이벌들은 촉각을 곤두세워야만 했다.

전력을 겨우겨우 깎아 두어도 언제든지 충원이 가능하

고, 어제의 동료가 오늘의 적이 되는 기상천외한 일이 비일비재하게 일어났으니 말이다.

그러다 결국 흡혈군주의 그런 특성에 위기감을 느낀 클랜 연합이 그녀를 튜토리얼 지대까지 쫓아가 척살하기는 했다지만.

그래도 여전히 흡혈군주가 남긴 공포는 혈국에도 깊이 남아 있었다.

뚜언띠엔 공작은 연우가 언젠가 그런 흡혈군주에 버금가는 존재가 되지 않을까 하고 생각했다.

가진바 실력도 무왕의 제자가 될 정도로 뛰어나고, 권속들도 하나같이 용맹하다.

'냉정하게 판단을 내리자면…… 백작에서 후작급 정도. 권속들의 전력을 합친다면 공작까지도 되겠군. 좋아. 이만하면 어떻게든 포섭해야 된다.'

이만하면 당장의 전력으로 참여해도 절대 모자라지 않을 수준이다. 장기적으로 봤을 때는 더 크게 될 게 분명했고.

계산을 빠르게 마친 뚜언띠엔 공작은 밝은 낯을 띠면서 자신이 수집한 해골 문장을 건넸다.

"이것을 필요로 하시는 것 같던데, 선물로 드리겠소."

"감사히 받겠습니다."

[레드 팀의 '해골 문장×5'을 수거하였습니다.]

[모든 해골 문장을 수거하는 데 성공했습니다.]
[누구도 쉽게 이루지 못할 업적을 달성했습니다.
추가 공적치가 제공됩니다.]
[공적치를 50,000만큼 획득했습니다.]
[추가 공적치를 30,000만큼 획득했습니다.]

뚜언띠엔 공작이 있던 팀은 레드 팀. 그가 어떻게 해골 문장을 전부 모을 수 있었는지는 굳이 묻지 않았다. 혈국 녀석들이 편한 길을 마다하고 굳이 타인을 설득할 놈들은 아니었으니.

"사실 도리상, 폐하의 친구분이시니 더 좋은 선물을 가져와야 하지만 상황이 급박한 나머지 이리 몸부터 찾아와 결례를 범하게 된 점, 용서하기를 바라는 바이오."

뚜언띠엔 공작은 정말 미안하다는 듯이 공손하게 고개를 숙였다. 어디 흠잡을 곳 하나 없는 예의 바른 동작.

혈국을 아는 플레이어들이 봤다면 경악할 만한 일이기도 했다. 언제나 선민사상에 취해 살아가는 저들이 저런 태도를 취할 거라고는 생각도 못 할 테니. 정말 진심 어린 태도로 보일 정도였다.

그런 모습을 보면서.

가면 아래, 연우의 입술 끝은 크게 비틀리고 있었다.

'급해도 어지간히 급한 모양이군.'

어차피 전장에 개입하고자 했던 그였다. 그런데 이렇게 대놓고 찾아와 준다면 오히려 연우로서는 환영할 일이었다.

'그렇다고 순순히 허락할 필요는 없겠지.'

연우의 입술 끝이 더 크게 비틀렸다.

'얻을 수 있는 건 최대한 얻어야겠어.'

순간, 가면을 뚫고 연우의 안광이 치솟았다.

'깔리는 판도 내가 원하는 대로 새로 깔아야겠고.'

혈국과 화이트 드래곤만 도모할 생각은 없었다. 연우가 바라는 것은 더 큰 그림이었다.

수렁이어야 했다.

탑에 기거하는 세력들이라면 누구나 휘말릴 수밖에 없는 깊디깊은 수렁.

그리고 그 시작은 뚜언띠엔 공작이 깔아 주면 딱 좋을 듯했다.

마침 미리 생각해 둔 좋은 것도 있었고.

미끼만 하나 던져 두면 될 일이었다.

「어휴, 호구 하나 물었다고. 하여간 저 인성…….」

샤논이 뭐라고 떠들어 대는 게 느껴지긴 했지만. 언제나 그렇듯이 무시했다.

"이미 약속을 했던 일이니 당연히 두 팔 걷고 도와드릴 겁니다."

뚜언띠엔 공작의 안색이 환하게 변했다. 그러다 뒤이은 말에 표정이 묘하게 변했다.

"하지만 보다시피 제가 지금 처한 상황이 녹록지가 않습니다."

"아."

뚜언띠엔 공작은 연우가 무엇을 말하는지를 깨닫고 살짝 이맛살을 좁혔다.

지금 연우가 있는 곳은 42층. 반면에 주 전장이 되는 곳은 거대 클랜들이 웅크리고 있는 60층대 이상이었다.

어찌 보면 그게 그들에게는 아주 당연한 일이었다.

따지고 보면, 11층이 레드 드래곤과 청화도의 주 전장이 되었던 게 이상했던 것이었으니. 물론, 그런 전장이 만들어진 건, 연우가 꾸민 짓이었지만. 그 사실을 모르는 뚜언띠엔 공작이었기에 당시가 이상했던 것이라고 생각할 수밖에 없었다.

그런데 혈국은 여태 연우를 랭커라고 착각하고 있었다. 그가 보인 활약상을 보고 누가 저층 구간의 플레이어라고 생각할 수 있을까?

그런데 그런 그를 상위 층계로 오게 만들려면?

상당히 골치가 아플 수밖에 없었다.

아무리 실력이 뛰어나다고 하더라도, 어떤 시련에 따라서는 실력과 무관하게 상당한 시일을 필요로 하는 것도 많았다.

그러니 당장 가세해 줄 전력을 필요로 하는 뚜언띠엔 공작으로서는 머리가 아플 수밖에 없었다.

"사실 50층까지는 어떻게든 도와드릴 수 있소. 본국 내에 자체적인 공략법이 존재하기도 하고, 필요한 물품 같은게 있으면 얼마든지 지원도 가능할 테니."

연우의 미소가 짙어졌다.

'이들의 전략과 전술을 훔쳐볼 수 있는 좋은 기회가 되겠군.'

층계 공략법은 각 거대 클랜이 어떻게든 숨기려고 하는 극비 보안 사항이었다.

공략법 내에 그들의 전략과 전술은 물론, 전투에 필요한 모든 재량이 다 들어가기 때문이었다.

공략법이 들통난다면, 거대 클랜으로서는 자신들이 가진 주 전력을 파훼당할 수 있는 약점이 드러나는 일이기도 했다.

그런 것을 훤히 드러내 준다고 하니, 연우로서는 고마울 따름이었다.

편하게 앉아서 층계도 공략하고, 혈국의 약점도 파악할 수 있을 테니. 놈들은 제 등을 고스란히 노출시킨다는 것도 모를 것이다.

어쩌면 여태 동생이 발견하지 못하고, 혈국이 보관하고 있던 히든 피스를 얻을 수 있을지도 몰랐다.

'지원받을 아티팩트는 덤이고.'

무엇보다.

'〈해골왕의 홀〉도 생각보다 빠르게 완성할 수 있겠지.'

40층대에는 곳곳에 해골왕이라는 존재의 유산이 존재했다.

해골왕에 대해 알려진 건 크게 없었다. 그저 전설처럼 내려지는 무용담 몇 개뿐.

용종이 살던 시절에 존재했다든가, 오래전에 사라진 마지막 거인왕의 유골이 저주를 받아 일어선 존재라든가, 혹은 타계의 신으로부터 언약을 맺은 사도라든가 하는 것들.

다만, 한 가지 확실한 건, 해골왕의 유산을 전부 모아서 만든 홀(笏)은 효과가 아주 좋다는 점이었다.

일기장에 나와 있던 것처럼, 정우도 여러 특전을 통해 우연찮게 터득한 것.

그래서 그 비밀은 아직 확실하게 알 수 없었지만, 해골왕은 우선 습득하는 것만으로도 큰 효과가 있었다.

탑에 얼마 남지 않은 거인족의 전승을 지니고 있고, 타계의 신과 관련되어 있기도 했으니.

'부에게 준다면 잘 활용하겠지.'

파우스트로서의 정체성을 자각하기 시작한 부는, 말은 하지 않아도 다시 그때로 돌아가고파 하는 욕망을 품고 있었다.

연우는 칠흑의 권능을 깨닫기에 앞서 부의 성장을 위해 해골왕의 홀을 먼저 건네줄 생각을 하고 있었다.

그리고 그것을 완성하기 위해 필요한 첫 번째 재료가 바로 지금 연우의 손에 들어온 20개의 해골 문장이었다.

5일에 걸쳐 스테이지 미션을 진행하면서 총 100개를 전부 모아야 했다.

그 외에도 다른 필요한 재료들이 40층대에 골고루 퍼져 있었다.

다만, 필요한 재료를 전부 하나같이 모으는 게 어려워서 공략하는 데 시간이 걸릴 거라고 예상하고 있었는데.

버스를 탈 수 있다면 일이 쉬워지는 것이다.

그런 음흉한 생각을 아는지 모르는지.

뚜언띠엔 공작의 말은 계속 이어졌다.

"하지만 알다시피 50층에서는 그게 막히게 되오. 물론, 카인이 통곡의 벽을 통과하지 못할 거란 건 아니지만, 그래도 거기서는 우리가 도와주지 못하오. 공략하는 데 시간이 얼마나 걸릴지도 모르고."

연우는 가만히 고개를 끄덕였다. 녀석의 말마따나 용의 신전이라는 이름보다, 통곡의 벽이라는 별명으로 더 유명한 50층은 아무나 쉽게 깰 수 있는 곳이 아니었다.

여름여왕의 죽음과 함께 사멸하고 만, 옛 용종들의 고향.

현 플레이어들에게는 용종의 유적지로 더 유명한 장소였다.

진리를 탐구하던 용종들이 남긴 장소답게, 탑의 역사가 수천 년이 지난 지금까지 탐색된 곳보다 탐색되지 않은 범위가 훨씬 많다고 전해질 정도였다.

이렇다 할 공략법이 따로 존재하지 않으며, 각 플레이어에게 서로 다른 시련을 던져 주어 머리를 싸매게 만든다.

그래서 이곳을 통과한 자들은 '랭커'라고 불리며, 진정한 플레이어로 인정을 받기도 했다.

하지만.

50층은 연우에게는 다른 의미를 주는 장소였다.

'고룡 칼라투스가 잠든 곳.'

처음 용체 각성을 할 때에만 듣긴 했다지만.

고룡 칼라투스가 살아 있을지도 모른다는 생각은 여전히 연우의 머릿속에 강하게 박혀 있었다.

눈 감은 정우를 지구로 보낼 만한 존재는 그가 아니면 없으니까. 거기다 연우는 언제부턴가 자신을 멀리서 가만히 바라보고 있는 존재가 있다는 느낌을 계속 받고 있었다.

[할파스가 당신을 흥미롭게 바라봅니다.]
[헬이 잔뜩 흥분된 얼굴로 당신을 지켜봅니다.]
[오시리스가 과묵하게 당신을 살핍니다.]
[비마질다라가 큰 전쟁을 꿈꾸는 당신에게 감탄합니다.]

5천여 개체에 달하는 신과 악마들이 자신을 보고 있다는 메시지는 지금도 계속 출력되고 있지만.

그중에 저 멀리, 아주 희미하게 느껴지는 채널링도 있었다.

별다른 이름을 밝히지 않고 가만히 지켜보기만 하는 시선.

그런데 왠지 모르게 낯이 익은 시선이었다.

그러면서도 여느 다른 신, 악마들과는 다른 기운을 풍겼다.

연우는 그게 어쩌면 고룡 칼라투스이거나, 그와 관련된 존재가 아닐까 하고 예측하고 있었다.

그러니 연우는 어떻게든 50층까지 다다를 생각이었다.

다만, 문제가 있다면.

'용의 신전, 그 아래에 있는 미궁을 여는 게 쉽지 않다는 건데.'

용의 신전에는 여태 세간에 공개되지 않은 히든 스테이지가 존재한다.

고룡 칼라투스의 부름에 도착했던 그 장소는…… 정말이지 새로운 세계를 보는 것 같았다.

아마 진시황릉이 이렇지 않을까? 아니면 파라오의 피라미드가 이럴지도.

위대했던 고룡의 안식처는 그만큼이나 거대했다.

정우도 고룡 칼라투스의 안내가 아니었다면 절대 발견하지 못했을 곳.

고룡 칼라투스의 무덤. 통칭 '용의 미궁'이라 불리는 장소였다.

연우는 바로 그곳을 열 생각이었다.

문제가 있다면, 용의 미궁은 주인의 허락 없이는 절대 열수 없다는 점이었다. 당연한 말이지만, 연우도 그건 피할수 없는 사안이었다.

그렇다면 남은 방법은 하나.

'강제로 여는 수밖에.'

하지만 연우는 자신이 직접 열 생각은 전혀 없었다.

용의 미궁은 고룡의 안식처답게 수많은 가디언이 지키고 있을뿐더러 트랩이 설치되어 있다. 그중에는 연우가 어떻게 감당하기 힘들 것 같은 것들도 수두룩했다.

그리고 당연한 말이지만, 중심지로 갈수록 난이도는 계속 높아지도록 되어 있었다. 위험할 것이 자명했다.

그러나.

'대신 움직일 말들이 있다면 이야기는 달라지지.'

연우는 용의 미궁을 열 말들로 혈국을 이용할 생각이었다. 그리고 미끼를 던지기에 따라서 화이트 드래곤이나, 뒤로 빠지려던 블랙 드래곤과 그린 드래곤도 강제로 끌어올 수 있으리라 여겼다.

용의 후예를 자처하는 녀석들에게 고룡의 안식처만큼 구미를 당길 만한 것도 없을 테니.

'마군이나 엘로힘 같은 놈들이 탐을 낼 만한 곳이기도 하고.'

고룡이 어떤 유산을 남겼을지 아무도 모르니. 여러 랭커들의 구미를 잡아당기기도 쉽다.

「그러니까 쉽게 말해서 아아주우 많은 클랜과 랭커들을

죄다 갈아 넣어서 미궁을 열겠다는 거 아냐? 캬! 역시 우리 인성왕. 대단해.」

샤논이 감탄을 터뜨리는 동안.

'미끼를 던져 볼까?'

연우는 눈을 빛내면서도 진중한 어조로 말했다.

"그래서 드리는 말씀입니다만. 사실 혈국을 만나면 깊게 논의를 나눌 것이 있었습니다."

"음?"

뚜언띠엔 공작이 눈을 동그랗게 뜨며 고개를 갸웃거렸다.

"우연찮게 41층을 통과하다가 이런 것을 발견했습니다."

"……?"

뚜언띠엔 공작은 연우가 내미는 게 무엇인가 싶어 가만히 살폈다.

낡은 양피지에 그려진 지도였다.

그는 지도의 구조를 머릿속으로 그리다가, 어딘지 모르게 익숙한 것 같아 고개를 갸웃거렸다.

"음, 이건?"

"보다시피 50층의 지도입니다."

"그런 것 같소만. 그런데 뭔가……."

"네. 아마도 다를 겁니다. 제가 일 년 가까이 자취를 감췄던 이유가 이것을 파헤치기 위해서였으니까요."

사실은 타르타로스에 있었기 때문이었지만, 어차피 그건 녀석이 알 리 만무한 일.

뚜언띠엔 공작은 독식자를 몰두하게 만든 물건이 뭔가 싶어 흥미를 드러냈다.

그러다 들리는 말에 눈을 부릅뜨고 말았다.

"아무래도 사라졌다던 마지막 용왕, 칼라투스의 무덤을 찾은 것 같습니다."

"……!"

「우리 인성왕은 미끼를 던졌고, 넌 그것을 물어 버린 것이여어!」

샤논의 낄낄거리는 목소리가 작게 울렸다.

"대, 대체 이런 것을 어디서 구한 것이오?"

뚜언띠엔 공작은 자리에서 벌떡 일어나며 지도를 다시 살피기 시작했다.

꽤나 오래된 것 같은 지도.

확실히 지도는 용의 신전을 상세하게 그려 내고 있었다. 특히 세간에 잘 알려지지 않은 부분이나, 혈국만 파악했던 장소까지 그려져 있어 가짜가 아니란 것을 알 수 있었다.

그런 지도에 비밀 장소로 통하는 게이트의 위치와 여기로 향하는 통로에 대한 언급이 있었다.

분명했다.

이건 공개되지 않은 히든 스테이지에 관한 것이었다.

그리고 만약 연우가 했던 말대로라면.

'이건 천금을 주고도 절대 바꿀 수 없는 보물이다!'

고룡 칼라투스.

그는 세간에 다른 이름으로 더 많이 알려져 있었다.

마지막 용왕, 칼라투스.

용종의 최전성기를 이끌었지만, 조상들이 이루지 못한 초월에 대한 미련을 벗지 못하고 올포원에 도전해 결국 일족을 멸망으로 이끌고 만 비운의 왕.

그의 무덤을 찾을 수 있다면.

용종에 대한 비밀이란 비밀은 모두 독식하게 될 것이다. 그들이 남긴 갖가지 연구 자료며 보물 창고는 물론, 용종의 후예들이 가지는 약점도 알게 되겠지.

혈국은 지금 처한 전황을 뒤집을 수 있을 뿐만 아니라, 수천 년 동안 비원으로만 남았던 '국가 재건'도 이룰 수 있게 될 것이다!

「아따, 미끼를 물어 버린 놈, 고것 참 실허네이.」

연우는 샤논의 깐족대는 목소리를 한쪽 귀로 흘리면서, 혹시 타인이 들을까 우려된다는 듯 목소리를 낮추며 진중한 목소리로 설명을 덧붙였다.

"이 지도는 30층에서 우연찮게 얻을 수 있었습니다."

연우는 지도를 만들면서 밤새 생각해 낸 이야기를 술술 풀어냈다.

우연찮게 히든 퀘스트를 통해 보상으로 지도를 입수하고, 연계 퀘스트를 이어 나가다 보니 끝내 퀘스트의 종착지가 50층으로 이어졌다는 이야기.

그리고 보상으로 '용의 미궁'이라고 명명된 고룡 칼라투스의 무덤을 찾아냈다는 것까지.

"카인이 그동안 종적을 감췄던 데에는 그만한 이유가 있으셨던 거였군. 이해하오. 한데, 어째서 우리에게 도움을 요청하는 것이오? 사실 혼자서 독차지해도 괜찮았을 텐데."

"혼자서는 공략하는 것이 무리라는 것을 잘 알기 때문이지요."

연우는 언제부턴가 혼자서 퀘스트를 진행하는 데 한계를 느꼈다고 말했다. 갈수록 난이도는 높아지는데, 제한 시간까지 걸려 어쩌지 못하고 발이 동동 구르던 상황.

그런 지난날에 대한 설명들이 얼마나 구구절절하고 애타는지, 듣고 있는 내내 뚜언띠엔 공작은 뭔가에 홀린 표정이었다.

「정우는 분명히 우리 인성왕이 참 연기를 못한다고, 발연기라고 했었거든? 근데 저놈은 왜 저렇게 잘 속는 거지?

역시 욕심이 눈을 가리면, 사람은 앞뒤가 제대로 안 보이는 건가?」

「헛소리 그만하고. 맡은 임무에 충실해. 이쪽은 이제 거의 정리가 끝났다.」

샤논의 혼잣말을 들었는지, 저 멀리 링크를 통해서 한령이 혀를 차는 소리가 들렸다.

구박을 받았어도, 샤논은 여전히 즐겁기만 했다.

「공작은 잘 감시하고 있으니까 걱정 말라고.」

그런 사이에도 설명은 계속 이어졌고.

끝내 마지막에 다다랐다.

"……그래서 이렇게 결례를 무릅쓰고, 혈국에 도움을 요청하게 된 것입니다. 혈국이 현재 얼마나 경황이 없는 와중인지를 잘 알면서도, 혹여 서로에게 도움이 되지 않을까 싶어 이렇게 이야기를 꺼냈습니다."

"그렇군. 일리 있소."

뚜언띠엔 공작은 흔쾌히 고개를 끄덕이면서 다시 지도를 손으로 쓰다듬었다. 그의 두 눈동자가 광기로 번들거렸다.

제 딴에는 숨긴다고 숨겼지만. 연우는 그 속에 숨겨진 탐욕을 놓치지 않았다.

그러다.

갑자기 뚜언띠엔 공작의 두 눈이 깊게 가라앉았다. 그는

지도를 매만지다가 천천히 손을 떼며 등을 의자에 붙였다.

눈가를 따라 예리한 기색이 스쳐 지나갔다.

"하지만 우리에게 제안한 건, 단순히 그런 이유만은 아닌 듯 보이오만?"

그래도 거대 클랜을 이끄는 이인자다운 통찰력이라고 해야 할까.

뚜언띠엔 공작은 단번에 연우에게 다른 노림수가 있다는 것을 눈치채고 있었다.

연우로서도 이야기의 진행이 그리되는 것을 원했기 때문에, 냉정하게 고개를 끄덕이면서 몇 가지를 제안했다.

뚜언띠엔 공작은 신중한 얼굴로 가만히 고개를 끄덕이면서 제안을 경청했고.

이윽고 몇 가지 의견을 건네면서 살짝 입꼬리를 말아 올렸다.

"그만하면 괜찮은 것 같소. 좋소. 한번 해 봅시다."

옛 보검의 이름을 딴 그의 이름처럼, 예리하게 번뜩이는 차가운 미소였다.

"마지막 용왕의 무덤을, 저들의 무덤으로 만들어 봅시다."

「월척이로구만.」

연우는 뚜언띠엔 공작이 내미는 손을 크게 맞잡았다.

가면 아래.

연우의 입꼬리도 뚜언띠엔 공작처럼 말려 올라가 있었다.

전혀 다른 의미를 지닌 미소였지만.

*   *   *

「내가 지켜보고 있다는 것을 알면서도, 참으로 앙큼한 짓을 저지르려 드는구나. 참으로 시건방지다, 인간.」

화아아—

뚜언띠엔 공작이 우선 식탐황제에게 보고를 올리겠다면서 자리를 비운 순간.

갑자기 연우의 뒤쪽으로 깔깔거리는 앙칼진 웃음소리와 함께 강렬한 기운이 뭉치며 서서히 모습을 드러냈다.

여름여왕이었다.

비록 칠흑의 권능이 빠져나가면서 처음 현신했을 때처럼 강한 기운을 풍기지는 못했지만.

그래도 그녀는 흐릿하게나마 영체를 유지하며 자신의 의지를 발산하고 있었다.

그러자 연우 옆으로 여태껏 그림자 속에 숨어 있던 샤논도 천천히 모습을 드러내면서 우두커니 섰다. 여름여왕을 경계하기 위해서였다.

아무리 여름여왕이 연우의 부름에 따라 강림한 상태라고 해도, 그녀는 샤논 등과 다르게 권속으로 묶여 있는 형태가 아니었다.

그렇기에 어떤 짓을 저지를지 몰라 방비를 하려는 것이다.

「주인을 바꾼 번견의 충성도 아주 대단하고 말이지.」

물론, 지금 여름여왕의 상태로 연우에게 어떤 해코지를 하기란 힘들 테지만. 그래도 워낙에 오랜 삶을 살았던 존재이니 어떤 수를 쓸지 짐작할 수 없었던 것이다.

하지만 여름여왕은 그런 샤논의 태도가 귀여운지 피식 가볍게 웃으면서 무시했다.

생전에 샤논은 자신과 얼굴도 마주치지 못했던 조장급 인사에 지나지 않았던바.

그런 녀석이 운 좋게 여기까지 강해져 원주인이었던 자신을 노려보고 있으니, 불쾌하기는커녕 귀엽게만 느껴졌던 것이다.

하지만 그런 눈길에도 불구하고, 샤논은 전혀 흐트러지는 기색이 없었다.

옛 주인을 만났다지만, 지금 그가 절대적인 충성을 바치는 존재는 연우였다.

이내 여름여왕도 흥미가 팍 식었는지, 팔짱을 끼며 오만한 자세로 연우를 내려다보았다.

연우가 지금부터 무너뜨리려고 하는 화이트 드래곤은, 그녀가 이 세상에 남긴 유산이었으니까.

하지만.

그런 유산을 망가뜨리려 하는 모습을 보았는데도 불구하고, 여름여왕은 화를 내기보다 아주 침착했다. 오히려 입가에 흥미까지 감도는 모습이었다.

"결국 너희 레드 드래곤이 정우를 다치게 한 건 달라지지 않는 현실이니까."

연우는 정우를 '죽게 만든'이라는 말을 더 이상 쓰지 않았다. 회중시계에 잠든 정우의 사념체가 있다는 것을 감안한다면. 더 이상 그런 말을 써서는 안 되는 것이다.

"왜? 그래서 날 막을 건가?"

「그럴 리가. 이 몸이 생전의 일에 대해 미련을 둘 것 같나? 후세의 일은 후세가 알아서 할 일이지.」

죽어서도 미련을 버리지 못해 구천을 떠도는 원혼이 많은 인간과 다르게.

오랜 삶을 사는 용종은 그만큼 눈을 감고 나면 미련을 전부 훌훌 털어 버리는 편이었다.

여름여왕은 정우에 대한 마지막 미련이 남았었고, 이제

는 올포원에 대한 종족의 원한 때문에 아직 체류 중이긴 했지만.

그래도 자신이 남긴 유산에 대해서는 더 이상 별다른 관심을 보이지 않았다.

아니, 미련을 가질 만큼 미련한 용이니. 아예 관심이 없는 건 아니었다.

그보다는.

"그만큼 자식들을 믿는 건가?"

「정확하게 말하자면 맏이를 신뢰하는 것이지.」

"그 맏이가 다른 동생들에게 밀리고 있는데도?"

「그렇다면 거기까지인 것이지. 강한 자가 살아남는다는 적자생존의 법칙은 시대가 아무리 달라져도 절대 바뀌지 않는 순리이다.」

여름여왕은 자식들이 자신의 유산을 망가뜨렸다는 사실을 알면서도 크게 개의치 않는다는 태도였다.

결국 그렇게 서로 물고 뜯다가 최후에 남는 자가 유산을 독차지하고, 자신의 의지를 제대로 계승할 것이라 믿어 의심치 않는 것이다.

그리고 그 수혜자가 맏이인 봄의 여왕, 왈츠가 될 거란 것도.

"해볼 테면 얼마든지 해보라는 거로군."

「경쟁자들을 물리치고, 갖가지 방해를 꺾어야 왕이 될 자격이 있는 법이지. 얼마든지 해보라.」

연우는 가면을 가만히 벗으면서 머리를 가볍게 쓸어 올렸다. 흉흉한 눈동자가 여름여왕을 꿰뚫었다.

정우는 그녀를 용서했을지 몰라도, 연우는 아직 아니었으니.

하지만.

여름여왕은 할 수 있으면 얼마든지 해보라는 듯, 가볍게 코웃음을 치면서 도로 자취를 감췄다.

조금 남은 칠흑의 권능으로 현신을 자유자재로 하는 녀석은 연우가 어떻게 커버하기가 어려운 상태였다.

연우는 도로 가면을 쓰면서 자리에서 일어났다.

방아쇠는 당겨졌다.

그렇다면 이제 다시 달릴 일만 남은 것이다. 목표는 50층이었다.

그렇게 돌아서려다, 문득 연우는 한 가지 생각에 미쳤다.

'그러고 보니 에도라도 지금쯤 50층을 통과할 때가 됐을 텐데.'

판트와 에도라. 오랫동안 보지 못했던 동생들과 함께 나눴던 술잔이 그리워지는 날이었다.

우르르. 콰쾅―

비가 억수로 쏟아지고 있었다.

"이게 조나단이란 말이지?"

철사자 아이반은 수하가 드리우는 우산을 피하면서 가만히 목관 앞에 섰다. 너무나 무미건조한 목소리. 감정이 한점도 느껴지지 않을 정도로 무뚝뚝했다.

하지만 주변에 시립해 있는 이들은 그가 초월적인 인내심으로 화를 억누르고 있다는 것을 잘 알고 있었다.

"42층에서 홀로 눈을 감고 있던 것을 발견하여…… 죄송합니다."

부단장 조나단의 죽음이 철사자단에 주는 충격은 그만큼 컸다.

비록 가진 실력은 부단장이라고 하기에 부족한 면이 없잖아 있었지만, 그래도 따스한 성품으로 거친 용병들을 올바른 길로 인내해 주던 어머니 같던 분이었다.

그리고 그런 조나단을 존경하는 무리는 칠사단뿐만 아니라, 용병계 전체에 널리 걸쳐 있었다. 그로부터 은덕을 입지 않은 용병을 찾기가 힘들었기 때문이었다.

강제로 규합된 용병 연맹이었지만, 지금 이 순간만큼은

그들 전부 이런 일을 저지른 독식자에 대한 분노로 공감대를 형성하는 중이었다.

"……멍청한 놈."

그리고. 아이반은 왜 조나단이 그런 선택을 내렸는지를 잘 알 것 같았다.

조나단은 지난 고행오산에서의 싸움에서 수하들을 대거 잃은 후부터 우울증을 앓고 있었다. 겉으로 크게 티는 내지 않았지만, 그와 가까운 사람들은 전부 그 사실을 잘 알고 있었다.

적을 제대로 판단하지 못해 피해를 키운 것에 대한 죄책감에 시달린 것이다. 아이반이 '승패는 전장에 늘 있는 일이다'며 달랬어도, 쉽게 떨치지 못했다.

그래서 독식자가 다시 스테이지에 나타났다는 소식을 들었을 때에도, 직접 자신이 나서겠다는 의지를 내비쳤다.

아이반은 위험하다는 생각에 그를 뜯어말렸지만, 워낙에 조나단의 의견이 강경해 결국 위험하다 싶으면 바로 빠지는 조건으로 보냈다.

하지만 불안감은 현실이 되어 돌아오고 말았다.

조나단이 왜 이렇게 돌아왔는지도 알 것 같았다. 강제 병합으로 인해 불만이 들끓던 연맹에서부터 벌써 분노 섞인 적의가 흘러나오고 있으니. 자신의 죽음으로 더 큰 것을 노리려 한 것이다.

아이반은 자신의 오른팔이 뜯겨 나가는 듯한 그런 기분을 느끼면서도.

조나단이 이렇게 만들어 준 기회를 놓치지 않아야 한다는 생각에 주먹을 꽉 쥐었다.

목관을 쓰다듬으며 천천히 일어나는 아이반의 두 눈이 차갑게 뜨였다.

"다함."

"예."

옆에 시립해 있던 부부단장, 이제는 부단장으로 직급이 오른 다함이 고개를 숙였다.

"독식자에 대한 분석은 모두 끝났겠지?"

"예. 지금 남은 자료를 정리 중에 있습니다."

격전이 휩쓸고 지나간 전장에는 그만큼 플레이어의 흔적이 강하게 남기 마련.

죽은 킬러들의 상태를 바탕으로 그들은 독식자의 전투 스타일에 대한 자료를 분석하고 공략법을 모색하는 중이었다.

"그래서 결과는?"

"조금 더 살펴봐야겠지만…… 정면으로 부딪쳐서는 이쪽의 피해도 클 듯합니다."

독식자가 여러 권속을 부리는 군주라는 건 이미 알려진 사실. 그러면서도 초인의 반열에 다다랐으니 아이반도 중상을 피할 수 없으리란 이야기였다. 그래서는 '사냥'이 되질 않는다.

"지금 본부에 마탑 놈들이 왔다고 했었지?"

"예. 동맹 제안입니다. 그 외에 트리톤이나 네크로폴리스의 잔당들, 여러 신진 클랜이나, 랭커들, 생각보다 훨씬 많은 곳들이 사절을 보내왔습니다."

이미 철사자단의 움직임은 단순히 용병 업계의 규합에만 국한되어 있던 게 아니었다.

독식자에 원한이 있는 자들, 그의 부상을 시기하는 자들, 견제하는 자들까지, 전방위로 해서 속속들이 움직이고 있는 중이었다.

그리고 현재. 드디어 모든 조직들 간의 조율이 끝나면서 첫 번째 대규모 회의가 곧 철사자단의 본단에서 시작될 예정이었다.

반(反)독식자 클랜 연합.

아직 이렇다 할 정식 명칭은 없었지만, 그들 사이에는 그렇게 불리고 있었다.

"그만큼 녀석이 뿌린 분란의 씨가 많다는 뜻이겠지. 하지만 단순히 그걸로는 안 된다. 우선 사냥감의 힘부터 빼놔

야겠어."

아이반은 서슬 퍼런 목소리로 작게 중얼거리다, 무언가를 떠올렸는지 다함을 쳐다보았다.

"그러고 보니, 독식자와 친하게 지냈던 외뿔부족…… 마희가 50층에 도전한다고 하지 않았던가?"

"예. 그렇습니다."

순간, 아이반의 입꼬리가 크게 비틀렸다.

"힘을 빼는 데는 미끼 만한 것이 없지. 회의가 끝나는 대로, 그쪽으로 병력을 보내도록."

"충!"

다함이 절도 있게 고개를 숙였다.

*   *   *

50층, 용의 신전.

북서부, '이무기의 숲'.

"쫓아!"

"얼마 가지 못했을 거다. 놓치면 우리가 엿 되는 거라고. 무슨 일이 있어도 반드시 잡아."

파밧—

하늘에 닿는 게 아닐까 싶을 정도로 어마어마한 높이를 자랑하는 나무들 사이로, 플레이어들이 빠르게 움직이고 있었다.

언제나 여러 랭커와 세미 랭커들의 수련 장소로 각광을 받던 한적한 숲이었지만.

지금만큼은 너무나도 소란스러웠다.

"제길…… 끝도 보이질 않는군. 대체 어디서 저렇게 많은 놈들이 튀어나오는 거지?"

따돌렸다고 생각했는데도 불구하고, 어느새 지척까지 다가온 추적자들을 보면서.

마희성의 부성주, 차투라는 이를 악물었다.

그녀는 단 며칠 사이에 겪게 된 지금의 상황을 도무지 믿을 수가 없었다.

하아.

하아.

그때, 그녀의 등 뒤로 뜨거운 숨결이 느껴졌다.

고열과 피로로 가득한 숨결.

'마희만 깨어 있으셨어도……!'

차투라는 창백한 안색으로 자신의 등에 업힌 에도라를 보면서 이를 더 세게 악물고 말았다.

에도라가 용의 신전으로 들어가 시련을 진행하고 있던

와중에 시작된 갑작스러운 기습은 모든 것을 엉망으로 만들어 버렸다.

제각기 다른 복장을 하고 있을 뿐만 아니라, 구성원의 면면도 용병이나 마법사 등 다양해 단일 소속이 아니란 것을 알 수 있는 자들. 적은 최근 '사자 연맹'이라는 이름으로 규합된 이들이었다.

철사자단을 중심으로, 용병 연맹과 마법 연합이 주축이 되어, 트리톤과 네크로폴리스를 비롯한 여러 잔존 세력들, 신흥 클랜들, 그리고 새로운 시류에 편승하려는 랭커들이 뭉쳐서 만든 거대 단체.

복잡하고 아주 긴 정식 명칭이 따로 있었지만, 초대 맹주로 추대된 철사자 아이반의 별칭을 본 따 사자 연맹이라 불리는 이곳이 발족하자마자 가장 먼저 시행한 것은 바로 '마희성 토벌'이었다.

녀석들이 내세운 명분은 아주 간단했다.

최근 들어 마희성이 중위 층계의 질서를 복잡하게 어지럽히는 일이 아주 많은바, 여러 플레이어들의 의견을 모아 그들을 징치하는 것이라고.

하지만 바보가 아닌 이상에야, 그것이 허울 좋은 명분에 불과하다는 것을 모를 사람은 아무도 없었다.

애당초 사자 연맹에 가담한 세력들은 독식자와의 충돌에

서 패배를 입었던 곳들이 대부분이었기에, 그에게 복수를 하겠다는 성격이 강했다.

그러니 그 일환으로 독식자의 동료라고 알려진 마희 에도라를 노린 것일 테지.

문제는 녀석들이 노린 기회가 하필 에도라가 시련에 집중해 있고, 마희성도 경계를 늦추고 있을 때였다는 점이었다.

그 때문에.

에도라는 시련이 강제로 불발되면서 큰 부상을 입고 말았다. 거기다 추가로 무슨 일이 벌어진 건지, 그녀는 여태 사경을 헤매면서 깨어나지도 못했다.

마희성도 마찬가지. 별다른 방비를 구축하지 못한 탓에 사자 연맹의 공세에 속수무책으로 당해야만 했다.

그나마 추종자들의 희생이 있어 시간을 벌 수 있었다지만.

사자 연맹의 집요한 추격을 완전히 따돌릴 수 있을 정도는 아니었기에, 시간을 버는 정도밖엔 되지 못했다.

그러다 피신을 하게 된 곳이, 스테이지의 북서부에 위치한 이무기의 숲이었다.

하지만 돌아가는 분위기로 보건대, 이 숲은 이미 녀석들에게 철저하게 포위된 상태였다.

'어떻게 해야 하지?'

에도라를 대신해, 실질적으로 마희성의 총책임자 역할을 해 왔던 차투라로서는 어떻게든 이 난관을 타개하기 위해 머리를 굴릴 수밖에 없었다.

다른 도움의 손길이 있다면 좋을 테지만, 그런 건 바랄 수도 없는 상황이었다.

50층에 상주하고 있는 플레이어들은 대개 랭커가 되고자 하는 세미 랭커들.

당연히 시련에 집중하고자 하는 그들로서는 굳이 위험한 짓을 사서 할 필요가 없는 것이다.

게다가 사자 연맹은 수많은 세력이 뭉친 만큼 그 규모가 기존 신흥 4대 클랜들을 여럿 합친 것보다도 훨씬 컸다.

전력 규모가 기존 8대 클랜과 비교해도 절대 크게 뒤처지지 않는 것이다.

그러니 당연히 그런 곳과 척을 지고 싶어 하는 이들은 아무도 없었고.

괜히 독식자의 분쟁에 휘말려 봤자 좋을 게 하나도 없다는 것을, 지난 몇 번의 경험으로 체감을 해 본 탓이었다.

다만, 차투라로서는 왜 사자 연맹이 이렇게까지 위험힌 선택을 내렸는지 의아하기도 했다.

'대체 무슨 생각인 거지?'

마희성은 그렇다 치더라도, 에도라의 배경에는. 이제 명실상부한 일인자나 다름없는 무왕이 있었으니까.

물론, 외뿔부족이 일족의 명예에 대항하는 것이 아니라면, 부족원의 일에 무심한 편이긴 하다지만.

그래도 워낙에 지난 수십 년 동안 무왕의 괴팍한 농단을 여러 차례 겪어 봤을 테니, 짐짓 무슨 일이 또 발생하지 않을까 우려할 수밖에 없었다.

하지만.

그런 걸 아는지 모르는지, 사자 연맹은 마희성과 불구대천의 원수라도 된 것처럼 거세게 몰아치는 중이었다.

콰아앙—

때마침 그들의 머리 위로 거대한 불덩이가 우수수 쏟아졌다.

이미 차투라를 비롯한 마희성의 수뇌는 여러 번의 마법 포격을 막으면서 지칠 대로 지친 상태. 그래도 반사적으로 나서려는데, 다른 그림자가 불쑥 앞으로 튀어 나갔다.

"이곳은 내가 어떻게든 막을 테니, 그대들은 마희를 모시고 층계부터 빠져나가시오!"

나이엔스가 갑자기 대열에서 이탈하더니 칼을 뽑은 것이다.

"하지만……!"

"시간이 없소. 빨리!"

나이엔스는 대답을 시간도 없다는 듯, 검을 강하게 움켜쥐면서 이쪽으로 뛰어오는 적들에게로 달려들었다.

콰콰콰—

'매서운 서풍'이라는 별칭답게, 그가 검을 휘두른 자리 위로 검기가 한 다발 떨어지면서 추적자들의 발목을 단단히 묶었다.

몇 번이나 이뤄졌는지 알 수 없을 희생. 하지만 차투라와 일행들은 다시 눈물을 삼키면서 뛸 수밖에 없었다.

하지만 그들은 알고 있었다. 나이엔스가 저렇게 희생을 했어도, 정작 큰 도움이 되지 못한다는 사실을.

포위망은 더 촘촘하게 조여 오고 있었고, 탈출로는 전부 차단되었다. 다른 층계로 향하는 포탈 스크롤도 작동을 하지 않는 중이었다.

이대로 녀석들에게 에도라를 내어 주고 당해야만 하는 걸까?

그들의 머리 위로 검은 먹구름이 끼고 있었다.

하아.

하아.

그 와중에도.

차투라의 등에서는 에도라의 거친 숨결이 느껴지고 있었다.

—네가 그때 여러 번 보았던, 그 아이의 눈에 담
겼던 그 아이로구나. 소호의 눈을 가졌던.

마희성이 사자 연맹에 다급하게 쫓기던 그 시각. 에도라
는 꿈속에 갇힌 상태로 용의 신전에서 마주쳤던 존재의 말
을 계속 되뇌고 있었다.

—그때는 스치듯이 보아서 몰랐으나, 이제는 알
겠다. 너에게 점지된 것이 무엇인지.

각 플레이어들마다 주어지는 시련이 다르다는 스테이지
답게.

에도라가 맞닥뜨렸던 시련도 오래전 아버지 무왕이나 대
장로에게서 들었던 것과 너무나 판이하게 달랐다.

그녀 앞에 기다렸다는 듯이 나타난 건, 좀처럼 크기를 짐
작하기 힘들 정도로 어마어마한 체고를 가진 그림자였다.

그러다 에도라는 〈혜안〉을 열고 난 뒤에야, 그림자의 정
체가 무엇인지 알 수 있었다.

그것은 용이었다.

언젠가 본 적이 있던 여름여왕의 본체보다도 훨씬 거대한 용.

용은 황금색으로 빛나는 눈동자로, 에도라보다도 훨씬 큰 동공 안에 그녀를 한껏 담으면서 알 수 없는 말들을 내뱉었다.

'그 아이'가 누구를 가리키는 건지, '점지된' 것은 또 무엇인지. 그리고 당신은 또 누구인지.

에도라는 많은 것들을 묻고 싶었지만, 어째서인지 도무지 아무 말도 나오질 않았다.

그건 아마도 용에게서 보이는 것들이 너무 거대했기 때문일 것이다.

아버지, 무왕을 엿보아야만 저렇지 않을까 싶을 정도로 어마어마한 기백은 둘째 치더라도.

〈혜안〉을 통해서 보이는 용의 구성 요소들은 이 세상을 이루는 모든 법칙이 다 담겨 있었다.

마치 처음으로 넓게 펼쳐진 은하수의 장관을 보게 되었을 때처럼. 그녀는 그 광경에 압도된 나머지 한참 동안이나 넋을 잃고 바라보아야만 했다.

그 속에는 그녀가 그토록 궁구했던 양도(陽刀)의 비밀도 담겨 있는 듯했다.

그래서.

에도라는 그 용에게 더 가까이 다가가고 싶었다.

분명 여름여왕 이후로 멸종되었는데도 살아 있는 듯한, 수상쩍은 용인데도 불구하고. 정체를 도저히 알 수 없고, 시련이 주는 이상한 환각일지도 모르는데도 불구하고.

그녀는 그 용에게서 이상한 끌림을 받고 있었다. 마치 보이지 않는 실로 연결되어 있는 것 같았다.

그래서 그 용에게 닿아 보고자 한 발을 앞으로 내디뎠지만.

하필이면 그때 사자 연맹의 기습이 터지고 말았다.

에도라를 둘러싸고 있던 시련도 그때 같이 부서졌다. 용의 형체가 흐려지고, 연결도 강제로 끊어지면서 영혼이 큰 타격을 받고 만 것이다.

─나의 이름은 칼라투스.

그래서 에도라는 거대한 용이 남긴 잔상에 한동안 계속 묶여 있어야만 했다.

─일족을 파멸로 이끈 패륜왕이었으며, 그것을
바로 잡아 너희들의 운명을 열⋯⋯.

용이 그녀에게 남기고자 하는 말도 거기서 끊어지고 말았다. 말끝이 흐려졌던 것이다.

'대체 뭘 말하려고 했던 걸까?'

다만, 목소리가 흐트러지는 와중에도 유독 잘 들렸던 말은 있었다.

─차연우. 차연우를 내게로 데려와다오. 시간이 얼마 남지 않았다.

쾅─

에도라는 정신을 세게 내려치는 듯한 충격과 함께 눈을 번쩍 떴다.

용이 남겼던 이름, 차연우.

그 이름이 낯설지 않았던 것이다.

용은 대체 그 이름을 어떻게 알고 있었던 걸까?

에도라는 그런 의문을 계속 던지고 싶었다. 하지만 순간 코끝을 찌르는 짙은 피비린내에 정신이 번쩍 들었다.

용과 대화를 나누고 있던 도중에 성제를 알 수 없는 무리가 자신을 덮쳤었다. 그럼 그다음에는 어떻게 되었었지? 시련에서 튕겨 나고, 마희성의 추종자들이 자신을 구하던 기억이 단편적으로 떠올랐다.

그리고 그 뒤에는…….

기억이 전혀 없었다.

"마희!"

"정신이 드십니까, 마희?"

아픈 머리를 꾹꾹 누르면서 자리에서 일어났다. 그러자 수많은 시선이 이쪽으로 쏟아지는 게 느껴졌다.

가까운 곳에서는 감격에 젖은 시선이나 안도에 찬 한숨이. 먼 곳에서는 짜증과 귀찮게 되었다는 투가 느껴졌다.

에도라는 시야를 되찾자마자 자신이 어떤 상황에 처했는지를 확실하게 깨달을 수 있었다. 자신을 보호하려는 마희성과 어느새 그들을 완전히 에워싸다시피 한 사자 연맹.

"눈을 계속 뜨지 않는 게 더 좋았을 것을. 괜히 더 피해를 크게 키우게만 만드는구려."

에도라는 여전히 두통이 심해 관자놀이를 꾹꾹 눌렀다. 좋알좋알 시끄럽게 떠드는 목소리에 골이 울렸던 것이다.

그러고 보니. 시련을 망친 주범도 저런 얼굴이었던 것 같은데.

"너부터."

에도라는 그래서 처음으로 짜증 섞인 목소리를 가득 담아 신마도를 세게 움켜쥐었다.

"죽여 줄게."

폭포수처럼 쏟아지는 머리칼 사이로, 초췌하게 가라앉았던 에도라의 두 눈이 차갑게 번뜩였다.

"보아하니 너 말고도 날 찾는 손님이 아주 많은 것 같아서."

에도라는 주변으로 곁눈질을 슬쩍 했다가, 녀석들이 있는 쪽으로 몸을 날렸다.

쾅!

쐐애액—

"저년을 잡아! 어떻게든!"

사내의 명령에 따라, 사자 연맹도 빠르게 움직이기 시작했다.

*　　　*　　　*

"호오. 우리를 본 건가?"

에도라가 적과 부딪치고 있던 그 시각.

먼 곳에서 전황을 실시간으로 지켜보고 있던 사들이 있었다. 하이 엘프를 비롯한 여러 요정족으로 이뤄진 자들. 엘로힘이었다.

파네스 파티의 궤멸 이후, 우왕좌왕하던 엘로힘에게는

새로운 신탁이 내려온 상태였다.

　—빛을 삼켜 모든 것을 칠흑으로 되돌리려는 어
둠을 내려라.

비록 이전과 다르게 내린 이의 정체를 정확하게 알 수 없
어 아주 잠깐 혼선이 생겼던 신탁이었지만.

엘로힘은 그 내용이 정확하게 무엇인지 금방 파악할 수
있었다. 빛은 자신들이요, 어둠은 그동안 자신들의 앞을 가
로막은 존재를 이야기하는 것이리니. 어둠이라 할 만한 것
은 최근 들어 수상쩍은 행보를 보인 독식자밖엔 없었다.

하지만 독식자를 해치우기 위해서는 외뿔부족이나 혈국
등 거쳐야 할 상대가 많다. 그래서 엘로힘도 독식자를 끌어
낼 미끼를 필요로 했다. 사자 연맹이 생각한 것처럼.

그래서 어부지리를 노리려 했던 것인데. 아무래도 이쪽
을 들킨 모양이었다.

"그렇다면 어쩔 수 없지."

엘로힘의 특수 부대, 7인대의 수장이자 '태산 가문'의
수장이기도 한 우로스는 머리를 쓸어 올리면서 움직이기
시작했다.

*   *   *

"엘로힘이 움직였습니다."

"그럼 우리도 뛰어든다."

상황을 지켜보고 있던 이들은 비단 엘로힘만이 아니었다.

역귀 킨드레드는 잔혹한 미소를 흘리면서 로브를 푹 뒤집어썼다. 그리고 표홀히 사라지는 그를 따라, 마군의 광신도들도 포위망을 좁혀 나갔다.

"카인. 이번에야말로 네놈의 그 시건방진 눈깔을 잡아뜯어 주마."

킨드레드가 남긴 혼잣말이 귀곡성처럼 음산하게 울려 퍼졌다.

*   *   *

"……에도라가 50층에?"

연우가 에도라의 소식을 듣게 된 것도 바로 그 무렵이었다.

에도라의 소식을 가져온 건 뚜언띠엔 공작이었다. 식탐 황제의 재가를 받아, 혈국의 최고 공략팀을 데리고 넘어오면서 우연히 접하게 된 소식을 전달했던 것이다.

'무슨 눈빛이……!'

이왕이면 외뿔부족의 힘도 빌리고 싶어 하는 그들로서는 잘되었다 싶어, 연우를 자극할 생각으로 이야기를 꺼낸 것인데.

가면을 뚫고 새어 나온 연우의 안광을 본 순간, 뚜언띠엔 공작은 자기도 모르게 흠칫 놀라고 말았다.

그러다 자신이 필요 이상으로 경계했다는 사실을 깨닫고, 아무렇지 않은 척 헛기침을 했지만.

그래도 여전히 연우의 흉흉한 눈빛은 달라지지 않고 있었다.

"어떻게 된 일인지, 정확하게 다시 말해."

뚜언띠엔 공작은 어느새 연우가 말을 놓고 있다는 사실도 눈치채지 못한 채로, 입을 열었다.

"그대가 이미 부딪쳤던 전적이 있는 용병 연맹과 마법 연합 기억하나? 그 외에도 트리톤이나 네크로폴리스 같은 곳들이 한데 뭉치면서 마희를 노리기 시작했다더군."

연우는 고요한 눈빛으로 뚜언띠엔 공작의 말을 가만히 들었다.

"그 때문에 50층에서 마희가 꽤 많이 다치고 말았는데, 문제는 엘로힘과 마군까지 개입한 정황이 있다는 점이지."

"엘로힘과 마군?"

"그래. 그대와 척을 진 곳은 전부 뛰어들었다고 해도 과

언이 아닌 것이지."

뚜언띠엔 공작은 고개를 주억거렸다.

그의 설명을 들은 연우는 생각을 정리하다가 이내 가만히 고개를 끄덕이면서 뚜언띠엔 공작을 휙 하고 지나쳤다.

아주 잠깐이었지만.

뚜언띠엔 공작은 가면 아래로 비치는 연우의 서늘한 눈빛을 놓치지 않았다.

'꽤나 난장판이 만들어지겠군.'

뚜언띠엔 공작은 팔짱을 끼면서 한쪽 입꼬리를 말아 올렸다. 어느새 그는 자신이 연우의 기백에 잠시 밀렸다는 사실을 잊고, 기쁨에 겨워하고 있었다. 독식자가 열이 받으면 받을수록. 그에게는 좋은 상황이었으니.

그런 공작의 곁으로, 비쩍 마른 사내가 조용히 다가왔다.

"아바마마께 들었던 것과 달리 아주 시건방진 작자로군요. 아바마마께서는 어찌 저런 무례한 작자와 손을 잡으라고 하신 겁니까, 스승님?"

"겉보기에만 치중하면 아니 되십니다. 그는 우리의 아주 좋은 동맹군이 되어 줄 것입니다. 화를 삭이시지요, 태자 전하."

사내, 혈국의 황태자로서 '도모태자'로 유명한 그는 대놓고 인상을 찌그렸다.

존경하는 스승인 뚜언띠엔 공작의 설득 때문에 별다른

말은 하지 않고 있었지만, 불만이 역력한 얼굴이었다.

저만치 사라지는 연우의 뒷모습을 노려보는 시선에는 분노가 어려 있었다.

뚜언띠엔 공작은 그런 제자이자, 훗날에 모시게 될 주군을 잘 다독여야만 했다.

사실 그의 마음이 이해 가지 않는 것도 아니었다.

그는 식탐황제에게 남은 유일한 아들이자, 혈국의 황태자로서 언제나 주변의 떠받듦을 아주 당연하게 여기며 살아왔다.

그보다 훨씬 강한 랭커들은 언제나 고개를 조아렸고, 그가 바라는 것 중에 이뤄지지 않는 것은 아무것도 없었다.

그렇게 언제나처럼 편하게 지내고 있을 때 즈음, 갑자기 식탐황제가 그에게 한 가지 명령을 내렸다.

　　—독식자의 옆을 따라다니면서, 그를 잘 보고 배
　　우고 오너라.

도모태자의 입장에서 사실 독식자는 최근에 조금 얻은 유명세만 믿고 설쳐 대는, 근본도 없는 낭인 따위에 지나지 않았다.

그런 녀석과 한데 어울려라?

대체 뭘 보고 배우라는 거지?

하지만 존경하는 아버지인 식탐황제는 오랜만에 진지한 얼굴로 그렇게 당부를 했고, 도모태자는 거절할 수가 없었다.

만약 거기에 대해 반발을 했을 시에, 아버지가 어떻게 나올지 잘 알기 때문이었다.

'다른 형제들과 마찬가지로 식탁에 올려 버리셨겠지.'

죽은 형제들의 전철을 밟고 싶지 않았던 도모태자는 울며 겨자 먹기로, 자신을 따르는 친위대를 데리고 참여를 할 수밖에 없었다.

그의 친위대는 혈국 내에서도 하나같이 뛰어난 실력자로 손꼽히는 자들. 재능이 좋다며 식탐황제가 직접 추린 최정예들이었다.

하지만 도모태자는 과연 알까?

이들이 사실은 식탐황제의 눈과 귀가 되어 그를 감시하고 평가하고 있는 중이라는 것을.

뚜언띠엔 공작은 굳이 그 점에 대해서 언급하지 않았다. 대신에 서둘러 그를 달래고자 했다.

"황제 폐하께서 절대 허튼소리를 하실 분이 아니라는 것, 잘 아시지 않으십니까? 그를 보고 배우라는 것은 그만한 이유가 있는 것입니다."

"하지만 이대로 저자와 함께해서는 자칫 마군이나 엘로

힘과도 척을 질 게 아니오? 그들 또한 언젠가 토평해야 할 대상이라고는 하나, 전선을 확장시켜서 좋을 게 없을 것 같아 말하는 것이오, 태사."

도모태자는 뚜언띠엔 공작의 작은 경고에 뜨끔하면서도, 자신의 주장을 굽히지 않았다.

뚜언띠엔 공작은 고개를 끄덕였다. 그의 말에 틀린 구석이 없다는 것을 알기 때문이었다.

"거기에 대해서 저희도 우려는 하고 있습니다만. 그래도 그런 것을 넘어서, 본국이 얻을 게 더 많다는 게 황제 폐하와 저희들의 판단입니다."

"용의 미궁…… 그것이 기대했던 것만큼 효과가 있어야 할 텐데. 저치가 방해나 되지 않았으면 하오."

도모태자는 자신의 의견이 통하지 않는다는 것을 깨닫고, 샐쭉하게 입술을 내밀면서 작게 투덜거렸다.

더 이상 불만은 표시하지 않았지만. 그래도 연우를 멸시하는 시선은 사라지지 않았다.

뚜언띠엔 공작은 그런 태자를 가만히 지켜보았다. 그가 후계로서 소양이 부족하다면 질투가 두 눈을 가릴 테지만, 충분하다면 뭔가 보일 것이라 여겼기 때문이었다.

그리고. 그의 예상대로 도모태자의 생각이 백팔십도 바뀌는 데는.

단 하루도 걸리지 않았다.

＊　　　＊　　　＊

[괴수 '용암 괴수'와 '얼음 마녀'를 처치하는 데 성공했습니다.]

[44층의 시련이 모두 끝났습니다. 다음 층계로 올라가시겠습니까?]

"젠장! 또?"

"43층 지난 지 뭐 얼마나 지났다고?"

44층의 시련은 용암 지대와 빙산을 번갈아 공략하면서 가장 중심부에 살고 있는 두 괴수를 처치하는 것.

다만, 중심부에 다다르기 위해서는 각 스테이지에 존재하는 몬스터들을 사냥해야 하고, 그럴 때마다 다른 스테이지의 몬스터들에게 조금씩 버프가 가해져서 동시 공략이 아주 어렵기로 소문난 층계이기도 했다.

그런데 연우는 도모태자와 친위대에게 몬스디들을 낱아 달라며 휙 하고 자취를 감추더니, 몇 시간이 지나지 않아 두 괴수를 한꺼번에 쓰러뜨리는 말도 안 되는 짓을 저지르고 말았다.

두 괴수 전부 다 웬만한 랭커들 따위는 쉽게 잡아먹는 힘을 지녔다는 것을 감안한다면. 그래서 혈국에서도 공략 시에 레이드 팀을 꾸린다는 것을 감안한다면 입이 쩍 벌어질 정도였다.

43층도 층계에 들어선 지 단 한 시간도 되지 않아 통과를 해서 이게 뭔가 싶을 정도였었는데.

문제는.

[43층 랭킹]
1위. 비공개
2위. 나유
3위. 에도라
⋯⋯

[44층 랭킹]
1위. 비공개
2위. 에도라
3위. 차정우
⋯⋯

'1위? 장난치냐고, 진짜!'

그렇게 빠른 공략을 시도했는데도 불구하고, 스테이지 랭킹의 1위에는 언제나 '비공개'가 달렸다. 그것이 연우를 가리킨다는 것을 모를 리 없었다.

대체 어떻게 저런 일이 가능한 거지?

남들은 한 개의 층계를 통과하기 위해서 최소 한 달, 많게는 몇 년씩 걸리는 것을 감안한다면. 단 몇 시간 만에 두 개의 층계를 넘은 것만 해도 놀랄 일일 텐데. 연우는 스테이지 랭킹까지 갈아 치우고 있었다.

하지만.

연우가 그들에게 주는 충격은 거기서 그치지 않았다.

[45층의 시련이 모두 끝났습니다. 다음 층계로 올라가시겠습니까?]

[46층의…….]

[47층의…….]

……

[49층의 시련이 모두 끝났습니다.]

"허억, 허억, 허억!"

"제발! 그만! 좀 천천히!"

"죽겠다고…… 제발 조금만 쉬다가 가자고……!"

"으어어어."

연우는 쉴 새 없이 층계를 부수고 또 부수면서 올랐다.

그럴 때마다 도모태자와 친위대는 울며 겨자 먹기로 꾸역꾸역 따라와야만 했다.

그들이 주로 맡는 임무는 연우가 주요 공략에 집중하는 동안, 주변에 있는 자잘한 몬스터들을 처치하거나, 자체적인 디버프를 감수하고 물건을 찾는 등 일종의 잡일 처리가 전부였다.

물론, 친위대 소속원들 대부분이 랭커이니만큼, 40층대의 시련을 전부 해결할 수는 있겠지만.

그래도 차근차근히 시련을 밟아 나가는 것과, 휴식도 없이 한 번에 휘몰아치는 데는 상당한 차이가 있을 수밖에 없었다.

하물며 단 하루 만에 40층대를 대부분 통과하다니, 미친 짓이나 다름없었다.

결국 49층을 통과할 때 즈음 그들의 안색은 조금씩 까맣게 죽어 가기 시작했다.

조금만 쉬자고 이야기를 해 봐도, 연우에게는 씨알도 먹히지 않았다.

아니, 오히려 그럴수록 공략 속도에 더 박차를 가하고 있으니.

너무 지쳐 버린 친위대는 하나둘씩 나가떨어졌다. 그래

도 대부분의 대원들은 꾹 참고 버텼다. 도모태자가 악착같이 연우의 뒤를 쫓고 있기 때문이었다.

'저런 게 가능해? 정말 40층대에 있던 플레이어 맞아? 소문이 사실이었다고?'

도모태자는 연우의 뒤를 따라가는 내내 시선이 계속 변했다.

처음에는 멸시였던 감정이 경악으로, 질색으로, 시기로, 그러다 마지막에는 선망으로 변했다.

'멋지다!'

도모태자는 연우가 화려하게 스테이지를 클리어할 때마다 선망에 찬 눈으로 바라봤다.

언젠가 자신이 바라던 모습이 바로 저곳에 있었다.

혼자의 힘으로 화려하게 시련을 정복하고, 아무렇지도 않았다는 듯이 묵묵히 다음 층계로 이동하는 모습.

근본도 없는 자라며 멸시하던 인상은 온데간데없이 사라지고, 저런 모습을 닮고 싶다는 생각이 마음속에서 무럭무럭 자라났다.

어째서 아버지와 스승님이 연우의 뒤를 쫓으라고 했는지를, 이제는 잘 알 것 같았다. 여태껏 자신이 알고 있던 세계관이 모두 부서지는 기분이었다.

그리고.

연우는 그런 이들의 시선을 한껏 받으면서, 고개를 위로 높이 들었다.

[위대한 기록을 달성했습니다. 명예의 전당에 이름을 올리시겠습니까?]

[등록을 거부하셨습니다.]
[하지만 공개되지 않아도 당신의 업적은 탑에 깊게 새겨져 원할 시에 언제든 등록 여부를 전환하실 수 있습니다.]

[다음 층계로 이동하시겠습니까?]

언제나처럼 명예의 전당에는 비공개로 등록하고, 드디어 50층에 도달할 수 있었다.
화아악!

[이곳은 50층, '용의 신전'의 관입니다.]

바람을 타고 메마른 사막의 모래 냄새가 한껏 실려 왔다.
'드디어 도착했어.'

용체 각성을 처음 이루고 난 뒤, 고룡 칼라투스의 목소리를 듣고 언젠가 반드시 찾아와야겠다고 생각했던 곳. 정우의 사념체가 깨어나고 난 뒤에 훨씬 더 많이 애타게 찾던 곳이기도 했다.

예상했던 것보다 많은 시간이 걸려 도착하긴 했지만. 그래도 연우의 심장은 지금 당장이라도 터질 것처럼 크게 뛰고 있었다.

[신의 사회, '아스가르드'가 40층대를 하루 만에 주파한 당신의 업적에 크게 놀라워합니다.]

[신의 사회, '천교'가 가만히 당신을 주시합니다.]

......

[악마의 사회, '로 인페르날'이 오랜 고민 끝에 당신의 격에 대한 논의를 마치는 데 합의했습니다.]

[현재 투표가 진행 중입니다. 아직 투표권을 행사하지 않은 사회가 있으니 기다려 주세요.]

여러 신과 악마들의 반응도 동시에 떠올랐다. 격에 대한 논의는 여전히 진행 중이라, 이제는 신경도 쓰지 않고 있었다.

다만, 언제나 연우의 일거수일투족에 가장 크게 호응하

던 〈올림포스〉는 여전히 조용한 듯했다. 타르타로스에서의 싸움이 아직도 끝나지 않은 걸까?

어쩌면 엘로힘이 에도라를 쫓는 과정에서, 대지모신이 어떻게 손을 썼던 건지도 모른다.

그런 여러 생각들을 하면서.

연우는 재빨리 인지 영역을 넓게 확장시켜 가장 큰 소란이 벌어지는 장소를 찾고자 했다.

그리고. 단번에 기의 파장이 격렬하게 충돌하는 장소를 특정할 수 있었다.

'북서부. 이무기의 숲!'

거리가 멀어 아직 확실하게 파악할 수 없지만, 아무래도 에도라 쪽이 많이 위급한 것 같았다.

"먼저 가지. 뒤따라 와."

연우는 여전히 지친 기색이 역력한 뚜언띠엔 공작과 친위대에게 먼저 가 보겠다는 말을 남기고, 그쪽으로 몸을 거세게 날렸다.

쐐애액—

점이 되어 사라지는 연우를 보면서. 도모태자와 친위대는 멍한 표정이 되고 말았다. 그렇게 격렬하게 이동하고도 아직 저만큼 힘이 남아 있다는 게 신기하게 여겨질 정도였다.

그러다 그들은 도중에 서로 시선을 마주했다.

"아무래도……?"

"가야지. 도우러 왔으면."

"젠장……."

도모태자의 말에 따라 친위대는 울며 겨자 먹기로 다시 일어설 수밖에 없었다.

그들은 연우가 향한 이무기의 숲으로 다시 달리기 시작했다.

쐐애액—

연우는 앞으로 쭉 내달렸다. 50층의 스테이지는 '성역'이라 불리는 중심부를 토대로, 다양한 지형으로 이뤄져 있는 구조였다.

험준한 산맥, 울창한 밀림, 드넓은 바다.

50층은 탑을 구성하고 있는 수많은 층계 중에서도 가장 복잡한 지형을 지니고 있었다.

본래 50층은 옛 용종들의 터전을 모티브로 해서 만든 곳. 각 종(種)마다 추구하고 좋아하는 지형이 더 다르니, 지형이 제각각일 수밖에 없었다.

레드 드래곤은 화산을, 블루 드래곤은 해저를, 골드 드래곤은 하늘 위의 부유성(浮遊城)을 터전으로 삼는 식이었다.

이렇다 보니 각 지형마다 가지는 특색도 다 다르고, 얻을 수 있는 히든 피스도 다 달랐다. 용종이 남긴 흔적 때문에 마나 스트림도 짙은 편이라 많은 플레이어들이 수양 장소로 사용하기도 했다.

연우는 넓게 퍼뜨린 인지 영역을 바탕으로 지형을 살피는 한편, 일기장에 남아 있는 스테이지 맵을 떠올리면서 지름길로 이동했다.

그러다 어느 산맥을 반쯤 건넜을 때 즈음, 저 멀리 남동쪽으로 평지 위에 우뚝 선 절벽과 그곳에 걸쳐진 신전이 보였다.

수만 명의 인원을 한꺼번에 수용할 수 있을 만큼 어마어마한 크기를 가진 신전.

언젠가 본 적이 있던 16층, 앉은뱅이 세 여신의 신전들을 다 합쳐도 미치지 못할 것 같은 신전이었다.

다만, 절벽의 끝에 위치한 신전으로 향하는 길은 따로 정비가 되어 있지 않은 듯, 많은 수의 플레이어들이 절벽을 힘겹게 오르는 중이었다.

연우의 머릿속으로 일기장의 내용이 다시 차례로 지나갔다.

하지만 그중에서도, *50층이라고 하면 가장 먼저 떠오르는 장소는 따로 있었다.*

중앙에 위치한 성역.

흔히 '통곡의 벽'이라 불리는 시련 장소였다.

통곡의 벽.

지난 수천 년 동안 수많은 플레이어들이 도전했고, 또 좌절하게 만들었던 악명 높은 벽이 바로 저것이었다.

벽은 지난 역사를 보여 주듯, 수많은 흔적들이 아로새겨져 있었다.

랭커의 벽 앞에서 좌절하던 실력자들이나, 어떻게든 신전에 오르고자 아등바등하던 이들이 남겼던 것들. 눈물과 피와 땀이 배어 있는 흔적들이었다.

하지만.

연우는 알고 있었다.

그 수많은 흔적들 아래, 아주 깊숙한 곳에 잠들어 있는 또 다른 흔적들을.

통곡의 벽 앞에서 멈춰야만 했던 플레이어들처럼, 올포원이라는 벽에 가로막혀 어떻게든 초월을 이루고자 아등바등 노력했던 용들의 흔적도 거기에 있다는 것을.

비록 이제는 기억하는 사람이 아무도 없지만. 고룡 칼라투스는 후계로 점지했던 동생에게만큼은 기억해 달라고 요청을 했었다.

그때 느꼈을 동생의 감정을 뒤로하면서.

연우는 품을 뒤적거려, 해골 문장이 그려진 증표를 가득 꺼냈다.

[해골왕의 증표]
분류: 아뮬렛
등급: ??? (알 수 없음)
설명: 지금은 잊힌 옛 종족의 비밀을 품고 있는 증표. 비밀에 대한 단서를 얻지 못하면 단순한 부적으로밖에 사용하지 못한다.
다만, 증표에서 풍기는 영험한 기운으로 보건대, 상당히 격이 높은 존재를 기리는 물건이라는 것을 알 수 있다.
보유하고 있는 개수가 많아질수록 효과가 증가한다.

거인족의 단서라 할 수 있는 해골왕의 유산, 홀(笏).

하지만 동생은 수많은 특전을 수행하고도, 〈해골왕의 홀〉이 가진 비밀을 모두 풀지 못했다.

거인족은 용종보다도 훨씬 이전에 사멸해 버려 알려진

게 워낙에 적은 데다가, 그들의 유물이라 할 만한 것들도 대개 신과 악마들의 농간으로 인해 거의 남아 있지 못했기 때문이었다.

그나마 반거인처럼 그들의 유전자를 물려받은 후예들이 있긴 했지만, 그들도 선조에 대해 알고 있는 게 전무한 형편이었다.

하지만 연우는 〈해골왕의 홀〉의 기초 사용법에 대해서는 알고 있었다.

좌라락—

증표들이 하나둘씩 흘러나오면서 차례차례 조각이 맞춰지기 시작했다.

그러다 연우의 손에 커다란 구슬 같은 것이 만들어졌다. 조선 시대의 백자처럼 우윳빛으로 빛나는 구슬.

달리, 해골왕의 '사리(舍利)'라 불리는 것이기도 했다.

[해골왕의 홀]

분류: 아뮬렛

등급: ??? (측정 불가)

설명: 지금은 잊힌 옛 종족의 마지막 왕이 남긴 유산. 옛 종족에 대한 비밀을 풀지 못하면 정확한 내용을 확인할 수 없다.

하지만 홀이 풍기는 영험한 기운은 소지하고 있는 것만으로도 강한 힘을 실어 준다. 특히 '어둠' 혹은 '악' 계통에 효과가 아주 큰 듯하다.

"부."

스르륵—

어둠이 열리면서 부가 나타나 고개를 조아렸다.

「말. 씀을.」

"먹어라."

「감사. 합니다.」

부는 연우가 던져 준 해골왕의 홀을 받자마자 입을 쩍 벌리며 그대로 집어삼켰다. 딱딱한 턱뼈와 부딪치자, 홀이 잘게 부서지면서 그대로 부에게로 스며들었다.

거인족의 비밀을 풀 단서가 될 수도 있는 홀을 이렇게 낭비하는 것이 나쁘다고도 생각할 수 있을지 모르지만.

연우는 언제 풀 수 있을지 모르는 옛 종족에 대한 비밀보다, 더 강한 힘을 갈구하고 있는 부에게 힘을 실어 주는 게 더 옳다 여기고 있었다.

화아악!

순간, 부의 눈덩이에 맺힌 인페르노 사이트가 배 이상으로 크게 타오르면서 몸뚱이 위로 검은 기운이 스멀스멀 올라왔다.

「아. 아아.」

언데드가 되면서 감정에 대해 많이 무뎌졌던 부였지만.

그는 지금 이 순간 자기도 모르게 환희에 잔뜩 젖어 있었다.

마성으로부터 칠흑을 받으면서 아주 잠깐 파우스트의 기억을 떠올리던 동안, 그는 자신이 얼마나 강한 존재였었는지를 자각할 수 있었다.

그리고. 그에 비해서 평상시에 비치는 자신이 얼마나 초라한지도.

파우스트에 비하면 부라는 존재는 한 줌의 먼지에 불과했다. 타계의 신과의 거래를 통해 현자의 돌을 연구하고, 에메랄드 타블렛을 만들어 내던 위대한 학자와 턱뼈만 덜그럭덜그럭 움직일 줄 아는 비루한 해골 마법사 따위가 어떻게 비교가 가능할까.

그래서 부는 파우스트로서의 정체성을 되찾고자 노력했다. 아니, 오히려 그때 이뤘던 것보다 훨씬 더 높은 곳에 우뚝 서고자 했다.

그래야만 자신이 모시는 존재, 연우를 더 높이 떠받들 수 있을 테니까.

전생인 파우스트는 실패했던 존재였지만, 현생에서는 절대 그럴 수 없었다.

그래서 되도록 칠흑에는 기대지 않고자 했다. 스스로의 힘으로, 옛 기억과 힘을 되찾아 더 강해지고자 노력했다.

연우도 그런 부의 간절한 욕망을 잘 알기 때문에, 거리낌 없이 해골왕의 홀을 건넬 수 있었던 것이다.

하지만.

처음과 달리 부는 해골왕의 홀을 전부 흡수하고 나서도 별다른 변화를 보이지 않았다. 그저 크기가 30센티가량 더 늘어난 것이 다였다.

그러나 연우는 그의 눈두덩이 사이로 비치는 인페르노 사이트가 이전과 확연히 달라진 것을 알 수 있었다.

지옥에서도 가장 깊숙하다는 곳. 무간지옥에서 퍼 올린 것 같은 유황불이 일렁이고 있었다.

엘더 리치.

샤논과 한령이 격을 뛰어넘어 데스 노블이라는 새로운 존재로 태어났듯, 부도 리치라는 허물을 벗고 더 상위의 존재로 태어난 것이다.

[부(부두술사)가 기존의 한계를 벗어나 엘더 리치(Elder Lich)로 재탄생하였습니다.]

[잊었던 전생의 기억을 대부분 복원하는 데 성공했습니다. 파우스트로서의 정체성을 자각합니다.]

[하지만 타계의 신과의 거래로 인해 중요한 정보들이 잠금 처리되었습니다. 잠겨 있는 기억들을 되찾기 위해서는 타계의 신과의 새로운 거래를 필요로 합니다.]

[서든 퀘스트(잊힌 기억)가 생성되었습니다.]

[서든 퀘스트 / 잊힌 기억]

내용: 옛 기억이 단편적으로만 남아 있던 부는 드디어 여러 노력 끝에 '파우스트'로서의 정체성을 되찾는 데 성공했습니다. 하지만 파우스트가 가졌던 모든 기억과 힘이 되돌아온 것은 아닙니다.

현자의 돌을 탄생시킨 '에메랄드 타블렛'을 작성하던 시절의 기억만큼은 여전히 안개로 가려진 것처럼 떠올릴 수가 없습니다.

타계의 신이 임의로 그 기억에 손을 대었기 때문입니다.

이때의 기억을 되찾고 싶으면, 타계의 신과 새로운 거래를 통해 얻어야만 합니다. 혹은 이와 관련된 단서를 얻어야 합니다.

지금부터 잊힌 기억을 떠올릴 수 있게 옛 '파우스

트'의 행적을 좇으십시오.

제한 시간: —
보상:
1. 파우스트의 마지막 기억
2. 타계의 신과의 거래
3. '진품' 에메랄드 타블렛에 대한 단서

연우는 퀘스트 창을 아래로 내리면서 부에게 명령했다.
"가라."
「명을. 받듭. 니다.」
부는 연결 고리를 통해 연우의 계획을 모두 읽고, 고개를
작게 숙이면서 다시 조용히 어둠 속으로 녹아 사라졌다. 이
전보다 훨씬 어둡고 강렬한 마기가 언뜻 흘러나왔다가 사
라졌다.
그리고 어느새 연우는 스테이지에 도착하자마자 특정했
던 좌표에 다다를 수 있었다.
그가 선 산등성이, 저 아래.
드넓게 펼쳐진 밀림을 따라 한창 격전을 벌이고 있는 무
리들이 보였다.
에도라는 상당히 지친 듯, 신마도를 지팡이 삼아 거칠게

숨을 몰아쉬는 중이었다. 언제나 새하얗던 도복은 온통 먼지로 범벅이 되었고, 이마에서는 피가 뚝뚝 떨어지고 있었다.

그리고 마희성으로 보이는 동료들은 그녀를 보호하듯 둘러싸고 있었지만, 대부분이 바닥에 쓰러져 온전하게 서 있는 자들이 몇 되지 않았다.

그리고 주변에서는 적으로 보이는 무리들이 살기를 줄줄 흘려 대면서 접근하고 있었다.

오히려 녀석들은 에도라와 마희성을 다 잡은 먹잇감으로 생각하는 듯, 자기들끼리 눈싸움을 하거나 신경전을 벌이는 등 자잘한 충돌을 하고 있는 중이었다.

연우는 단번에 녀석들이 뚜언띠엔 공작이 말하던 엘로힘, 마군, 그리고 사자 연맹이라는 것을 알 수 있었다.

각자 소속도 목적도 달랐지만.

연우에게는 똑같이 치워 버려야 할 적에 지나지 않았다.

그때, 마군 측에서 빠르게 움직이면서 마희성을 압박하기 시작했다. 에도라와 충돌하고 있는 녀석은 연우에게도 낯이 익은 자.

킨느레드였다.

그리고 이에 질세라 엘로힘이 후방으로 움직이면서 압박을 가하기 시작하니. 사자 연맹도 바쁘게 움직이면서 세 진영 측 사이에 보이던 경계심도 충돌로 격화되고 있었다.

그러던 그때.

쿵—

갑자기 마희성을 압박해 가던 녀석들의 움직임이 도중에 멈췄다.

하나같이 딱딱하게 굳은 얼굴로 서로를 쳐다보다가, 끝내 자신들이 딛고 있던 땅을 내려다보았다.

진원지가 지면 아래로 감지되고 있었던 것이다. 플레이어들의 얼굴 사이로 '혹시나?' 하는 감정이 스쳐 지나갔지만.

쿵, 쿵, 쿵—

쿵!

"무, 뭐야, 이거?"

"피해라!"

지면이 그대로 부서지면서, 지저에서부터 다른 무언가가 높이 치솟았다.

장장 수 미터나 되는 거대한 아가리가 무저갱처럼 어두운 식도를 한껏 드러내면서 십여 명에 달하는 플레이어를 한꺼번에 집어삼켰다.

이무기, '교룡(蛟龍)'이었다.

50층의 스테이지는 각 구역별로 갖고 있는 특징이 다 달랐다. 각 구역의 옛 주인들이 남긴 흔적을 따라, 그리고 그 마력의 특징에 따라 갖가지 아룡(亞龍)들이 자라나고 있기도 했다.

특히 그중에서도 북서부 스테이지, 이무기의 숲에는 '이무기'의 일종인 교룡이 머물고 있었다.

뱀처럼 기다란 몸집을 지니고 있으며, 검은색으로 빛나는 비늘을 가진 아룡.

비록 깨달음을 얻지 못해 '용'으로서의 자격은 획득하지 못했으나, 짐승의 틀을 벗어난 영리한 두뇌와 포악한 성격을 동시에 겸비한 녀석이기도 했다.

"으아악!"

"이게 뭐야, 막아!"

"아아아악!"

갑자기 생각지도 못한 아룡이 튀어나와서 난장판을 치니, 세 진영으로서도 속수무책으로 당할 수밖에 없었다. 특히 사자 연맹이 가장 피해가 컸다.

마군과 엘로힘이 비교적 침착하게 장소에서 벗어나려고 했지만.

"모, 몸이 안 움직여!"

"젠장! 적이다! 디스펠! 빨리 디스펠 스크롤을 찢어!"

어느새 그들의 발목을 따라 마방진이 넓게 깔려 몸이 움직이질 않았다. 마력도 유동하지 않아 마법도 불발되었다.

잠시 자취를 감췄던 부가 교룡을 깨워 녀석들이 있는 곳으로 안내했을 뿐만 아니라, 어느새 광역 마법까지 그들에게 전개해 버린 것이다.

거기다 영괴까지 움직이면서, 그림자가 쭉 늘어나 그들의 사지를 구속했으니.

힘으로 어떻게든 영괴를 물리치려 해도, 이미 교룡은 제영역을 침범당한 것에 대한 분노를 풀어낼 준비를 끝마친채였다.

아가리를 젖히며 산성액으로 점철된 브레스를 내뿜는 순간, 마군도 3할가량이 단번에 쓸려 나가고 말았다.

거기다 꼬리까지 휘두르니 먼지 해일이 수 미터나 높게 치솟았다. 엘로힘의 절반 정도가 부서지면서 꼬리에 피와 살점이 덕지덕지 묻었다.

"아아악!"

모두가 혼란에 빠진 사이. 죽음을 각오하고 있던 에도라와 마희성은 갑작스러운 상황에 당황한 나머지 눈만 끔뻑끔뻑 댔다.

그러다 적들을 한껏 유린하던 교룡의 꼬리가 이쪽으로 날아올 기미가 보이자 방어 자세를 취하고자 했다.

그때, 에도라 앞으로 그림자가 하나 뚝 떨어지면서 교룡의 꼬리를 가볍게 튕겨 냈다.

에도라는 방어 자세를 풀면서 놀란 얼굴로 자신들을 구해 준 사람을 쳐다봤다.

검은 코트를 흩날리며, 가볍게 머리를 쓸어 올리는 가면인이 거기에 있었다.

너무나 보고 싶었던, 익숙한 가면.

그리고 낯익은 눈빛.

가면 너머의 눈동자는 분명히 이쪽을 보며 웃고 있었다.

"오라…… 버니?"

에도라가 연우를 작게 중얼거린 순간.

"카이이이인! 네 녀석이 또 이딴 짓을……!"

콰아앙!

킨드레드가 먼지구름을 마구 헤집으면서 잔뜩 노한 얼굴로 연우에게 달려들고 있었다.

"킨드레드, 아직도 살아 있었나? 이번엔 정말 죽여 주지."

연우도 아공간에서 비그리드를 빠르게 뽑으며 움직였다.

까앙!

녹색으로 물든 킨드레드의 오른손이 갈고리처럼 휘며 연우의 머리를 찍어 왔다.

작은 체구만큼이나 날렵한 이동. 특히 녀석의 두 눈은 금색으로 빛나고 있었다. 화안금정이 발동 중이란 뜻이었다.

연우는 비그리드를 위쪽으로 크게 휘둘렀다. 순백색으로 빛나는 날 위로 검은색 오러가 실타래 풀리듯 흘러나와 고치처럼 크게 휘감았다.

녀석의 손과 날이 부딪치는 순간, 검은 오러가 잘게 떨리면서 사방으로 폭발했다.

콰콰콰—

단순한 충돌인데도 불구하고, 충돌의 파장이 파문을 그리면서 퍼져 나갔다.

가뜩이나 교룡의 등장으로 잘게 부서졌던 지면이 더 강하게 짓눌리면서 모래 기둥이 높게 치솟았다.

파바박—

하지만 두 사람은 거기서 그치지 않겠다는 듯, 곧바로 다시 맞붙었다.

"오늘에야말로, 네놈을 찢어 죽여 주마."

"그보다 먼저 네가 그토록 찾는 천마의 곁으로 고이 보내 주지. 아, 천마에게도 버림받았으니 찾아가도 안 받아 주려나?"

"네놈이, 뚫린 입이라고······!"

킨드레드는 현재 마군의 약점이나 다름없는 지점을 지적당하자, 얼굴을 잔뜩 붉히면서 공세에 힘을 더 강하게 실었다.

화르륵—

녀석의 손을 따라 불길이 피어나면서 단번에 대기가 뜨겁게 달궈졌다.

「캬! 우리 인성왕, 이제는 말빨도 살아 있는 거 보소.」

연우는 샤논의 감탄사를 귓등으로 흘리면서 불길 속으로 비그리드를 찔러 넣었다.

['비그리드—???' 가 숨겨진 진명, '듀렌달' 을 개방합니다.]

[전승: 일진광풍]

쾅!

비그리드에서 풀려나온 막대한 광풍이 불길을 그대로 날려 버렸다.

그리고 단숨에 그 안쪽으로 깊숙하게 피고들었나. 쌀낙검이 잔뜩 풀리면서 킨드레드의 움직임을 조금씩 압박해 나갔다.

위이잉—

연우는 마력을 최대로 돌리면서 킨드레드를 휘몰아쳤다. 제천류까지 가세하니 연우를 따라 마력 폭풍이 휘몰아치는 것처럼 느껴질 정도였다.

콰콰콰—

[화안금정]
[용신안]
[검은 구비타라— 현인의 눈]

여기에 더해 킨드레드의 날렵한 움직임을 놓치지 않도록, 안력에 힘을 주는 것도 잊지 않았다.

세 겹이나 덧씌워진 눈은 어떻게든 광풍을 빠져나가려는 킨드레드의 움직임을 예측하고 추적하면서 발목을 잘라 나갔다.

하지만 여기서 연우는 하늘 날개만은 절대 펼치지 않았다.

'날개는 최대한 숨겨야 해. 비장의 한 수가 될 수 있도록.'

앞으로 본격적인 복수를 시작하려는 지금, 숨겨 둔 패는 많으면 많을수록 좋다. 특히 식탐황제와 대주교부터 상대하려는 그로서는 전력 노출을 꺼릴 수밖에 없었다.

하지만 하늘 날개를 드러내지 않는다고 해서, 연우가 약한 것은 절대 아니었다.

그는 이미 타르타로스에서 아트만 시스템을 만들면서 육체를 재정비한 적이 있었고, 하데스로부터 명계의 왕좌까지 계승하면서 괄목할 만한 성장까지 이룬 상태였다.

그것만으로도 신살의 업적을 이루었을 정도로 뛰어난 성취였기에. 이미 그는 하늘 날개를 펼치지 않아도 아홉 왕과 비교해 절대 뒤지지 않는 전력을 자랑했다.

콰르르릉!

비그리드를 거세게 아래로 내려치자, 불벼락이 떨어지면서 킨드레드가 뒤로 튕겨 났다.

킨드레드는 새카맣게 타 버린 상처를 부여잡으면서 충격에 젖은 얼굴이 되고 말았다.

"어…… 떻게?"

연우가 제천대성의 허물을 흡수하면서 대주교의 링크를 끊어 버릴 정도로 뛰어난 실력을 지니게 되었다는 건 진즉에 알고 있었지만.

그리고 발푸르기스의 밤에서 자신에게 큰 엿을 먹였던 것도 기억하고 있었지만.

그래도 킨드레드의 머릿속에 남아 있는 연우는 20층, 고행의 산에서 다른 사두들과 마찬가지로 살아남고자 발버둥 치던 애송이에 지나지 않았다.

그런데 잠깐이나마 손속을 섞는 동안, 자신을 이렇게 몰아쳤으니 충격적일 수밖에.

단 몇 년 사이에 연우가 이룬 성장은 도무지 상식적으로 말이 안 되는 수준이었다.

하지만 그가 충격을 받거나 말거나.

연우는 여기가 끝이 아니라는 듯, 불의 날개를 한껏 펼치면서 다시 녀석에게로 쇄도했다.

쐐애액—

킨드레드의 어린 얼굴 위로 핏대가 잔뜩 섰다. 여기서 저깟 애송이에게 질 수 없다는 생각이 머릿속을 강하게 지배했다.

애당초 그가 에도라를 노리려고 했던 것도 전부 연우를 끌어내기 위한 수작이었던 것을 감안한다면. 차라리 여기서 승부를 보는 것도 괜찮을 듯했다.

화아악!

킨드레드의 두 눈에 맺힌 화안금정이 금방이라도 타오를 듯이 짙어지면서 그를 따라 검은 마기와 금색 광채가 동시에 치솟았다.

〈화안금정 려(黎)〉

〈마령〉

〈접신 ― 미후왕〉

검은 마기와 금색 광채가 뒤섞이면서 불길처럼 거칠게 활활 타올랐다.

마군의 신화 속에서 천마는 최초로 불을 잉태한 '효마'라는 존재에서 비롯되었으니. 그를 따라 감도는 힘은 그런 효마가 사용했다던 불꽃, 화정(火正)이었다.

화르륵—

킨드레드가 손을 앞으로 쭉 내밀었다. 그러자 몸을 타고 흐르던 화정이 손끝에 맺히면서 길쭉한 곤봉의 형태를 갖췄다. 오행산에서 연우에게 여의봉의 조각을 모두 뺏긴 뒤, 그 대용으로 저런 형태를 구축한 듯했다.

화정과 비그리드가 충돌하면서 다시 한번 충격파가 사방팔방으로 뻗쳐 나가고.

가가각—

두 무기가 서로를 긁으면서 스치려는 순간, 갑자기 연우 주변으로 화정이 도깨비불처럼 두둥실 나타나 새로운 형상을 갖추면서 와락 달려들었다.

그것들은 하나같이 킨드레드의 모습을 띠고 있었다. 미후왕이 즐겨 사용했다던 분신술. 수십 명에 달하는 킨느레드가 한목소리로 소리쳤다.

"죽여."

"죽여."

"주마."

"주마."

수십 개의 화정이 날카롭게 벼려져 연우를 단번에 꿰뚫었다. 일순 연우가 마치 고슴도치처럼 보일 지경이었다.

"지금!"

바로 그때, 연우와 킨드레드의 충돌을 보면서 뒤로 빠져 있던 엘로힘의 7인대가 움직였다.

독식자와 마군의 충돌에 끼어들 이유가 전혀 없던 그들로서는 사태를 관망하다가, 기회가 주어졌을 때 움직이는 게 당연했다.

그들도 주목적은 연우의 죽음이었지만, 이참에 눈엣가시였던 마희성도 지워 버릴 참이었다. 에도라 쪽으로 7개의 궤적이 화살처럼 쏘아졌다.

하지만 녀석들의 노림수는 몇 걸음 떼지 못하고 도중에 가로막혀야만 했다.

갑자기 그들이 딛고 있던 그림자가 엿가락처럼 길쭉하게 늘어나더니 위로 솟아 장벽이 된 것이다.

차앙!

「얘들아, 대가리가 텅텅 빈 게 아니면 생각을 해 봐라. 설마 우리 인성왕께서 너희들이 올 걸 생각 못 하고 있었겠냐? 으이그.」

그림자에서 샤논이 튀어나오면서 소드 브레이커를 사선으로 내리그었다.

가벼운 어투와 함께 나타났지만, 그의 손속은 절대 가볍지 않았다.

"큽!"

우로스가 가까스로 검격을 막아 냈지만 〈볼케이노〉가 터지면서 소드 브레이커에서 불길이 튀어나와 단번에 그를 휘감았다. 어마어마한 화력이었다.

거기다 먹물처럼 지면을 타고 흘러나온 어둠은 촉수처럼 곳곳으로 뿌려지면서 후방을 휩쓸었다.

"크악!"

"이게 대체……!"

7인대가 우왕좌왕하는 사이, 다른 그림자가 불쑥 치솟으면서 한령이 나타났다.

한령은 허공으로 아홉 자루의 칼을 뿌리면서 빠르게 칼춤을 추기 시작했다.

"……설마, 도무신?"

지금은 죽었다고 알려진 도무신의 〈아홉 길의 무넘〉을 알아본 이들의 안색이 딱딱하게 굳었다.

7인대는 엘로힘이 보유하고 있는 특전 부대. 당연히 청화도가 있을 시절, 싸움 귀신이나 다름없던 도무신의 미친 칼춤을 몇 번이고 봤던 경험이 있었다.

그래도 7인대는 자신들의 위명을 지키려는 듯, 착실하게 자세를 갖추면서 한령에 맞서려 했다. 그러던 놈들의 머리 위로 레베카가 조용히 내려앉았다.

콰르르릉—

[영괴, '찍'이 플레이어 '연참'을 처치하였습니다.]
[영괴, '혼'이 플레이어 '아르센'을 처치하였습니다.]
　……

사자 연맹은 교룡을, 엘로힘의 7인대는 권속들을 상대하는 사이.

분명히 수십 개의 화정에 꿰뚫렸던 연우가 잔상이 되어 스르르 사라졌다.

수십 명의 킨드레드는 그럴 줄 알았다는 듯이 주변을 빠르게 살피기 시작했다.

화안금정은 진실을 좇는다. 블링크와 같은 빠른 이동은 마력의 흔적이 남기 마련이니 금세 찾을 수 있을……!

퍽!

그때, 킨드레드의 생각이 미처 마무리되기도 전에 가장

외곽에 있던 분신의 머리통이 그대로 날아갔다.

"거기더냐!"

"거기더냐!"

다른 킨드레드들이 일제히 반응하면서 그쪽으로 화정을 뻗었다. 마치 전설 속의 여의봉처럼 길쭉하게 늘어나면서 연우가 있던 자리를 그대로 꿰뚫었지만.

팟—

연우는 다시 스텝을 밟으면서 블링크를 발동, 이번에는 가장 안쪽에 있던 킨드레드 앞에 나타나 몸을 가르고, 다시 자취를 감췄다.

"쥐새끼 같은 놈이!"

"쥐새끼 같은 놈이!"

"감히!"

"감히!"

퍼퍼퍼펑!

킨드레드와 분신체는 전부 어떻게든 연우를 잡고자 애썼지만, 그럴 때마다 연우는 귀신처럼 종적을 감췄다가 나타나기를 반복하며 분신을 착실하게 제거해 나갔다.

〈바람길〉과 〈블링크〉를 이용한 이동은 킨드레드가 어떻게 하기가 어려울 정도로 빠르면서 복잡했던 것이다.

그러자 울화통이 터지게 된 쪽은 킨드레드였다.

화정과 마령을 끄집어냈어도, 어떻게든 손뼉이 마주치기라도 해야 소리가 나는 법이지, 그러지도 못하고 번번이 놓치고 있으니 속이 끓을 수밖에.

[케르눈노스가 가만히 당신을 주시합니다.]
[비마질다라가 아수라장이 되어 가는 전장을 아주 흡족하게 바라봅니다.]

거기다 어느새 전장에는 혈국 놈들까지 나타났으니.

"적이 바로 저곳에 있군. 모두 카인을 도와 놈들을 전부 밀어내라!"

"태자 전하를 따라라!"

"태자 전하를 보호하라!"

뚜언띠엔 공작은 물론, 도모태자를 비롯한 친위대까지 가세하면서 외곽에서부터 마군 등을 들이치기 시작했다.

특히 뚜언띠엔 공작은 여태껏 점잖았던 인상과 다르게 자신이 왜 혈국의 이인자라 불리는지를 보여 주겠다는 듯 맹렬했다. 그가 손을 젖히는 족족 공간이 찢어지면서 플레이어들이 줄줄이 나가떨어졌다.

도모태자의 활약도 만만치 않았다. 그는 선봉에 서서 연거푸 '카인을 도와라!', '카인을 내 몸처럼 지켜라!' 라고 소리를 치면서 전장을 지휘했다.

킨드레드는 도무지 이 상황을 이해할 수가 없었다.

혈국이 연우와 각별한 사이라는 건 그들도 알고 있었지만, 화이트 드래곤과도 힘겹게 전쟁을 치르고 있는 녀석들이 마군과 엘로힘까지 적으로 돌리는 어리석은 짓을 저지를 거라고는 생각도 못 했던 것이다.

특히 본능이 앞서 어리석다고 판단되는 식탐황제와 다르게, 혈국의 두뇌라고 불리는 뚜언띠엔 공작이 이런 일을 저지르고 있다는 건 미친 짓이나 다름없었다.

하지만 혈국은 도무지 그런 것을 신경 쓰지도 않는 기색이었고.

그사이 연우는 더 빠르게 킨드레드를 휘몰아치면서 검은 불길을 사방팔방으로 흩날렸다.

콰콰콰—

[바람길 — 광풍]
[불의 파도]
[제천류 — 뇌벽세]

비그리드에 붙은 가속도는 이제 킨드레드가 내지른 화정을 잘라 내고, 깊숙하게 찔러 들어가 킨드레드의 심장에 박히는 수준에까지 달하고 말았다.

"말도 안 되는……!"

"안 되긴 뭘 안 돼?"

경악에 찬 킨드레드를 보면서. 연우는 가볍게 코웃음을 쳤다.

"돼."

결국 연우를 압박할 것처럼 굴던 분신들이 줄줄이 죽어 나갔다.

좌악—

"제길…… 큭!"

스걱!

"어째……!"

"서……!"

"이딴……!"

"일이…… 커헉!"

퍼퍼퍽—

목을 베려는 공격은 허리를 뒤로 접어서 흘리고, 머리를 내려치는 공격은 블링크를 밟아 피했다. 그리고 사각지대를 노려 오는 공격은 몸을 반대로 돌리면서 비그리드를 휘둘러 화정과 함께 녀석을 베었다.

연우는 킨드레드의 공격을 단 한 차례도 허용하지 않았다.

전부 피하면서, 녀석들의 목을 베고, 찌르고, 부쉈다. 분신들이 줄줄이 나자빠지는 통에, 킨드레드는 복장이 터질 것만 같았다.

"젠자아앙!"

그렇게 격노를 터뜨리던 분신도 미간이 그대로 꿰뚫려서 사라지고 말았다.

팔극검, 비기 연류(祕技連類).

연우는 타르타로스에서 계속 전투 경험을 쌓으면서 팔극검의 팔대 비기를 조합해 여러 응용식을 만들어 뒀고, 여기에 제천류까지 섞으면서 질적인 향상까지 이뤄 냈다.

덕분에. 연우는 한령으로부터 이미 검술 실력에 있어서 명인 급의 상위 단계에 올랐다는 평가를 받을 수 있었다.

그렇다 보니 여태 스킬의 화력에만 집중하던 킨드레드는 연우의 움직임을 도저히 좇을 수가 없었다.

결국 킨드레드의 분신은 빠르게 줄어 끝내 한 명만 남게 되었고.

그마저도 오른쪽 가슴팍에 비그리드가 깊숙하게 박혔다.

퍽!

"커!"

킨드레드는 비그리드에 찔린 채로 뒤로 쭉 밀려났다. 그러다 단단한 벽 같은 것에 부딪혀 멈췄다.

동시에 콰직 하고 뜨거운 고통이 오른쪽 어깨에서 느껴졌다. 교룡이 흉악하게 그의 팔을 물어뜯고 있었다. 그가 부딪쳤던 벽은 교룡의 몸뚱이였던 것이다.

크르릉!

"제기라아아알!"

킨드레드는 머릿속에서 무언가가 끊어지는 듯한 느낌을 받았다. 그는 손을 뻗어 교룡의 턱을 잡고 그대로 우악스럽게 찢어 버렸다.

촤아악—

마구 뜯긴 피와 살점이 허공으로 튀었다가, 불길과 함께 까만 재가 되어 사라졌다.

"죽여 버리겠어……!"

킨드레드는 그런 연우를 노려보면서 이를 바득바득 갈았다. 화정의 불길이 다시 타오르며 상처를 복구시켰지만, 머리끝까지 치밀어 오른 분노는 도무지 사라지질 않았다.

고행의 산에서도, 세샤의 일에서도, 발푸르기스의 밤에서도, 그리고 이번에도. 번번이 연우만 만났다 하면 치욕을 겪어야 했기에 이번에는 드디어 설욕을 할 수 있나 싶었지만.

이제는 아예 상대도 안 된다는 사실이 그의 속을 끓게 만들었다.

"죽이고 말겠⋯⋯!"

하지만 킨드레드의 분노는 길게 이어지지 못했다.

퍽—

낯선 손이 갑자기 그의 왼쪽 가슴을 뚫고, 연우에게 다다른 것이다. 기포처럼 펄펄 끓는 마기가 가득한 손길이었다.

연우는 흠칫 놀라 몸을 뒤로 뺐다. 불의 날개가 홰를 치며 재빨리 간격을 벌렸다.

그사이.

『아무래도 이후부터는 내가 나서야겠구나. 잠시 쉬고 있으려무나.』

나지막한 목소리가 허공을 따라 웅웅 울리더니, 킨드레드의 왼쪽 가슴에서 시작된 어둠이 끝내 녀석의 몸체를 전부 집어삼켰다.

그리고 서서히 다른 형체를 갖췄다.

뒷짐을 쥔 어느 한 노인의 모습.

연우의 두 눈이 깊게 가라앉았다. 어둠을 따라 줄줄 흘러나오는 마기가 도무지 범상치 않았다.

"이렇게 보는 건, 처음이지?"

노인이 연우를 보면서 푸근하게 웃었다. 하지만 두 눈은 호선을 그리지 않고 예리하게 빛나는 것을, 연우는 절대 놓치지 않았다.

그의 말마따나 낯선 존재였지만. 연우는 녀석이 단번에 누군지 알아챌 수 있었다.

저 눈빛만큼은 절대 잊을 수 없으니까.

본능적으로 하늘 날개가 펼쳐질 뻔한 것을, 억지로 참아야만 했을 정도였다.

"……대주교."

노인이 응답하듯 빙긋 웃었다.

마군의 수장이 직접 모습을 드러낸 순간이었다.

아주 잠깐 동안.

연우는 자신과 대주교 간의 전력 차이를 빠르게 분석했다.

[시차 괴리]

대주교는 탑 내에서도 손꼽히는 강자였고. 지금 연우가 가진 전력으로는 상대하기 어려운 축에 속했다.

물론, 지지 않을 자신은 있었다.

하지만 그렇다고 해서 이길 자신이 있냐고 묻는다면 그건 아니었다.

도일의 몸에 강신해서 싸웠을 때를 떠올려 본다면. 분명 녀석은 대단한 강자였으니까.

하물며 본신을 끌고 나온 지금은 하늘 날개를 펼쳐 모든 권능을 개방해야 해볼 만할 것 같았다.

그래서 연우는 아주 잠깐 전력을 드러내어 녀석을 여기서 제거해야 할까 고민을 했지만.

'아냐. 아직은.'

일대일로 부딪치고 있는 중이라면 모를까, 이렇게나 많은 눈이 있을 때에는 최대한 숨기는 게 좋다. 하늘 날개를 펼칠 때는 가면을 벗어도 무방할 때. 아직은 때가 아니었다.

무엇보다.

'만약 대주교도 숨겨 둔 패가 있다면.'

분명히 연우가 알기로 대주교는 당장 운신이 힘든 상태. 천마로부터 정식 사도로 임명을 받는 게 거부당하면서 육체가 망가지고 있는 중이라고 알고 있었다.

그래서 천마의 다른 얼굴인 미후왕을 잡아먹고, 도일이라는 새로운 육체에 들어앉아 새로운 얼굴로 거듭나려 했던 것으로 알고 있었는데.

지금 눈앞에 있는 대주교는 일기장에서 보던 것과 다르게 아주 쌩쌩해 보였다.

용신안으로 살펴봐도 전혀 무너질 기색이 없었다.

완전무결. 완벽에 가깝다는 뜻이었다. 그사이에 천마가

깨어나 녀석을 인정했다면 모를까. 그게 아니라면 도무지 있을 수 없는 일이었다.

그 뜻은 하나.

'무슨 방법이라도 찾았나?'

자신이 타르타로스에 있는 동안, 대주교도 무언가 수를 냈다는 뜻이었다.

그 방법이 무엇인지 알 수는 없지만.

대주교가 전력을 되찾은 게 분명하다면. 그리고 새로운 힘을 얻은 게 맞는다면 쉽게 상대할 생각 따윈 버려야 했다. 녀석은 아홉 왕 중에서도, 이제 유일하게 무왕에 비빌 만한 실력을 지닌 강자였다.

하지만 녀석이 이렇게 나타난 이상, 그냥 지나갈 수도 없는 노릇.

그래서 어떻게든 틈을 만들어 비집고 들어가야겠다고 생각한 순간.

"무엇을 그리도 고민하는가?"

"……!"

연우의 사고 흐름을 무시하고, 대주교가 어느새 불쑥 그의 앞에 나타났다.

연우는 두 눈을 크게 뜨면서 불의 날개를 활짝 펼쳐 녀석과의 간격을 최대한으로 벌렸다.

빠르게 흐르던 시간의 흐름이 유리처럼 깨졌다.

"놀라는 모습도 아주 인상적이군. 피하는 것도 본능적이고. 아주 좋은 버릇을 들여 놓았어."

대주교는 잔뜩 경계하는 연우를 보면서 가볍게 웃음을 터뜨렸다.

하지만 정작 뒤로 물러난 연우는 경계심으로 등에 식은 땀이 잔뜩 맺힌 상태였다.

'내 사고의 흐름을 쫓아왔다고?'

시차 괴리는 시전자의 사고 흐름을 빠르게 돌려서 상황을 냉정하게 판단하게끔 만든다. 이젠 연우의 시그니처 스킬이라고도 할 수 있는 능력이었고, 숙련도가 높아진 지금은 이 사고의 흐름에 간섭할 수 있는 존재는 거의 전무하다시피 했다.

물론 예외는 있었다. 아테나를 비롯해 대지모신과 같은 상위 신격 이상의 존재들.

그들에게 '시간'이라는 개념은 일반 플레이어들과 전혀 다를 테니, 사고의 흐름에 쉽게 간섭할 수 있을 테지만.

문제는 대주교는 절대 거기에 해당하는 자가 아니라는 점이었다.

분명 대주교가 가진 전력은 타르타로스에서 마주쳤던 하위 신격들보다 훨씬 강한 게 사실이었지만.

그렇다고 해도 대신격에 비빌 만하냐고 묻는다면 그건 절대 아니었다.

그렇다면 대체 어떻게?

"궁금한가?"

대주교는 그런 연우의 생각을 알고 있다는 듯, 입가에 엷은 미소를 폈다.

"날 저버린 신에게서 잠시 떨어져, 그분의 친우분들께 도움을 받은 까닭이지. 다행히 흔쾌히 이 몸의 바람을 들어주시더군."

친우?

바람?

전혀 알 수 없는 말들이었지만.

한 가지만큼은 확실했다.

대주교는 천마 외에 다른 힘에 손을 댄 게 분명했다. 육체를 멀쩡히 움직일 수 있는 이유도 그 때문인듯싶었다.

"당장 자세한 건 말해 주기 힘드네만. 그래도 자네라면 대답해 줄 용의도 있어. 난 그대가 참 맘에 들거든. 우리와 함께하지 않을 텐가?"

대주교는 연우에게 손을 내밀었다. 여전히 여러 세력들의 난립으로 시끄러운 전장이었지만, 유달리 그가 있는 곳만큼은 시간이 정지한 것처럼 고요했다.

연우는 도리어 코웃음을 치면서 한쪽 입술 끝을 비틀었다.

"내가 마음에 드는 게 아니라, 내게 있을 '천마로의 가능성'이 탐이 나는 거겠지."

연우는 대주교의 계획을 어그러뜨리고, 대신해서 미후왕의 허물을 집어삼켰다.

그건 달리 말하자면, 연우가 때에 따라서는 천마의 또 다른 얼굴이 될 수도 있다는 뜻이었다. 마군으로서는 도일보다도 더 탐이 나는 그릇인 셈이다.

"이런. 들켰나?"

대주교는 멋쩍은지 내밀었던 손을 거두면서 관자놀이를 가볍게 긁었다.

그러다 피식 웃으면서 다시 뒷짐을 졌다.

"그렇다면. 내가 여기에 이리 나타난 이유도 잘 알겠군."

그 말이 끝나기 무섭게.

휙—

콰아아앙!

대주교의 신형이 아래로 움푹 꺼진다 싶더니, 어느새 연우 앞에 나타났다. 그리고는 곧장 손을 활짝 펼치면서 그대로 내리찍었다.

그러나 연우는 전혀 당황하는 기색 없이 침착하게 비그리드를 위로 쳐올렸다.

검은 오러가 대주교의 마기와 충돌하면서 커다란 폭발을 일으켰다.

쿠쿠쿠!

불의 파도가 빚어낸 불기둥이 하늘을 따라 높게 치솟는 가운데.

콰콰콰—

대주교는 손을 가볍게 흔들면서 불길을 옆으로 치우는 한편, 다른 손을 앞으로 깊숙하게 밀어 넣었다.

소맷자락이 가볍게 펄럭이면서 그의 손그림자가 단숨에 수십 개로 불어나 연우를 덮어 왔다.

하나하나가 웬만한 언덕쯤은 가볍게 분쇄시킬 만한 큰 힘을 담고 있었다.

연우는 그림자와 직접적으로 부딪치지 않고, 불의 날개를 한껏 젖히며 블링크와 바람길을 잇달아 펼쳐 간격을 다시 널찍이 벌렸다.

"어딜 도망가려 하느냐. 아직 이 몸과의 대화가 끝나질 않았는데."

대주교가 공간을 접으면서 연우에게로 다가오려 했지만.

"미안하지만."

연우는 가볍게 코웃음을 쳤다.

"지금 당신과 말 상대할 사람은 내가 아니라서."

그 말이 끝나는 것과 동시에, 대주교는 연우를 잡으려다 말고 도중에 걸음을 멈춰서 고개를 위로 들었다.

갑자기 하늘에서부터 커다란 뭔가가 운석처럼 떨어지고 있었다.

쾅!

대주교는 재빨리 손을 위로 쳐올리면서 그것을 뒤로 튕겨 냈다.

연우도 불의 파도를 휘둘러 겨우 상쇄했을 만큼 큰 힘이었지만, 거대한 살덩이는 가볍게 출렁이는 게 전부였을 뿐. 별다른 타격 없이 공처럼 가볍게 튕겨 나 저만치 떨어진 곳으로 착지했다.

착!

살덩이의 정체는 식탐황제였다. 피지로 번들거리는 얼굴을 한 녀석은 대주교를 보고 입맛을 가볍게 다시다가, 곧 가벼운 경련과 함께 육체를 변화시키기 시작했다.

우두둑, 두둑. 살덩이가 딱딱하게 굳으면서 안쪽으로 말려들어 갔다. 그러다 나타난 것은 정말 식탐황제가 맞나 싶을 정도로, 앙상하게 메마르고 누덩이가 퀭하게 내려앉아 있는 시림이었다.

신경질적인 인상으로 변모한 식탐황제는 송곳니가 훤히 드러나라 포악하게 웃으면서 소리쳤다.

"누가! 내 벗에게 함부로 무례하게 구는가? 그것참 몹쓸 인사로군."

식탐황제가 등장하는 것과 동시에 외곽에서는 거친 북소리가 들렸다.

둥, 둥, 둥—

혈국의 군대가 진군을 할 때 울린다는 〈혈향 전고(血香戰鼓)〉의 북소리였다. 그리고 그 너머로 아스라이 녀석들의 군가도 같이 들려오고 있었다.

대주교는 그쪽으로 시선을 돌렸다가, 살짝 미간을 찌푸리면서 다시 식탐황제를 바라봤다.

"우리와 전쟁이라도 하겠다는 건가?"

그는 식탐황제의 갑작스러운 등장이 연우와 혈국 간의 계획이란 사실을 눈치챌 수 있었다.

"못할 것도 없지."

"화이트 드래곤에 실컷 두들겨 맞고 있는 중이라고 들었네만."

"캬캬캬! 승패는 병가지상사라! 전투에서 지더라도, 전쟁에서 이기면 그만이 아닌가!"

광기에 가득 찬 웃음에, 대주교는 식탐황제와 연우를 번갈아 보다가 쓰게 웃고 말았다.

"어지럽다 싶으니 아예 판을 키워 버릴 생각이로군. 아무도 함부로 손을 쓰지 못하게. 대전쟁이라도 생각하는 가?"

"아무렇게나 생각하라고. 그럼 어디 간만에 광신도들의 고기가 얼마나 익었는지 볼까? 키키키킥!"

"망국의 망령들이 현시대를 살아가는 이들에게까지 악영향을 끼치는군. 어떻게든 치워야겠어."

식탐황제와 대주교는 누가 먼저랄 것도 없이 서로에게 몸을 던졌다.

콰아아앙—

갑작스럽게 벌어진 아홉 왕 간의 충돌에 모두가 혼비백산하는 동안.

연우는 어느새 에도라가 있는 곳에 도착해 있었다.

"오라버니."

"이곳은 저들에게 맡기고, 우선 빠져나가자."

연우는 에도라의 허리를 안으면서 불의 날개를 한껏 펼쳤다.

분명 방금 전까지만 해도 거칠게 싸워 댔었지만. 지금 연우의 품에 안긴 에도라의 얼굴은 살짝 붉게 달아올라 있었다.

콰르릉!

전장은 여전히 여러 충돌로 격전이 벌어지는 중이었다.

「사고만 크게 치고 빠지기. 크. 역시 우리 주인님만 한 사람이 없단 말이지.」

샤논의 깐족대는 목소리가 들린 것 같았지만.

연우는 언제나 그렇듯 무시하면서 자리를 이탈했다.

＊　　　＊　　　＊

"빌어먹을 것들."

아나스타샤는 손으로 머리를 쓸어 올리면서 이 자리에 없는 연우를 욕했다.

어떻게 녀석과 관련되기만 하면 이렇게 골치 아픈 일거리만 생기는 것인지.

"스승님."

그때, 옆에서 아나스타샤를 돕던 빅토리아가 조심스럽게 그녀의 이름을 불렀다.

이 아이만 아니었어도 이렇게 탑의 일에 깊숙이 관여하지 않았을 텐데. 아나스타샤는 속으로 가볍게 혀를 차면서 고개를 가로저었다.

"불가."

"그런……!"

"어째서입니까!"

칸이 딱딱하게 굳은 얼굴로 불쑥 고개를 내밀었다. 아나스타샤의 표정이 살짝 일그러졌다. 연우만큼이나 그녀의 심기를 어지럽히는 녀석이 있다면 바로 이 녀석이었다. 하나밖에 없는 제자의 마음을 어지럽히는 놈.

아나스타샤는 앞으로 한 번만 더 시건방지게 굴면 아무리 제자가 말려도 날려 버리겠다고 다짐한 뒤, 방금 전까지 진맥하던 환자를 천천히 내려다보았다. 도일이 창백한 안색으로 누워 있었다.

"너희들은 대체 채널링을 무엇으로 여기는 것이냐? 쉽게 붙였다 뗐다 할 수 있는 안테나 같은 걸로 보이기라도 하는 것이냐?"

"그건……."

"이 아이에게로 이어지는 채널링의 교란이 심해도 너무 심하다. 이미 한 차례 채널링을 강제로 뜯어 놓아 상처가 다 아물지도 않은 상태에서, 또 끊어 버린다고? 그랬다가는 이 아이의 영혼이 아마 남아나지 않을 것이야."

"……!"

"……!"

아나스타샤는 충격에 젖은 칸과 빅토리아를 보면서 가볍게 코웃음을 쳤다.

"더구나 그동안 이 아이와 연결되었던 존재들은 하나같

이 아주 지고하신 '놈'들이었더구나. 어디서 그런 것들만 골라서 맡았던 건지. 다른 놈들은 한 놈이라도 얻기를 바라는 존재를. 쯧."

처음에는 천마. 그다음에는 대지모신. 그런 존재들과 이어져 있었던 것만 하더라도, 일개 필멸자로서는 사실 영혼이 송두리째 날아가도 이상하지 않을 정도였다.

아나스타샤는 거기까지만 말하고, 굳이 뒷말을 덧붙이지 않았다.

사실 신적인 존재들의 위험성에 대해서는 그녀가 누구보다 잘 알고 있었다. 그래서 여러 신과 악마들이 이쪽을 보고 있다는 것을 알면서도, 일부러 '놈'이라는 단어를 썼던 것이다.

그건 그녀가 여태 타인에게는 숨기고 있는 과거와 관련이 있는 일이었으나. 굳이 거론하지는 않았다.

"……."

"……어떻게든 수가 생길 거야. 같이 머리를 맞대다 보면."

칸의 눈꺼풀이 파르르 떨렸다. 그렇게 험난했던 시기를 보내고, 이제야 겨우 마음을 놓는가 싶었는데. 다시 이런 일이 찾아올 줄이야. 정말 그들 형제에게는 좋은 날이 오지 않는 건지, 너무 가슴이 아팠다.

빅토리아는 그런 칸이 안타까워 가만히 등을 다독여 주었다.

후우—

아나스타샤는 연기를 길게 내뿜으면서 생각했다.

'아주 지랄들을 하는구나.'

그녀는 이제 기도 차지 않는다는 표정이 되고 말았다.

하지만 여기에 계속 이렇게 둬서는 저 지랄 맞은 모습을 계속 보게 되겠다는 생각에, 가볍게 한숨을 내쉬며 곰방대를 바닥에 내려놓으면서 말했다.

"하지만 아주 방법이 없는 건 아니다. 어렵지만, 가능한 방법이 있지."

"무엇입니까?"

"대체재를 찾는 것이다."

"대체재라면……?"

"천마와 대지모신, 놈들이 지나간 자리를 대신할 수 있는 놈이 오기만 하면 된다. 하지만 그만한 존재를, 쉽게 찾을 수 있을까?"

순간, 칸과 빅토리아의 시선이 마주쳤다.

동시에 떠오르는 존재가 있었다.

'카인!'

두 사람은 이미 연우가 하데스로부터 사왕좌를 물려받았다는 사실을 알고 있었다. 비록 아직 탈각과 초월을 이루지는 못했지만, 그만한 자격이 있다는 것 또한.

더군다나. 올포원을 상대할 당시에 연우의 몸을 빌려 깨어났던 존재도 있었다.

연우에게 불가사의한 힘을 주던 존재. 그가 여전히 연우에게 내재되어 있다는 건 이미 짐작하고 있는바.

그렇다면 연우가 천마와 대지모신이 사라진 자리를 대체할 수 있지 않을까?

당장은 힘들 수도 있겠지만, 시도는 해 볼 만할지도 몰랐다.

"그리고 그 대체재는 최대한 빨리 물색하는 게 좋을 거다. 이 아이, 지금은 이렇게 억지로 재워 두고 있지만, 언제 다시 눈을 뜰지 모른다. 그리고 그때는 너희들이 아는 놈이 아니게 될지도 모르지."

시간이 얼마 없다.

칸과 빅토리아는 서로를 보면서 무겁게 고개를 끄덕였다.

Stage 53.
용의 신전

"연대장님이 나오셨다고?"

크로이츠는 환상연대 1연대의 부연대장, 릴이 가져온 소식에 화색을 띠었다.

타르타로스에서 올라와 곧바로 환상연대로 돌아온 그는 연대장을 뵙고 싶다는 청을 올린 상태였다.

하지만 신청을 받은 릴은 연대장이 최근 들어 깨달음을 목전에 두고 있어, 간간이 소식을 전해 받던 자신들도 아무런 연락을 받지 못한 지 오래되었으니 크게 기대하지 말라고 말했었다.

그래도 크로이츠는 대답이 돌아올 때까지 기다리겠다는

의사를 내비쳤다.

연우는 여전히 환상연대를 방문할 생각이 전혀 없는 듯
보였다. 자신이 필요하다면 알아서 찾아오라는 식이었다.

반면에 환상연대는 이제 슬슬 연우에 대한 확실한 노선
을 정해야 하는 시점이었다. 오랫동안 연우와 함께했던 크
로이츠가 봤을 때, 향후 탑의 정세는 그를 중심으로 돌아갈
게 분명했기 때문이었다.

아군이 될 것이라면 아군이, 적군이 될 것이라면 확실하
게 적이 되어야만 했다. 물론, 그의 개인적인 심정으로는
위험하더라도 아군이 되는 게 훨씬 좋을 것이라고 여겼지
만.

그래서 대답이 돌아오기를 기다리고 있었던 중이었는데.

최근 들어 50층에서 변고가 터졌다는 소식이 들리면서
조금씩 마음이 조급해지던 차였다.

그러다 다행히 릴이 대답을 갖고 온 것이다.

반면에 릴은 영 못마땅하다는 투였다. 연대장이 지금 얼
마나 중요한 시기인지 잘 아는 그녀로서는 크로이츠가 방
해만 한다고 여긴 것이다.

"그래. 네가 하도 성화를 부려서, 아주 잠깐 시간을 내어
수련장에서 나올 생각이시라고 한다. 그러니 이야기 잘 나
눠야 할 거야. 지금 연대장님이 얼마나 중요한 시기인지는

네가 더 잘 알 테지?"

크로이츠는 무겁게 고개를 끄덕였다. 연대장이 폐관 수련에 들어가면서 얼마나 많은 준비를 했었는지, 바로 옆에서 지켜봤으니까.

"그럼 따라와. 안내할 테니."

크로이츠는 릴을 따라 수련장이 조성된 동굴로 이동하기 시작했다.

동굴은 여러 보안 체계가 갖춰져 있어 복잡한 절차를 통과해야만 중심부까지 다다를 수 있었다.

"연대장님께 무례한 언사는 되도록 하지 마. 상당히 지치신 기색이 역력했으니까."

그러다 마지막 지점에 이르렀을 때, 릴은 경고를 던지면서 벽의 장치를 움직였다.

그그긍, 그긍—

동굴의 벽이 움직이면서 그 너머에 정좌를 한 채 조용히 눈을 감고 있는 한 사내가 보였다.

마치 학자처럼 유약한 인상을 지니고 있지만, 풍기는 기운이 범상치 않았다

사내가 천천히 눈을 떴다. 안광이 어둠을 가르며 번쩍였다.

*　　　*　　　*

[모든 복원이 완료되었습니다.]

[바이러스로 판명된 '대지모신의 잔가'가 모두
사라졌습니다. 스테이지를 다시 운행하는 것이 가능
합니다.]

쿠쿠쿠—

잘게 떨리던 36층의 스테이지가 조용히 가라앉았다. 두
거대 존재의 충돌로 엉망이 되다시피 했던 스테이지는 다
시 원상복구가 된 상태였다.

"으으. 정말이지 하필 걸려도 그런 놈이 걸리니."

관리자들은 지친 기색이 역력했다. 복원에 힘을 쓰는 동
안, 잠도 제대로 자지 못하고 바쁘게 뛰어다녀야 했으니.
올포원의 본체가 강림하면서 남긴 영향력은 그만큼 컸다.

그리고 앞으로 이런 비슷한 일이 몇 번씩 더 반복될지 모
른다고 생각하니 벌써부터 질린 얼굴들이었다.

칠흑왕의 권능을 착실하게 받아들이고 있는 연우. 그리
고 그것을 경계하기 시작할 올포원. 이 둘의 갈등 관계가
향후 탑의 운영에 지대한 영향을 끼칠 게 분명할 테니.

"그런데 이블케는 어디로 간 거야?"

"어디로 가긴. 수다 떨러 갔지."

"으으. 정말 간도 크다."

그런 다른 관리자들의 생각을 아는지 모르는지.

이블케는 '오효오효' 웃음소리를 내면서 어느 곳으로 걸어가고 있었다.

그곳에는 흐릿한 사람의 모양을 띤 그림자가 조용히 돌아갈 차비를 하고 있었다. 안개로 가려져 생김새를 알아보기도 힘든 존재.

"죽기를 갈망하면서도 그러지 못하는 당신은 참으로 애석하기 그지없어요."

올포원은 느닷없이 이블케가 던진 말에 〈축지〉를 펼치려다 말고 그쪽으로 몸을 돌렸다.

아주 잠깐 두 사람 사이에 침묵이 흘렀다.

이블케는 예리한 시선이 자신을 관통한다는 느낌을 받았지만, 내색하지 않고 여전히 송곳니가 훤히 드러나게 웃는 낯을 유지했다. 다만, 외눈 안경 너머의 눈은 곡선을 그리지 않고 있었다.

『무슨 말을 하는 것이냐?』

"오효오효. 무슨 말이긴요. 당신이 그토록 바라던 순간이 찾아온 게 아니냐고 묻는 것이지요. 칠흑이라면. 괜찮지 않나요?"

『무슨 말인지 모르겠군.』

올포원은 그 말만 남기고 표홀히 사라졌다. 77층의 벽이 약해진 틈을 타 창조신과 태초신들의 압박이 거세지는 것을 감지한 탓이었다.

그런 올포원을 보면서.

피식—

이블케는 웃으며 외눈 안경을 고쳐 썼다. 그는 분명히 잘게 떨리던 올포원의 목소리를 놓치지 않았다.

*　　　*　　　*

식탐황제와 대주교가 한창 충돌하는 동안.

그리고 연우가 에도라를 데리고 자리를 빠져나가는 동안, 뚜언띠엔 공작과 도모태자도 친위대를 이끌고 전장을 벗어났다.

'일단은 계획대로 착착 돌아가고 있군.'

뚜언띠엔 공작은 머릿속으로 미리 세워 둔 계획을 되짚어 보면서 흡족하게 고개를 끄덕였다.

칼라투스의 무덤을 두고 연우와 함께 정립했던 계획은 이것으로 첫 단계를 무사히 통과했다고 봐도 될 것 같았다.

사자 연맹과 엘로힘, 마군이 연우를 잡기 위해서 각기 움직였다지만, 혈국이 뛰어들면서 전황은 완전히 뒤바뀌고 말았으니까.

식탐황제가 50층에 등장하면서 그들과 전쟁 중인 화이트 드래곤도 이쪽으로 끌려올 수밖에 없을 것이고, 잠시 한발 물러난 블랙 드래곤도 이쪽을 보게 될 테니.

거기다 환상연대나 외뿔부족에서도 어떤 움직임을 보일게 분명했다.

이렇게 많은 세력들이 모인 판국에 다른 세력들이라고 관심을 가지지 않을까?

한순간에 전황이 다각화된 것이다.

'곳곳에서 불이 붙고 있어. 이런 상황에서 '칼라투스의 무덤'이라는 기름을 확 하고 끼얹는다면······.'

뚜언띠엔 공작의 눈이 예리하게 빛났다.

'펑 하고 터질 테지.'

연우가 그들에게 제안했던 계획은 아주 간단했다.

최대한 많은 세력들을 50층으로 끌어와서 칼라투스의 무덤으로 밀어 넣을 것.

어차피 무덤의 소재지가 들통나는 건 시간문제였다. 그렇다면 차라리 그 전에 혼전 양상을 만들어 놓자는 계책이었다.

'흙탕물만큼 사리 분별하기 힘든 곳도 없을 테니까.'

취할 건 취하고, 때에 따라서는 어부지리로 적들 간의 내분을 끌어낼 수도 있는 것이다.

때마침 수세에 몰렸던 혈국으로서는 모든 판을 뒤집는 것으로도 모자라, 칼라투스의 유산이라는 보물까지 얻을 좋은 기회인 셈이었다.

뚜언띠엔 공작은 계획의 성공 가능성을 6할 이상으로 잡고 있었다.

다만, 우려되는 점이 있다면.

"푸핫! 스승님, 보셨습니까? 저런 사람이 있을 줄이야! 40층대를 하루 만에 주파하는 것으로도 모자라, 저 많은 세력들을 혼자서 갖고 놀지를 않나! 정말이지 아바마마의 혜안은 대단하셨습니다!"

도모태자는 하루 사이에 연우에 대한 경멸론자에서 찬양론자로 완전히 뒤바뀌어 있었다.

입에 침이 마르도록 연우에 대한 칭찬을 멈추지 않았던 것이다.

제 또래로 보았던 이가 저토록 뛰어난 위용을 보이니, 질투는커녕 오히려 이전에 가졌던 반감이 선망에 가까운 감정으로 변질된 모양이었다.

하지만 다른 건 몰라도, 이건 조금 경계를 해야만 했다.

'태자님은 앞으로 혈국을 이끌어 나갈 지존이 될 분이시

다. 타인으로부터 우러름을 받으셔야 할 분이, 오히려 우러르고 있다는 것은…….'

더구나 뚜언띠엔 공작은 연우를 혈국의 신하로 끌어들이든가, 그게 불가능하면 언젠가 내쳐야 할 존재로 여기고 있는 중이었다.

아직은 약하지만. 그렇다고 단순히 '벗'으로 두기엔 앞으로가 위험했으니.

'단물만 빼야 해. 단물만.'

뚜언띠엔 공작은 도모태자에게 언젠가 한번 쓴소리를 해야겠다고 생각하면서 조용히 자리에서 일어났다.

그런 그의 위로.

휘이이—

바람이 옅게 불면서 아주 잠깐 레베카의 형상을 띠다가, 다시 조용히 흐려져 사라졌다.

＊　　＊　　＊

"오라버니……."

에도라는 연우를 한껏 끌어안았다.

평상시의 그녀였다면 최대한 감정을 다스리면서 반갑게 웃었을 테지만. 지난 며칠 동안 있었던 일들은 그녀의 평정

심을 흐리게 하기에 충분했다.

사자 연맹 등이 자신을 쫓는 이유를 왜 몰랐을까. 자신이 다치는 건 그렇다 치더라도, 자칫 연우에게 짐이 될 수도 있었다는 사실이 못내 마음에 걸렸던 것이다.

연우는 아무 말 없이 담담히 그녀를 마주 안으며 다독여 주었다. 괜찮다고. 이제 자신이 있으니 아무 일도 없을 거라며.

그동안 연우도 에도라와 판트를 보고 싶은 마음이 굴뚝같았다. 자신의 날개가 되어 달라는 말에 일체의 반발도 없이 그러겠노라고 대답해 주었던 고마운 동생들.

이렇게 간만에 만나게 되니 너무 고마웠고, 자신 때문에 모진 일을 겪은 것 같아 미안했다.

「근데 사실 따지자면 우리 어여쁜 에도라 아씨가 위험할 뻔한 것도, 우리 인성왕 때문이었잖아? 역시 어디에 있어도 남들에게 폐를 끼치는 건 갑…….」

샤논이 깐족대는 사이.

마희성의 플레이어들은 하나같이 놀란 얼굴이 되어 있었다.

언제나 차가운 표정만 짓던 에도라를 보아 온 그들로서는, 그녀에게 이런 면모가 있다는 것을 처음 알게 된 것이다.

에도라의 별칭, 마희는 적을 상대하는 데 있어 절대 사정을 두지 않고, 절벽에 피어 있는 꽃처럼 언제나 고고한 모습만 보였기에 붙여진 것이다.

그런데 지금 에도라의 모습은 완전히 사랑에 빠진 여인의 모습이었으니, 낯설 수밖에.

"마희성이라고 했나?"

그렇게 잠시 멍하게 있던 그들은 연우가 부르는 목소리에 화들짝 정신을 차렸다.

"그, 그렇소."

차투라가 대표로 나서서 고개를 끄덕였다.

그녀는 바짝 긴장했다. 연우가 전장에 난입했을 때의 모습이 언뜻 떠올랐다.

탑에서는 재앙이나 다름없는 마군의 주교를 장난감처럼 갖고 놀고, 권속을 이용해 악명 높은 엘로힘의 7인대를 밀어붙이던 모습이.

독식자가 마희와 함께 신성(新星)으로 꼽혔다지만, 그들이 보기에 독식자는 이미 신성의 범주를 아득히 넘어서고 있었다. 하이 랭커들과 어깨를 나란히 하는 수준이었다.

그들도 대개 랭커 급의 인사들이었지만, 하이 랭커에 비할 만한 수준은 아니었다.

"그동안 에도라를 도와줘서 고맙다."

"해야 할 일을 했을……."

"그러니 이만 돌아가."

차투라의 얼굴이 살짝 구겨졌다.

"무슨……."

"이제부터 에도라는 내가 지키겠으니 너희들의 도움은 필요 없단 뜻이다."

차투라를 비롯한 마희성 플레이어들의 표정이 딱딱하게 굳었다.

"무슨 말을 그리 하는 거요! 우리가 그동안 마희께 충……!"

"애당초 듣기로 에도라는 너희들에게 별반 관심을 두지 않았던 것으로 알고 있는데? 너희끼리 추종하고, 너희끼리 조직을 만들고. 너희 편의대로 그런 것 아니었나?"

"……!"

"다시 한번 말하지. 이제부터는 내가 에도라와 함께할 테니 다들 돌아가."

"……."

차투라는 이를 악물었다. 한마디로 쓸모없으니 꺼지란 뜻.

문제는 그의 말마따나 마희성은 에도라의 의지와는 상관없이 만들어진 조직이란 점이었다.

거기다 사자 연맹에 기습을 당하면서 지휘부도 박살이 난 상태. 조직을 재건할 수 있을지도 불분명한 상태였다.

그러니 자신들에게는 남은 가치가 없다시피 한 상황이었

지만.

차투라는 여기서 밀려나서는 안 된다는 생각이 들었다. 그녀와 동료들이 그동안 에도라를 따라다닌 이유는 제각기 달랐지만, 그래도 언제부턴가 그녀와 함께하고 싶다는 열망은 공유하고 있었다.

그래서 그녀는 에도라를 잠시 보았다. 에도라의 눈빛은 다시 깊게 가라앉아 속을 알 수 없었다. 언제나 자신들에게 향하던 눈동자. 저 속에 담긴 뜻은 무엇일까.

"마희께서 사라지라고 하신다면 사라지겠습니다. 마희께서는 허락지 않으셨어도, 저희는 마희를 따랐던 이들이니. 하지만."

차투라는 말허리를 잠시 끊고, 다시 연우를 노려보며 말했다.

"아무리 당신이라 하여도, 마희를 지키려 했던 우리의 의지와 선택까지 함부로 폄하하지는 마시오. 목숨을 던지며 여기까지 온 만큼, 우리에게 그만한 자격은 있다 생각하오."

차투라는 에도라의 명령에만 따르겠다고 선을 확실하게 그었다. 다른 동료들도 같은 생각이었는지 군은 표정으로 연우를 노려보았다. 새카만 가면 아래, 연우의 눈동자가 매섭게 번들거렸지만, 그들은 꿈쩍도 않았다.

그러길 한참.

피식—

갑자기 연우의 눈동자가 살짝 굽어진다 싶더니 바람 빠지는 소리가 났다.

"……?"

"……?"

차투라와 그들이 영문을 몰라 살짝 미간을 찌푸리는데.

"샤논."

연우의 부름에 따라, 마희성의 옆으로 검은 그림자가 불쑥 올라왔다.

그들은 무기 쪽으로 손을 가져가며 잔뜩 경계했다. 자신들을 무력으로 내쫓으려 한다고 생각한 것이다.

그러거나 말거나. 연우는 샤논을 보며 말했다.

"저놈들을 따라갔다 와."

차투라가 불쑥 끼어들었다.

"무슨 짓을 하는 거요, 대체?"

"아직 많이 모자라지만, 그래도 한 번 더 기회를 주지."

"뭐……!"

"저놈을 데리고 흩어진 수하들을 규합하고 와. 너희들에 대한 평가는 그때 다시 하도록 하지."

"……!"

차투라는 뒤늦게 그게 무슨 의미인지 알 것 같았다. 그동

안 추종 집단에 불과했던 마희성을 재편해서 제대로 다듬
겠다는 뜻이었다.

"알겠…… 소."

그들의 얼굴이 의지로 불타오르는 가운데.

「근데 왜 내가 가야 해? 한령도 있고 부도 있는데 왜 내
가……!」

샤논이 투덜거리면서 불평불만을 늘어놓았다.

"아까 깐족댄 벌. 내가 인성왕이라며? 그 말대로 해 줘
야지."

「젠장. 이것들아, 뭐 해? 빨리빨리 안 움직이고. 굼벵이
처럼 느려 터져서는!」

샤논은 본전도 찾지 못하자 괜히 애꿏은 마희성에게 분
풀이를 하면서 다른 곳에 고립되어 있을 생존자들을 찾아
움직였다.

연우는 그들을 보면서 머리를 가볍게 쓸어 올렸다.

'이걸로 판은 새로 깔렸고. 그놈들만 오면 포석도 완료
인데.'

바로 그때, 바람이 불면서 레베카가 다가아 조용히 뭐라
고 ·웅 얼거렸다. 이제 완전한 신령으로 거듭나고 있는 그녀
는 의사만 전달할 뿐, 말은 잘 하지 않는 중이었다.

연우의 입꼬리가 씩 올라갔다.

그녀가 가져온 소식은 아주 간단했다.

—봄의 여왕이 나타났어.

화이트 드래곤과 왈츠가 모습을 드러낸 것이다.

바로 이 50층에.

모든 포석이 끝난 순간이었다.

그때.

"오라버니."

"왜 그러지?"

"혹시 칼라투스라는 이름, 아시나요?"

생각지도 못한 이름이 에도라의 입에서 나오자, 연우의
고개가 빠르게 돌아갔다.

"그 이름을 네가 어떻……?"

에도라와 눈이 마주친 순간, 연우는 그 안에 깊게 잠재되
어 있던 무언가를 발견할 수 있었다.

여태 이름을 알 수 없었던 채널링이 강화되면서 단숨에
연우의 의식을 뒤덮었다.

화아악!

그리고 다시 눈을 떴을 때.

연우 앞에는 수백여 미터에 달하는 어마어마한 몸집을 지닌 용의 그림자가 가만히 그를 내려다보고 있었다.

『반갑구나. 연자여.』

연우는 단번에 자신의 눈앞에 있는 존재가 누구인지 알 수 있었다.

비록 그림자에 가려져 있어 제대로 된 형체는 알 수 없지만.

그 사이로 빛나는 거대한 황금색 눈동자만큼은 너무나 낯이 익었던 것이다.

일기장에서 숱하게도 동생을 쳐다보던 눈.

그리고 언제부턴가 말없이 자신을 쳐다보던 시선, 채널링의 주인이기도 했다.

"역시나…… 살아 있었군요, 칼라투스."

연우는 생각지도 못한 만남에 눈을 크게 떴다.

용의 미궁에나 가야 만날 수 있을 거라고 생각했던 칼라투스를 여기서 만날 줄이야. 거기다 에도라를 통해 접촉할 거라고는 생각도 하지 못했다.

고룡 칼라투스는 눈을 가느다랗게 좁혔다. 주둥이로 생각되는 부분에서 아주 잠깐 김빠지는 소리가 나오는 듯했다. 씁쓸한 자조 같았다.

『이것도 살아 있는 것이라 할 수 있는 상태라면.』

그러다 눈동자가 살짝 곡선을 그렸다.

『그래도 '그 아이'를 이미 만났었던 것 같구나. 지금은 조용히 잠들어 있는 것 같고. 다행이야.』

칼라투스의 시선은 연우의 가슴팍에 고정되었다. 회중시계가 조용히 돌아가고 있는 곳. 그가 보고 있는 건 정우였다.

"역시 정우를 보낸 건⋯⋯!"

『말을 끊어서 미안하나, 시간이 없으니 짧게 용건만 말하마.』

칼라투스의 그림자가 아주 잠깐 흐릿해지면서 목소리도 도중에 툭툭 끊겼다. 무슨 이유로 연결이 자유롭지 못한 걸까.

『되도록 빨리. 최대한 서둘러 이곳으로 왔으면 한다.』

치직, 치지직—

목소리와 형체가 수신이 불안정한 전파처럼 다시 흐트러지기 시작했다.

『너에게 반드시 전해 줘야 할 물건이 있다. 그놈들이 닥치기 전에. 그러니.』

치이익—

『서⋯⋯ 둘⋯⋯!』

칼라투스는 그 말만 남기고 조용히 자취를 감췄다.

그리고 연우도 조용히 채널링에서 튕겨 나 현실로 돌아왔다.

"오라…… 버니?"

아주 잠깐 흐릿해졌던 에도라의 초점이 다시 돌아왔다. 그녀도 연우와 칼라투스의 만남을 보고 있었던지 놀란 눈이었다.

"방금 전에, 그건?"

"아무래도 칼라투스가 너를 통해서 내게 하고 싶었던 말이 있었던 것 같다."

"역시 그를 알고 계셨나요?"

"동생과의 인연 때문에. 조금."

"아."

연우는 아주 잠깐 고심에 잠겼다.

칼라투스가 했던 말이 머릿속에 왱왱 울렸다.

서둘러라.

그 말은 이해할 수 있었다. 아무래도 연우에게 접촉을 시도한 칼라투스는 본체라기보다는 그가 남긴 사념체에 가까운 존재 같았으니까.

다만, 다음에 덧붙였던 말이 좀처럼 쉽게 이해가 가질 않았다.

그놈들이 닥치기 전에.

그 말이 무슨 뜻일까? 누군가가 칼라투스의 일을 방해한다는 뜻일까.

아니면 용의 미궁에 침입한 다른 뭔가가 있다는 뜻일까.

"그렇다면 서둘러야겠네요."

"그래야겠……."

그때, 연우의 말이 끝나기 무섭게, 갑자기 에도라가 손을 뻗어 그가 쓰고 있던 가면을 벗겼다.

연우는 아주 잠깐 멍해졌다. 가면이 이렇게 쉽게 벗겨지는 거였나?

순간 이런 장난을 쳐 놓았을 만한 사람이 떠올랐다. 헤노바.

그런 생각과 함께 어떻게 반응할 새도 없이, 에도라가 재빨리 그의 입술에다 자신의 입술을 갖다 댔다.

생각지도 못했던 입맞춤.

크게 떠지는 연우의 눈을 보면서. 에도라가 배시시 웃었다.

"고마워요, 정말로."

"……."

잠시간 흐른 침묵.

연우는 말없이 에도라를 보았다. 그 모습이 너무 예뻤다.

그리고.

"에도라."

"네?"

"그냥 여기서 끝낼 건 아니겠지?"

"그건…… 꺅!"

연우는 귀엽게 눈망울을 살짝 크게 뜨는 에도라를 보면서. 이번에는 자신이 그녀를 와락 끌어안으면서 입술을 맞췄다.

*　　　*　　　*

─사랑하는 딸아. 너라면. 어쩌면 나의 숙원을
이뤄 줄 수 있을지도 모르겠구나.

봄의 여왕, 왈츠는 눈만 감으면 언제나 들리는 듯한 어머니의 목소리를 찬찬히 되짚었다.

늘 하늘을 올려다보며 먼저 간 조상들의 숙원을 이뤄 내고 말겠노라 다짐하던 어머니. 어머니는 자신의 머리를 쓰다듬으면서 말씀하셨다. 만약 당신이 잘못된다면. 숙원을 이루지 못한다면, 그것은 바로 자신에게 맡기겠노라고. 자신이라면 해낼 수 있을 것이라며.

그리고 뒤이어 떠오른 것은, 하늘에서 떨어지는 불벼락에 죽어 가는 어머니의 모습이었다.

그곳에 녀석이 있었다.

독식자.

무왕과 마찬가지로 언젠가 잡아서 죽여야만 하는 원수.

끼익—

마차가 멈추는 소리와 함께 정신이 깼다.

왈츠는 천천히 눈을 떴다.

곧 마차의 문이 열렸다.

"주군."

"나가지."

왈츠는 수하의 에스코트를 받으며 여왕과 같은 도도한 발걸음으로 마차를 나왔다.

그러자 익숙한 냄새가 확 하고 풍겨 와 코끝을 찔렀다.

최근 들어 너무 많이 맡아 본 냄새였다.

피가 섞인 전장의 냄새.

"대주교와 연맹주가 먼저 도착해 기다리고 있다고 합니다."

왈츠는 가볍게 고개를 끄덕이면서 안내자를 따라 전장 깊숙한 곳으로 발길을 들였다.

그런 그녀의 뒤로 하나둘씩 뒤따르는 자들이 있었다. 왈츠를 따라 레드 드래곤의 위업을 잇고자 하는 옛 81개의 눈들. 비록 예전에 비하면 턱없이 부족한 숫자였지만, 지금 그녀의 뒤에서 10여 명 개개인이 내뿜는 기량은 아주 위압적이었다.

주변에 서 있던 이들도 하나같이 질린 기색이 되어 뒤로 물러섰다.

어째서 그들이 여전히 8대 클랜 중에서도 순위권에 손꼽히는지를 알 수 있는 대목이었다.

"이곳입니다."

안내자가 멈춘 곳은 어느 커다란 막사 앞이었다.

"여기서 기다리도록."

왈츠는 수하들에게 짧게 지시를 내리고, 경계병들이 열어 준 막사 안쪽으로 들어섰다.

그 안에는 커다란 탁상을 중심으로 세 명의 사내가 앉아 있었다.

위압적인 눈빛으로 이쪽을 노려보고 있는 철사자 아이반과 이웃집 할아버지처럼 정겨운 미소를 짓고 있는 마군의 대주교.

그리고.

"옛날 얼굴까지 올 줄은 생각도 못 했는데."

엘로힘을 이끈다는 세 명의 집정관 중 하나, '독재관' 마그누스가 앉아 있었다.

마그누스는 왈츠를 보며 살짝 미간을 찌푸렸다. 왈츠는 이미 엘로힘과 원수지간이었다. 전대 집정관 세 명이 잇달아 그녀의 손에 죽어 버렸으니까.

그 일로 인해 엘로힘은 큰 타격을 받아야만 했고, 반면에 왈츠는 단숨에 여름여왕의 빈자리를 꿰차며 아홉 왕에 이름을 올릴 수 있었다.

그러니 당장 부딪쳐도 이상하지 않을 형국이었지만.

마그누스는 대답도 하기 싫다는 듯 코웃음만 가볍게 칠 뿐이었다. 실제로도 그는 여기서 옛일을 거론할 마음 따윈 추호도 없었다. 그만큼 엘로힘이 처한 형국은 위태로웠고, 어떻게든 반격의 계기를 만들어야만 했다.

사실 그는 이 자리에 있으면 안 되는 존재였다.

마그누스는 과거 토르의 사도로, 하야테와 함께 한때 위기에 빠졌던 엘로힘을 수렁에서 구해 내고 오늘날의 영광을 빚어낸 전적이 있는 옛 영웅.

〈아홉 왕〉에도 당당히 거론될 만큼 강하기도 했지만, 최근에는 모든 일을 후대에 맡기고 은퇴를 하여 여유로운 전원생활을 즐기고 있던 차였다.

하지만 최근에 엘로힘이 맞게 된 상황은 이전과 비교도 할 수 없을 정도로 위험했던바.

결국 엘로힘은 권력 견제를 위해 마련되었던 3인 집정관 체재를 일시 폐지하고, 1인에게 모든 권력을 몰아주는 독재관 제도를 부활시켜 그 자리에 마그누스를 초빙한 것이었다.

마그누스는 이 진토 같은 세상에 다시 나타나고 싶지 않았지만, 그래도 후손들의 간곡한 부탁을 거절할 수만은 없었다.

그래서 왈츠의 가벼운 도발도 대수롭지 않게 무시하고 넘겼다. 어차피 그의 눈에 여름여왕의 딸인 그녀는 한참 어린아이에 불과했다.

대신에 왈츠를 맞이한 것은 대주교였다.

"어서 오게. 먼 길을 오느라 고생이 많았던 듯싶은데."

대주교는 어서 앉으라며 빈자리를 내주었다.

하지만 왈츠는 무뚝뚝한 시선으로 그 자리에 시선만 던질 뿐, 앉을 생각은 전혀 없이 대주교를 보며 말했다.

"전혀 쓸모없는 게 있는데. 굳이 가져다 놓은 이유가 뭐지?"

"이런. 그게 무슨 말인가. 세상을 어찌 이와 익으로만 좇을 수 있겠는가? 만물에는 천마의 입김이 담기어 그분의 사랑이 두루 미칠……."

"그쪽의 설법을 들을 시간 따윈 없어. 간단하게."

대주교는 엷은 미소를 띠었다.

"저치도 효용이 있다는 뜻일세. 우선 부족한 머릿수를 채워 주지 않겠나. 미끼가 되어 줄 수도 있을 테고. 필요하다면 장작으로 집어넣을 수도 있겠지. 그럼 우리 손이 편해지지 않겠나."

"확실히, 그도 그렇군."

아이반은 두 사람, 아니, 고개를 끄덕이는 마그누스까지 포함한 세 사람의 대화를 들으면서 주먹을 꽉 쥐었다. 바보가 아니고서야, 저들이 말하는 '효용'이니 '미끼'니 하는 이가 누군지 모를 리 없었다.

저들은 당사자가 바로 앞에 있는데도 불구하고, 마음대로 부려먹겠다고 말하고 있는 것이다.

문제는 아이반이 여기에 항의할 만한 힘이 없다는 점이었다.

아무리 사자 연맹이 여러 유명 클랜들이 합쳐져 만들어졌다지만, 여전히 8대 클랜과 비교하기에는 손색이 있는 게 사실이었고.

무엇보다, 수장인 아이반은 아홉 왕과 견줄 정도가 절대 아니었다.

그가 여기에 동석할 수 있는 것도 전부 이 논의의 장을 직접 주선했기에 가능했던 것일 뿐.

대주교와 왈츠, 마그누스는 애당초 아이반을 동급으로 놓지 않았다. 편의대로 부려 먹을 하인으로만 여겼지.

그리고 사실상 의견을 조율하는 것은 두 사람의 몫이었다.

"좋아. 용건만 간단히 하겠어."

"바라던 바일세."

"이쪽이 내걸 제안은 간단해."

왈츠의 두 눈 위로 안광이 이글거렸다.

"서로에게 방해가 되지 말 것."

대주교가 피식 웃었다.

"각자 갈 길 알아서 가자는 것이로군."

"문제라도 있나?"

"있을 리가."

"깔끔하군."

여태 말이 없던 마그누스도 한 마디 덧붙였다.

대주교는 마음에 든다는 듯 탁상을 치면서 자리에서 일어났다.

"그럼 논의도 끝났으니 먼저 일어나 보겠네. 준비해야 할 것이 많아서."

그가 반대편에 난 문으로 나가자, 조용히 밖에서 시립해 있던 주교들이 모두 고개를 숙이며 뒤를 따랐다. 이어 마그누스도 조용히 일어나며 밖에 대기하고 있던 우로스와 7인 대를 이끌고 사라졌다.

왈츠도 곧 자신이 왔던 문으로 되돌아가 자신의 '눈'들과 함께 막사를 벗어났다.

그것으로 모든 논의가 끝났다.

주최자였던 아이반의 의견은 전혀 듣지도 않은 채로.

"……."

꿰다 놓은 보릿자루처럼 홀로 자리에 남은 아이반이, 으스러져라 이를 악물었다.

바드득!

*　　　*　　　*

연우는 가벼운 발걸음으로 산자락을 올랐다. 뜻하지 않게 밤새 에도라와 시간을 같이 보낸 뒤, 그녀가 깨지 않도록 잠시 자리를 비웠던 차였다.

하지만 에도라는 어느새 일어나 시냇가에서 발을 적시면서 가볍게 물장구를 치고 있었다.

"오셨어요?"

에도라가 반갑게 웃으면서 그를 맞았다. 어젯밤에 있었던 일 때문일까. 오늘따라 유달리 그녀는 더 생기가 있어 보였다.

연우는 자기도 모르게 피식 웃고 말았다. 가면을 쓰고 있어 잘 보이지는 않았지만. 에도라는 웃음소리만으로도 그가 어떤 표정을 짓고 있는지 알 수 있었다.

"언제 일어났지?"

"얼마 되지 않았어요. 어디 다녀오셨나 봐요."

"요 앞에 있는 장터에. 몸이 뻐근해서 조금 풀고, 가볍게 찬거리도 마련할 겸."

"뭘 구해 오셨어요?"

연우는 손을 뻗어 다가오려는 에도라를 제지했다.

"금방 만들어 줄 테니 잠시만 기다려."

요리를 해 준다고? 오라버니가 직접? 세샤에게 간식을 만들어 줄 때 외에는 연우가 요리하는 걸 못 봤기에, 에도라의 눈이 저절로 커졌다.

연우는 피식 웃으면서 아공간을 열어 휴대용으로 들고 다니던 취사도구들을 꺼내고, 직접 산자락을 누비며 구해 온 재료들을 손질하기 시작했다.

에도라는 시냇가에서 나와 뒷짐을 쥐며 연우의 뒤쪽을 어슬렁거렸다. 그리고는 고개를 위로 빼꼼 들어 그가 하는 걸 가만히 지켜보았다.

센 불 위에 커다란 웍(Wok)을 두고 뭔가를 잡다하게 볶는데, 정체를 알 수 없었다. 왕족으로 살면서 직접 요리를 할 일이 없다 보니, 그녀가 알 수 있는 건 식초와 설탕이 주재료라는 거였다.

돼지고기를 얇게 썰고 전분에 묻혀 기름에 튀기는 것도 보였다. 솔솔 풍기기 시작하는 냄새에 에도라는 요리의 정체가 더 궁금해져 계속 연우의 뒤를 따라다녔지만, 앉아서 기다리라는 말에 결국 제자리로 돌아가 요리가 끝나기를 기다려야만 했다.

그리고 곧 에도라 앞에 두 개의 음식이 놓였다.

큰 접시에는 돼지고기 튀김이, 다른 그릇에는 걸쭉한 소스가 담겨 있었다.

역시 처음 보는 음식이었다. 에도라가 고개를 갸웃거렸다.

"이게 뭔가요?"

"탕수육이란 거다."

"탕수육이요?"

"맛있게 즐기기에 괜찮을 거야."

"어떻게 먹는 건가요?"

"튀김을 이걸로 집어서 소스에다 찍어 먹으면 돼."

연우는 에도라에게 젓가락을 쥐어 주었다. 에도라는 영 서투른 젓가락질로 튀김을 한 점 집어서 소스에 담갔다가 천천히 입에 넣었다. 갓 튀겨서 뜨거웠지만, 입김을 몇 번 불고 나니 괜찮았다.

"아."

우물우물, 몇 번 씹고 나자 눈이 동그랗게 떠졌다.

"어떻지?"

"맛있어요."

"입맛에 맞아 다행이군."

가면 아래, 연우의 눈동자가 살짝 곡선을 그렸다.

"짭조름한 것도 그렇고, 달달한 것도 그렇고. 소스가 너무 맛있어요. 고기 식감도 좋고."

에도라는 몇 점 더 집어먹다가 배시시 눈웃음을 흘렸다.

"이렇게 오라버니가 차려 주는 음식을 먹을 수 있을 줄은 몰랐어요. 역시 요리 잘하시네요?"

"그냥 가볍게만. 별건 아니야."

"그래도 이렇게 하시는 게 대단한 거죠."

에도라는 튀김 조각을 입에 넣으면서 행복하게 웃었다.

"이렇게 보니까, 우리 꼭 신혼부부 같다. 그렇지 않아요?"

연우는 말없이 손을 뻗어 에도라의 머리를 쓰다듬어 주었다. 에도라는 눈을 감고 그의 손길을 느꼈다.

"오라버니, 못 본 사이에 많이 달라지신 것 같아요."

"그런가?"

"네. 전에는 어딘지 모르게 늘 쫓기는 느낌이셨는데……지금은 뭐랄까, 한결 여유가 생기신 것 같아요. 한시름을 놓았다고 해야 하나? 그런 말 같이요."

연우는 어쩌면 그 말이 맞는지도 모른다는 생각이 들었다. 타르타로스를 건너 동생과 재회를 하면서. 그리고 마음을 열며 동료들을 하나둘씩 만들수록 자신 안에 있는 무언가가 달라지고 있다는 느낌을 받곤 했으니.

"그동안 무슨 일이 있었는지 말씀해 주지 않으실래요?"

"이야기가 길어질 텐데."

"그럼 더 좋죠. 맛있는 식사거리도 있고."

다시 활짝 웃는 그녀를 보면서.

연우는 에도라의 맞은편에 엉덩이를 붙이고 앉았다.

"그런데 오라버니, 이렇게 찍어 먹기만 하니까 너무 심심한 것 같아요. 차라리 같이 버무려 먹는 게 낫지 않을까요?"

"안……!"

연우는 에도라를 제지하려 했지만, 말이 끝나기도 전에 에도라는 이미 소스를 고기 위에다 전부 붓고 있었다.

우물우물.

"역시. 이렇게 먹으니까 소스가 더 잘 배서 맛있는 거 같아요!"

"……."

*   *   *

칼라투스는 분명 한시라도 빨리 연우에게 자신이 있는 곳으로 오라고 말했었다.

하지만 용의 미궁은 만반의 준비를 하지 않으면 절대 통과할 수 없는 곳.

그래서 연우는 시간을 들이더라도 공략을 위한 준비를 해야만 했다.

그것을 위한 첫 단계가 바로 혈국을 비롯한 여러 세력들을 끌어들이는 것이었다. 머릿수가 많으면 많을수록 빠른 공략에 더 유리해지기 때문이었다. 지금은 열매가 무르익기를 기다려야만 하는 시간이었다.

그리고.

에도라와의 일은. 그녀를 걱정했던 마음이 안도감으로 변하면서, 그조차도 예상치 못하게 일어난 감정이 빚어낸 것이었다.

하지만 그렇다고 해서 그들의 관계가 크게 달라질 건 없었다.

언제나 그랬던 것처럼.

두 사람은 서로를 챙기고, 위할 뿐이었다.

*   *   *

에도라는 연우가 말해 주는 일들을 흥미진진하게 들었다.

정우를 만났다는 부분에서는 같이 기뻐하고, 대지모신이 나타나며 타르타로스를 엉망으로 만들었다는 대목에서는 같이 눈물을 흘리기도 했다.

"저도 언젠가 올포원을 본 적이 있어요."

"올포원을?"

전혀 생각지도 못했던 말.

연우가 놀란 얼굴로 에도라를 바라봤다.

"네. 너무 어렸을 때였고, 그냥 스치듯이 본 게 전부였지만요. 아버지를 찾아서 방문한 거였어요."

당시에 마을이 워낙에 소란스러웠기 때문에, 에도라는 아직도 그때를 잊을 수가 없었다.

"사실 어떤 모습이었는지는 자세하게 기억나지 않아요. 아마 인식 방해 마법 같은 거였겠죠? 그래도 뭐랄까, 그 분위기가 되게 묘해서 선명해요."

"분위기?"

"네. 되게 특이했어요. 고고하게 서 있는데, 그게 오히려 위태롭게 보였달까."

에도라는 기억 한편에 묻어 둔 올포원에 대한 인상을 다시 그려 나갔다.

"마치…… 어딘지 모르게, 스스로 쓰러지길 바라고 있는 것 같다고 해야 하나. 지쳐 보인다고 해야 하나. 하여간 그런 느낌이었어요."

"음."

연우는 아주 잠깐 생각에 잠겼다. 위태롭게 보이는 올포원이라. 자신이 여태 생각했던 것과는 너무 다른 인상이라, 뭐라고 이해하기가 힘들었다.

하지만 에도라는 〈혜안〉을 습득했을 정도로 뛰어난 눈을 가졌다. 어린 시절이라고 하더라도 본질을 꿰뚫는 안목은 있었을 것이다. 그런 그녀의 눈에 비쳤던 올포원의 모습이 어쩌면 진짜인지도.

'어렵군.'

연우는 가볍게 머리를 쓸어 올렸다. 어쩌면 그동안 동생과 자신이 보고 겪었던 올포원이, 사실은 현실과 많이 다를지도 모른다는 그런 생각이 들었다.

'그래도 달라질 건 없지만.'

진실이 무엇이라 하더라도.

탑의 정상에 오르기 위해서 언젠가는 넘어야 할 벽이라는 사실만큼은 달라지지 않는다.

물론, 그 전에 우선 넘어야 할 벽들이 더 많았지만.

"오라버니, 이거 혹시 더 없나요? 너무 맛있는데."

에도라는 어느새 싹 비워진 탕수육을 아쉬운 눈으로 보았다.

"아직 더 있으니 맘껏 먹어. 하지만 이번에는 그냥 찍어 먹도록 해. 부어서 먹었다가 식으면 눅진눅진해지니까."

"그래도 이렇게 해야 튀김에 소스가 잘 스며들어서 고기랑 잘 어우러지는 것 같아서요. 전 이렇게 먹을래요!"

"……."

연우는 가만히 부먹이 되는 탕수육을 보다가, 가볍게 한숨을 내쉬었다.

"커피도 끓였는데, 마실래?"

＊　　　＊　　　＊

그날 밤.

연우와 에도라는 식탐황제와 접선하기로 한 장소로 이동했다.

"아하하! 짐의 전우! 짐의 고대하던 벗! 이제야 겨우 나타나면 쓰나! 짐이 얼마나 경을 보고 싶어 했는지 아는가 말이야!"

식탐황제는 크게 웃음을 터뜨리며 연우에게 달려왔다. 어느덧 포동포동하게 살찐 모습으로 되돌아온 그는 얼굴에 피지가 가득했다.

연우도 그를 마주 안으려는데, 갑자기 두 사람 사이로 칼날 두 개가 X자 형태로 불쑥 끼어들며 연우를 가로막았다.

"이게 무슨 짓인가, 모글레이 공작! 티르빙 공작!"

두 칼날의 주인은 괴력난신 중 각각 '난'과 '신'에 해당하는 모글레이 공작과 티르빙 공작이었다.

"무례를 용서하시옵소서, 폐하."

"하지만 신(臣)들은 이자에게 따져야 할 용건이 있사옵니다."

식탐황제가 더 소리를 지르기 전에, 티르빙 공작이 한쪽 무릎을 꿇으며 고개를 숙였다.

그사이 모글레이 공작이 재빨리 눈살을 좁히면서 연우를 노려보았다.

"카인 경. 그대가 앞으로 할 대답 여부에 따라 우리들은 목숨을 바쳐서라도 폐하를 만류하고 그대를 멀리하라 청을 드릴 것이오."

연우는 모글레이 공작과 티르빙 공작을 번갈아 보다가 무뚝뚝하게 고개를 끄덕였다.

"마음대로."

"그대가 벌인 이 판으로 인해 본 국은 이제 절대 빠져나올 수 없는 굴레 속으로 들어오고 말았소. 이제는 화이트 드래곤만이 아니라 혈국이나 엘로힘까지도 적으로 돌리고만 셈이지. 하지만 당신이 제안한 계획은 너무 단순해. 이 힘의 균형을 대체 어떻게 맞출 것이오?"

에도라가 뒤에서 눈을 한껏 치켜떴지만, 연우가 그녀를 제지했다.

연우는 모글레이 공작을 보면서 담담하게 대답했다.

"환상연대가 참전 의사를 밝혔고, 마희성이 곧 세력을 규합해 참여할 계획이라면?"

모글레이 공작이 코웃음을 쳤다.

"가당치도 않는 소리! 그깟 무뢰배 집단으로 균형의 추가 맞을 수 있다고 보는 거요? 기껏해야 사자 연맹이니 하는 졸자들이나 상대하면 끝일 텐데?"

"그 둘만 있는 건 아니지."

연우가 피식 비웃음을 던졌다.

"나도 있으니까."

"뭐……!"

채앵!

연우의 말이 끝나기 무섭게, 갑자기 그림자가 위로 불쑥 올라오면서 연우를 겨누던 모글레이 공작의 칼을 후려쳤다.

그리고 동시에 뒤쪽에서 다른 칼날이 불쑥 튀어나와 모글레이 공작의 목젖에 다다랐다.

「움직이지 마라. 그 순간 목이 떨어질 테니.」

'대체 어느 틈에?'

한령이 칼끝을 한껏 치켜세우면서 바로 그의 뒤에 서 있었다.

너무 순식간에 벌어진 일. 모글레이 공작의 눈이 커졌다. 그 역시 뛰어난 검사인데, 한령의 움직임을 도무지 읽을 수가 없었다.

연우는 잔뜩 굳은 모글레이 공작을 보면서 차갑게 말했다.

"내가 그림자로 권속을 부리는 군주라는 사실은 이미 잘 알고 있을 테고. 이 정도라면 무게 추의 균형이 맞지는 않더라도 일을 도모하기엔 충분하다고 생각이 드는데. 이걸로도 부족하나?"

아무리 기습적이었다지만, 공작에 다다른 자신의 공격을 막아 내는 권속을 부리는 플레이어.

모글레이 공작은 자신의 패배를 인정해야만 했다.

"……결례가 많았소."

스르릉!

그는 자세를 바로잡으면서 검을 도로 검집에 밀어 넣었다. 한령은 흰 빛자국 빛어시면서 그를 노려보다가 다시 그림자 속으로 녹아 사라졌다.

티르빙 공작도 뒤로 물러서자, 식탐황제가 분기에 찬 얼굴로 씩씩대며 다가와 손을 올렸다.

짜악!

"이 죄는 짐이 추후에 추문(推問, 따져 물음)할 것이다. 보기 싫으니 썩 물러나거라!"

"은혜가 하해와 같사옵니다."

"은혜가 하해와 같사옵니다."

두 공작이 고개를 숙이며 조용히 물러섰다.

식탐황제는 그들이 완전히 사라질 때까지 계속 노려보다가, 조급한 발걸음으로 뛰어가 연우를 이리저리 살폈다.

"괘, 괜찮은가? 어디 다친 데는 없고?"

"오랜만에 뵙습니다."

"이 사람 보게! 지금 인사가 중요하신가! 경의 몸이 더 중요하지! 이 일은 절대! 절대 짐이 시킨 일이 아닐세!"

"잘 알고 있습니다. 염려치 마십시오."

"어찌 염려하지 않을 수 있겠나!"

"두 공작께도 따로 벌을 주거나 하지 마십시오. 전부 폐하에 대한 충성심에서 발로된 일들이 아니겠습니까? 저는 백번 이해합니다."

연우를 아는 권속들이 보기에는 터무니없어 보일 만큼 마음에도 없는 소리였지만.

식탐황제는 감동한 얼굴이 되어 붉어진 눈시울을 손수건으로 훔쳤다.

"허. 마음도 태산처럼 높은 이로고. 어찌 짐이 경과 같은 사람을 이제야 만났단 말인가? 더 일찍이 교분을 나눴더라면 좋았을 것을."

식탐황제는 두툼한 손으로 연우의 손을 붙잡았다.

"그러지 말고 어서 안으로 들어가세. 내 경을 위해 만찬을 준비해 뒀으니."

식탐황제는 연우를 자신의 막사로 안내하면서 침이 튀도록 그에 대한 칭찬을 아끼지 않았다. 그들의 뒤로 도모태자와 뚜언띠엔 공작이 따랐다.

"칼라투스의 무덤이라니! 고 얄미운 봄의 여왕, 그 계집과 연놈들이 죄다 눈에 불을 켤 만한 것들이 아닌가. 하하하! 거기다 이제 아예 판세를 복잡하게 얽어 놓았으니, 아마 곧 머리가 복잡해질 테지."

막사 안에는 기다란 탁상을 따라 갖가지 만찬과 술들이 화려한 접시에 가득 놓여 있었다.

"그리고 경이 부탁했던 대로, 조사도 모두 끝났다네. 착굴만 남은 셈이지."

식탐황제는 연우의 귓가에 살짝 중얼대면서 실실 웃음을 흘렸다. 제 딴에는 비밀스럽게 이야기한답시고 한 거였지만, 사실 듣지 못한 사람은 아무도 없었다.

연우가 에도라를 구하면서 적들의 이목을 끄는 동안, 혈국은 타 세력들의 눈을 피해 연우가 건네준 지도를 검토하며 무덤을 물색했다.

지도가 사실인지를 확인하기 위해서였다.

그리고 당연하지만.

결과는 빙고였다.

히든 스테이지를 발견하는 데 성공한 것이다.

식탐황제는 신하들이 잔뜩 흥분한 얼굴로 달려와 칼라투스의 무덤을 찾았다고 보고했을 때의 모습을 아직도 잊을 수 없었다. 그때만 생각하면 입가에 침이 가득 고였다.

"다들 그러더군. 아직 초입만 열었을 뿐인데도, 정말이지 진귀한 것들이 너무 많았노라고. 과거의 용들이 어떻게 초월종으로 분류되었는지, 여름여왕이 어째서 그토록 오랫동안 탑을 지배할 수 있었는지를 엿보았다고 말이야."

이미 식탐황제는 신하들이 가져온 용종의 유산 일부를 만져 보았었다. 그 하나하나가 전부 현재 탑에서 거래되는 상위 아티팩트와 비교해도 절대 뒤처지지 않았다.

"폐하."

"으하하! 왜 그러는가. 말씀만 해 보시게."

"지금 폐하께서 보셨던 것들은 전부 입구에 있던 것들에 불과하다는 것을 잊으시면 안 됩니다."

안쪽에 더 진귀한 것들이 가득할 거란 의미.

"그리고 거기에 있는 모든 것들이 폐하의 것이 될 것입니다."

식탐황제의 입꼬리가 찢어질 듯 훤히 벌어졌다. 그러다 그는 손으로 입을 겨우 가리면서 최대한 엄숙하게 목소리를 깔았다.

"짐더러 경의 공을 가로채라는 것인가? 아니면 짐을 배은망덕한 폭군으로 몰 생각인가? 이것은 어디까지나 경의 몫. 짐은 경을 돕고자 나선 것뿐일세. 여기에 있는 것들은 전부 경의 것이야."

물론, 연우는 속으로 코웃음을 쳤지만.

'그럴 생각도 없으면서, 무슨.'

녀석이 가진 끝없는 탐욕을 연우가 모를까.

친형제들을 잡아먹고 황제의 자리에 앉았을 만큼, 녀석이 가진 탐욕의 크기는 대단했다. 그건 저 배 속에 들어 있는 영혼석, 식탐의 돌 때문일지도 몰랐다.

"저에게는 보물을 지킬 힘도 욕심도 없습니다. 그렇다면 당연히 그 보물은 폐하께서 가지시는 게 옳지 않겠습니까?"

식탐황제는 씰룩거리는 입술을 겨우 진정시키면서 물었다.

"그럼 자네는? 거기 있는 걸 전부 나에게 주고 나면 아무것도 남지 않지 않나?"

"제가 바라는 건 그 안에 있는 한 가지면 됩니다."

"뭔가? 말씀만 하시게! 경이 바라는 것이라면, 짐이 수십 수백 개인들 못 내어 주겠나!"

"그건 그때 가서 말씀드려도 되겠습니까?"

"마음대로 하게! 짐의 이름을 걸고 무엇이든지 내어 줄 테니! 하하하! 그동안 참 골치 아픈 일이 많았건만, 오늘 드디어 짐이 천군만마를 얻었도다! 다들 무엇들 하는가, 만찬을 내오지 않고!"

"식사는 무덤을 전부 둘러보고 난 뒤, 천천히 즐겨도 괜찮지 않겠습니까?"

"으하핫! 경은 참으로 짐의 속에 직접 들어갔다 나온 사람 같으이. 어찌 그리 한 마디 한 마디 하는 말들이 다 마음에 드는지. 좋네. 무덤, 아니, 미궁으로 짐이 직접 안내하지. 따라오게."

연우는 기분 좋게 웃으며 용의 미궁과 연결된 포탈로 성큼성큼 걸어가는 식탐황제의 모습을 보면서 피식 웃었다.

'너의 목이 갖고 싶다는 말을 할 수는 없지 않나, 식탐.'

곧 빛무리와 함께 장소가 반전되었다.

[히든 스테이지, '용의 미궁'에 입장하였습니다.]
[지금 당신이 서 있는 곳은 미궁의 초입입니다.]

미궁으로 통하는 입구는 정말 이곳이 입구가 맞나 싶을 정도로 화려한 규모를 자랑했다.

수천 명은 동시에 수용할 수 있을 것 같은 크기의 공동을 따라서, 갖가지 대리석 건축물들이 화려하게 설치되어 있었고, 벽면에는 용종의 종족 신화를 담은 성화가 가득했다.

그리고 정면에는 거대한 크기의 철문이 놓여 있었다.

수십 미터는 될 것 같은 크기. 두께도 엄청나서 절대 꿈쩍도 않을 것 같았다.

그 앞에는 인간 형태를 띤 석상이 가부좌를 튼 채로 조용히 눈을 감고 있었다. 조각이 어찌나 정교한지 마치 금방이라도 살아 움직일 것처럼 생생한 느낌이 풍겼다.

그리고 그 주변에는 수많은 피와 사체들이 흩어져 있었다. 바닥과 철문을 따라 격전의 흔적도 곳곳에 남아 있었다.

"선발대 녀석들이 그새를 못 참고 통과를 시도하려 했었다더군. 보다시피 피해가 좀 막심하지."

식탐황제는 예를 갖추는 수하들을 지나 아무렇게나 널브러진 사체를 발로 툭 차며 인상을 찡그렸다.

"저게 그 말로만 듣던 가디언인가 봅니다."

"아마 그럴 걸세. 절대 보통이 아니야. 그리고 경에게는 미안할 따름이야. 약속을 지키지 못해서. 선발대 놈들은 짐이 꼭 책임지고 문책을 하겠네."

연우는 눈을 가늘게 좁히면서 석상을 바라보았다.

용의 신전 지하에 마련된 '미궁'은 칼라투스의 무덤이기 이전에, 용종의 옛 화려한 영화(榮華)를 담은 박물관 같은 장소였다.

그렇기 때문에 여러 구획으로 나뉘었고, 각 구획은 철저하게 침입자들을 시험했다.

그런 시험자 역할을 맡은 이들이 바로, 무덤지기였다…….

……고룡 칼라투스는 생전에 뛰어난 업적을 이뤘던 용왕이니만큼, 그의 무덤을 지키는 무덤지기들도 아주 많았다.

옛 전설적인 용왕들에게서 이름을 따온 그들은 그에 걸맞게 하나하나가 하이 랭커 급에 해당하고, 어떤 것은 아홉 왕에도 필적할 정도로 강했다.

녀석들은 오로지 옛 주인의 안식을 방해해서는 안 된다는 명령만 주입된 채, 실수일지라도 어쨌든 무덤 속으로 들어온 존재라면 모두 소리 없이 치워 버리는 역할을 맡았다.

그건 칼라투스의 후예로 점지된 나도 예외는 아니었다…….

……특히 가장 경계해야 하는 무덤지기는 총 다섯 기였다.

그중 하나가 바로 문지기 발난타였다.

많은 용들이 머리를 맞대어 '강한 플레이어는 어떤 형태를 지닐까?' 라는 질문을 던지며 고심한 끝에 만들어진 전투 인형.

처음 튜토리얼을 통과할 당시. 연우는 A구획의 보스룸에서 구리 인형들을 맞닥뜨린 적이 있었다. 그 인형들의 모티브가 되었던 게 바로 저 철문 앞에서 조용히 잠에 빠져 있는 발난타였다.

발난타는 어느 용종이 심심해서 툭 하고 내뱉은 별거 아닌 질문에, 여러 용종들이 머리를 맞대어 내린 결론을 바탕으로 칼라투스가 직접 빚어 만들어 낸 것.

그렇다 보니 가진 전력이 대단할 수밖에 없었다.

녀석은 평소에는 모든 기능이 정지해 고요한 상태만 유지한다. 하지만 만약에 허락 없이 미궁의 입구를 통과하려는 침입자가 있을 경우, 즉시 눈을 뜨며 공격을 시노하도록 프로그래밍 되어 있었다.

아마 발난타의 주변에 뿌려진 사체들도 무리하게 진입을 시도하려다가 당한 놈들일 테지.

미궁 입장은 분명히 모든 준비를 끝내고 연우와 같이 시도하기로 약조를 하였으면서, 이미 그보다 먼저 들어서려고 했던 것이다. 명백한 약속 위반이었다.

'별 기대도 하지 않았지만.'

실망이라는 것도 믿음을 가진 상대에게서나 받는 법이지, 그렇지 않으면 별 감흥도 없는 법이었다.

하지만 식탐황제는 적잖게 찔렸던 모양인지, 괜히 초입을 분석하고 있던 선발대를 나무라고 있었다. 선발대장은 달게 죄를 받겠다며 고개를 숙여 댔고.

누가 봐도 면피용 연기에 불과했지만.

연우는 그쪽에는 별반 신경 쓰지 않고, 발난타가 있는 쪽으로 다가갔다.

"저, 저……!"

"위험……!"

식탐황제와 선발대가 전부 놀라 연우를 붙잡으려 했지만.

다행히 연우는 발난타가 작동하지 않는 부분까지만 다가가 걸음을 멈췄다.

그리고 녀석에게 의념을 강하게 투영시켰다.

[전투 인형(발난타)로의 접속을 시도합니다.]

[불발되었습니다.]

[접속 자격이 부족합니다.]

'역시 안 되나.'

연우는 가볍게 혀를 찼다.

혹시나 발난타를 이쪽에서 제어할 수 있을까 싶어 시도를 해 본 것인데. 아무래도 안 되는 모양이었다.

'칼라투스가 깨어 있어도 미궁의 시스템에는 손을 대지 못하는 상태…… 그렇게 받아들이면 되려나?'

아무래도 손쉽게 칼라투스가 있는 곳까지 가는 것은 어려울 듯싶었다.

그렇다면.

'원래 계획대로 갈 수밖에.'

연우는 의념을 계속 발난타에게로 침투시켰다.

[전투 인형(발난타)으로의 접속을 시도합니다.]

[불발되었습니다.]

……

[자격이 없는 접속자의 계속된 해킹으로 인해, 세이프 가드 시스템이 작동합니다.]

[현재 세이프 가드의 단계: 3]

[세이프 가드 시스템이 항시 발동 중인 상태입니다.]

번쩍!

발난타가 갑자기 눈을 떴다. 분명 석상인데도 불구하고, 매서운 안광이 사위를 갈랐다.

동공이 좌우로 데구루루 굴렀다. 마치 먹잇감을 찾는 맹수처럼 매서운 눈빛이었다.

"……!"

"……!"

순간, 입구에 깊은 적막이 내려앉았다.

선발대장을 문책하고 있던 식탐황제도, 선발대원들도, 전부 입을 꾹 다물며 이쪽을 보았다. 특히 이미 발난타와 한번 부딪친 전적이 있던 선발대의 경계심은 대단했다. 여차하면 바로 움직일 태세였지만.

다행히 발난타는 눈을 크게 뜨며 연우를 노려보기만 할 뿐. 여전히 미동도 하지 않았다.

"흠! 괜히 사람을 간 떨리게 만드는군."

식탐황제는 연우 옆으로 다가오면서 손수건으로 땀을 훔치며 투덜거렸다.

발난타는 아무리 그라 해도 뚫기가 여간 까다로운 게 아닌 상대. 미궁 안쪽에는 얼마나 더 포악한 괴물들이 있을지 몰라, 힘을 아껴야만 하는 그로서는 여기서 함부로 전투를 벌일 수가 없었다.

'이걸로 준비는 됐고.'

하지만 안도하는 식탐황제와 다르게.

가면 아래에 있는 연우의 입은 가볍게 미소를 흘리고 있었다.

세이프 가드 시스템.

발난타가 침입자들을 막아 내는 보안 단계를 의미했다.

원래대로라면 침입이 감지되더라도 최고 2단계에서 그쳐 침입자들의 접근만 막도록 설정되어 있었지만.

연우의 잇따른 접속 시도로 보안 단계가 확 올라가고 만 것이다.

식탐황제 등이 별다른 움직임이 없어 안도하는 것과 다르게, 현재 발난타는 이 주변에 있는 생명체들을 모두 '인식'하고, 행동과 습관을 면밀히 분석하여 유사시에 빠르게 제거할 수 있는 최단 루트를 모색하고 있는 중이었다.

여기서 만약 전투가 시작된다면.

'4, 5단계 이상으로 빠르게 올라가겠지.'

당연한 말이지만. 단계가 높이 올라갈수록 발난타의 전

투 능력도 같이 상승하게 된다.

이런 상태에 만약 사자 연맹이나 마군, 엘로힘, 화이트 드래곤 따위를 던져둔다면?

난리가 날 테지.

그리고 발난타를 어찌어찌 꺾는다고 해도, 시스템으로 같이 연결된 내부의 다른 가디언들도 즉각 반응하게 될 테니. 그 뒤에 이어지는 여러 개의 시스템도 녀석들을 당혹스럽게 만들 것이다.

연우는 비릿한 웃음을 겨우 참으면서 식탐황제를 돌아보았다.

식탐황제가 씩 웃었다. 제 딴에는 멋지게 웃는다고 웃는 미소였지만, 푸들거리는 턱살이 역겹기만 했다.

"아무튼. 미궁도 확인했으니 바로 시작할 생각이겠지?"

"예. 놈들만 온다면."

바로 그때였다.

모글레이 공작이 다가와 고개를 숙였다.

"사자 연맹이 본진으로 이동하고 있다는 소식입니다. 마군, 엘로힘, 화이트 드래곤도 수뇌 회의를 마친 다음, 즉각 이동을 시작했다고 합니다."

"크하하! 놈들도 그다지 양반은 못 되는 모양인데!"

이미 사자 연맹에 심어 둔 세작에게서 마군, 엘로힘, 화이트 드래곤의 회동 소식을 들었기에, 언제 녀석들이 움직일까 싶던 참이었는데.

식탐황제는 기분 좋게 웃으면서 모글레이 공작을 돌아보았다.

"모글레이!"

"하명하시옵소서."

모글레이 공작은 한쪽 무릎을 지면에다 꿇으며 부복했다.

"그대는 카인 경과 짐에게 죄가 있다는 사실, 잘 알고 있겠지?"

"그렇사옵니다."

"그렇다면 목숨을 다 바쳐서라도, 놈들을 이곳으로 잘 끌어들여야 할 것이다. 무슨 말인지, 잘 이해하겠지?"

"명을 받드옵니다!"

모글레이 공작은 한 번 더 고개를 숙이더니 빠르게 자리를 벗어났다. 지금쯤 적들이 포위망을 갖추며 다가오고 있을 본진으로 되돌아가기 위해서였다.

'미친놈들. 말로만 백성이라고 할 뿐이시, 가축처럼 아무렇지 않게 쓰다 버리는군.'

미끼가 되면서 얼마나 많은 혈국의 플레이어들이 죽어나갈지 불 보듯 뻔하게 보였지만.

연우는 그런 녀석의 뒷모습을 보면서. 담담히 읊조렸다.

'한령.'

「다녀오겠습니다.」

스스스─

연우에게서 떨어진 그림자가 조용히 모글레이 공작의 그림자로 스며들었다.

　　　　*　　　　*　　　　*

"놈들을! 절대 빠져나갈 수 없게 만들어라! 한 놈도 살려 보내지 마라!"

아이반의 명령에 따라, 숲에서는 용병을 비롯한 옛 트리톤 따위의 플레이어들이 움직이고, 후방과 하늘에서는 마법사들이 영창을 하면서 그들에게 대규모 버프를 실어 주는 중이었다.

'독식자의 목은…… 어떻게든 내가 갖고 간다.'

사자 연맹이 북쪽에서 움직이는 것과 동시에, 동쪽에서는 마군, 서쪽에서는 엘로힘, 남쪽에서는 화이트 드래곤이 포위망을 갖추며 좁혀 오는 중이었다.

누가 그쪽을 맡겠다고 자처한 것은 아니었지만.

서로에게 방해가 되지 말자고 이야기했기에, 자연스레

각자가 가까운 위치를 맡게 된 것이다.

그들의 목적은 단 하나였다.

독식자의 목을 치는 것.

그 외에 서로 다른 이해관계가 얽혀 있기도 하겠지만, 우선은 독식자를 제거하는 데 목표를 두고 먼저 쟁취하는 곳이 승자가 되는 것으로 잠정적인 합의를 본 상태였다.

그리고 당연한 말이지만.

아이반은 여기서 물러날 생각이 추호도 없었다.

대주교, 왈츠, 마그누스에게 여러 차례 무시를 당한 뒤로, 그는 속이 부글부글 끓고 있었다.

그래서 오만하기 짝이 없는 저들의 낯짝을 어떻게든 구겨 주고 싶었다.

그리고 당당히 외치고 싶었다.

나도 당신들 못지않노라고. 곧 비게 될 아홉 왕의 자리 중 하나는 자신의 것이 될 것이라고!

"카인!"

그렇게 독식자를 보호하고자, 방진을 시도하는 혈국의 병력들을 연거푸 밀어내면서 포효했다.

"카이이인!"

쿠쿠쿵!

그 순간, 마법 연합의 집중 포격이 떨어지면서 녀석들의 방어벽이 뚫렸다.

선봉에 선 아이반을 따라, 용병 연맹의 첨진(尖陣)이 단번에 혈국 본영으로 난입을 시도했다. 그때, 저 안쪽에서 침입자들을 꾸역꾸역 밀어내고 있던 녀석이 보였다.

모글레이 공작. 혈국의 '난'이 피로 점철되어 갖가지 기괴한 현상을 일으키고 있었다.

쾅!

모글레이 공작은 갑자기 목을 노려 오는 공격에 본능적으로 몸을 크게 뒤틀면서 튕겨 냈다. 그리고 상대가 아이반이라는 것을 알고 인상을 찡그렸다.

"철사자……!"

"카인은! 독식자는 어디에 있나!"

"내가 말해 줄 것 같나?"

"그렇다면…… 죽여서라도 묻는 수밖에!"

콰콰쾅—

아이반은 아홉 왕도 되지 못한 공작 따위가 자신을 무시한다고 생각, 더 크게 성을 내면서 모글레이 공작을 밀어붙이기 시작했다.

〈사자 출동〉. 당대의 용병왕이 있게 만든 버서커 스킬이 터지면서 연거푸 폭발이 뒤따랐다. 모글레이 공작도 〈패란(悖亂)〉을 발동시키면서 칼을 위로 쳐올렸다.

쿠쿠쿠—

지면이 크게 떨리면서 모래 기둥이 높게 치솟았다.

"무엇들 하느냐! 더 높이 노래를 부르지 아니하고!"

모글레이 공작의 명령에 따라, 혈국의 클랜원들이 일제히 입을 모아 군가를 높이 불렀다.

쿵, 쿵, 쿵!

군화로 땅을 울릴 때마다 힘찬 격동이 전장으로 퍼져 나갔다. 클랜원들의 심상이 거세게 박동하면서 얼굴이 대춧빛으로 물들었다.

"함성이……!"

함성이 멈추고,
붉은 깃발이 타올랐네.
전장의 화신처럼.

저 멀리 퍼지게 하라!
우리의 노래가 만세에 울리도록.
우리의 깃발이 세계에 흔들리게.

혈국의 클랜원들은 모두 죽음을 각오하며 감히 자신들의 영토를 다시 어지럽히려는 침략자들을 물리치고자 했다.

그렇게 전장이 어지러워지는 가운데.

"여기선 보이지 않는군."

귀신처럼 표홀하게 움직이는 수하들을 내버려 두고, 저 멀리서 사태를 관망하던 대주교는 가볍게 혀를 찼다.

아이반이 모글레이 공작과 충돌하고 있는 동안에, 빠르게 전장을 살피면서 연우와 식탐황제가 본영에 없는 것을 파악한 것이다.

"여의봉의 조각을 필요로 하는 이상, 더 오랫동안 날뛰게 할 수는 없는 노릇."

그는 품에서 작은 우윳빛 구슬을 꺼내더니 잘게 부수면서 읊조렸다.

"동주의 칠마왕이시여. 바람을 타고 흐르는 통풍대성의 손길을 이곳으로 불러 주소서."

휘이이!

[통풍대성이 당신의 부름에 응답합니다.]
['풍도천천계'가 발동합니다.]

어디선가 불어오던 바람이 대주교를 한 차례 휘감다가 전장을 따라 퍼졌다. 연우가 어디에 있는지를 찾기 위해서였다.

그리고 비슷한 광경은 서쪽과 남쪽에서도 동시에 벌어지

는 중이었다.

"쯧! 식탐, 이자가 또 무슨 꼼수라도 부리고 있나?"

마그누스는 혀를 차면서 시선을 하늘로 고정시켰다.

[여러 신들의 의지가 당신과 함께합니다.]

[신의 사회, '아스가르드'가 참여합니다.]

[신의 사회, '데바'가 참여합니다.]

……

수많은 신들의 가호를 받으면서, 마그누스는 크게 기합을 터뜨렸다.

그는 독재관에 올랐을 정도로, 수많은 신들로부터 총애를 받던 몸. 이번 계획이 시행되면서 많은 신의 사회가 그에게 가호를 내리고 있는 중이었다.

그것을 위한 채널링을 활짝 열자, 신의 권능들이 하계에 닿으면서 혈국의 방어책들을 족족 부서뜨렸다.

마그누스는 그 파장 중에 어딘가에 있을 연우의 흔적들을 뒤쫓았다.

"……"

왈츠는 무심한 표정으로 혈국의 병사들을 마구잡이로 찢으면서 전진을 하다가 연우가 없다는 것을 확인, 십여 개의 원영신(元嬰身)을 만들어 곳곳으로 퍼뜨리며 기감을 확장시켰다.

탑을 지배한다는 세 왕이 각기 다른 방식으로 연우의 뒤를 쫓았고.

그들은 거의 동시에 알 수 없는 곳으로 향하는 포탈을 발견하는 데 이르렀다.

"가지 못한다, 이것들!"

모글레이 공작은 세 왕이 이쪽으로 움직이는 것을 파악하고, 아이반을 거세게 밀어내며 칼을 포탈 쪽으로 돌리려 했지만.

쐐애액—

스걱! 스걱!

아이반도 겨우 상대하고 있던 모글레이 공작이, 동시에 진입하려던 세 왕을 막아설 수 있을 리 만무했다.

빛살과 함께 칼을 든 오른팔이 허공으로 튀고, 왼쪽 다리가 무릎 아래로 잘려 나갔다.

세 왕은 쓰러지는 모글레이 공작 따위는 안중에도 없다는 듯, 녀석을 지나 본영의 가장 깊숙한 곳에 숨겨져 있던 포탈 속으로 빨려 들어갔다.

"빌어먹을! 전원, 전투를 멈추고 나를 따라라!"

아이반도 선수를 놓쳤다는 생각에 모글레이 공작에게는

더 이상 관심을 두지 않고, 최소한의 별동대만 데리고 포탈 속으로 뛰어들었다.

다른 병력들도 다급하게 수장들의 뒤를 따르면서, 그렇게 어지럽던 전장에는 단숨에 적막이 내려앉았다.

"……키키킥. 모자란 놈들. 이것이 전부 폐하의 안배인 줄도 모르고, 불나방처럼 뛰어드는 꼴이라니."

모글레이 공작은 지친 기색으로 바위에 등을 대면서도, 그렇게 포탈 너머로 뛰어드는 녀석들을 보며 비웃음을 던졌다.

비록 많은 백성들의 희생과 함께, 팔다리를 각각 한 짝씩 던져 주긴 했다지만.

그래도 세 명의 왕과 네 개나 되는 거대 클랜들을 끌어들였으니. 충분히 남는 장사였다.

녀석들은 자신들이 뛰어든 곳이 어딘지도 모르고 있다가, 미궁에서 쏟아지는 가디언과 함께 휩쓸리고 말겠지.

그리고 칼라투스의 무덤이 발견되었다는 소식은 탑 전체로 퍼져 나가, 더 많은 세력과 랭커들을 블랙홀처럼 빨아들일 것이다.

모글레이 공작은 그런 아수라장 뒤 최후에 웃고 있을 분이, 자신들의 황제가 될 것이라 믿어 의심치 않았다.

이 희생은 곧 완성될 '제국'의 탄탄한 밑거름이 되리라.

그렇게 믿었고, 그래서 웃었다.

팔다리의 아픔은 느껴지지 않았다. 맡은 임무를 다했다는 후련함이 더 컸다. 아마도 본진에 남은 수하들이 데리러 올 때까지 계속해서 웃었을 것이다.

갑자기 귓가를 울린 속삭임이 아니었더라면.

「미안하지만, 안배는 너희의 왕이 아니라 우리의 왕께서 만드신 것이다. 너희도 저들과 다를 바가 없는 신세이지.」

모글레이 공작은 갑작스러운 위기감에 재빨리 몸을 뒤틀면서 남은 한 팔을 휘둘렀다. 비정상적으로 늘어난 자신의 그림자 위로, 한령이 이쪽을 보며 칼을 휘두르고 있었다.

'배……!'

촤아악—

모글레이 공작은 마지막에 '배신'이라는 단어를 끝까지 만들어 내지 못했다. 바로 뒤따라 사각지대에서 날아든 칼바람 때문에.

경악에 찬 녀석의 머리통이 허공으로 떠오르고.

한령과 레베카는 서로 시선을 마주치다가, 진영에 남아 있던 이들을 전부 지우기 위해 움직였다. 그림자가 먹물처럼 퍼져 나가면서 영괴가 일어나기 시작했다.

"왜, 왜 이런…… 크아악!"

학살의 시작이었다.

          ＊   ＊   ＊

화르륵!

화마가 거칠게 타오르면서 폐허가 되다시피 한 혈국의 본영을 게걸스럽게 먹어 치우고 있었다.

곳곳에 널브러진 시체들만이 거친 전투가 있었다는 것을 말해 줄 뿐. 생존자는 단 한 명도 찾을 수 없는 언덕이었다.

"……대체 무슨 일이 있었던 거지?"

그때, 당황해하는 목소리와 함께 하늘에서부터 크로이츠가 조용히 떨어져 착지하며 주변을 둘러봤다.

연우와 혈국을 노리기 위해 4개의 거대 클랜이 동맹 전선을 맺었다는 소식을 듣고 다급하게 뛰어오던 차였는데.

한창 전투가 벌어지고 있을 거라고 생각했던 것과 다르게, 전장은 모든 전투가 끝나고 폐허만 남아 있는 상태였다.

혹시 그새 다른 곳으로 이동한 것일까? 성검 줄피카르를 꺼내려던 순간.

"뭐야, 이거? 설마 헛걸음한 건 아니지?"

"예상보다 너무 조용하군. 이렇게 끝낼 놈들이 절대 아닐 텐데."

크로이츠의 머리 위로, 와이번 무리의 그림자가 잔뜩 드리우더니 화려한 갑주를 입은 플레이어들이 차례대로 쏟아져 내렸다.

환영기사단을 비롯해 '자유사제단', '검은 늑대들', '화왕조(火王組)'와 같은 환상연대의 주 세력들이었다. 10번대 안쪽에 위치한 한 자릿수의 조직들.

그리고 마지막에 지상에 착지한 이들은 단순히 보는 것만으로도 서늘한 느낌을 주는 자들이었다.

열 명도 안 되는 적은 머릿수인데도 불구하고.

그들이 내뿜는 존재감은 환상기사단을 포함해 다른 조직들을 합친 것보다 훨씬 컸다.

크로이츠를 비롯해 먼저 착지했던 플레이어들도, 그들에게만큼은 일제히 고개를 숙이면서 예를 갖췄다.

제1단, '창공의 날개'.

단 몇 명이서 시작하여 단숨에 탑 내에 돌풍을 일으키고, 나아가 108개나 되는 조직들을 하나로 묶어서 환상연대를 탄생시킨 자들.

구성원 하나하나가 랭커 내지 하이 랭커로 구성되어 있다고 알려진 그들이 처음으로 모습을 드러낸 것이다.

지금은 창공의 날개라는 이름보다, '제1단' 혹은 '연대장의 수호자'라는 이름으로 더 유명한 이들 사이로.

뚜벅뚜벅, 한 남자가 천천히 걸어 나왔다.

가슴팍에 그려진 날개 문장이 인상적이었다. 비록 로브

를 푹 뒤집어서 얼굴 생김새를 알아보기는 어려웠지만.

그 사이로 언뜻 드러난 눈동자만큼은 사위를 꿰뚫을 정도로 매서운 안광을 품고 있었다.

"아무래도 처음에는 그럭저럭 전투가 이뤄지다가, 그 뒤에는 몇몇이 훅 빠지면서 일방적인 학살로 귀결된 것 같은데. 흠. 대체 뭐지? 새로운 세력의 난입인가?"

연대장은 주변을 빠르게 훑으면서 작게 중얼거렸다. 주변 정항을 빠르게 판단해서 시기적절한 임기응변을 내놓는데 특출난 그였지만, 오늘 같은 상황은 그로서도 처음 보는 것이었다.

사자 연맹, 마군, 엘로힘, 화이트 드래곤의 주요 수뇌가 갑자기 실종되고, 그 뒤에 학살극이 이뤄진 듯한데.

그들은 대체 갑자기 왜 사라졌으며, 아무리 주요 수뇌가 빠졌다고 해도 8대 클랜의 정예나 되는 이들을 이렇게 일방적으로 학살할 수 있는 존재가 누가 있는지 짐작 가는 바가 전혀 없었다.

끽해야 혈국의 공작 급이나, 마군의 주교 급들, 구(舊) 청화도의 무신 급밖에 딱히 떠오르는 자들이 없었다.

그리고 당연한 말이지만. 그런 인사들의 동향은 이미 널리 알려져 있어, 연대장이 곳곳에 설치해 둔 정보망을 피할수가 없었다.

"이것 때문인가?"

그러다 연대장은 화마에 휩싸여 무너져 가던 중심지에서 포탈의 흔적을 찾을 수 있었다. 이미 닫혀 있었지만, 마력의 잔향이 조금 남아 있었다.

"라마트, 이곳에 있는 포탈이 어디로 연결되는지 체크해 봐. 다시 오픈이 가능한지도. 잔향이 있으니 좌표는 바로 나올 거야."

"알겠습니다."

제3단, 자유사제단의 리더, 라마트가 앞으로 나서면서 영창을 외기 시작했다. 자잘한 이펙트가 터지면서, 바닥에 설치된 마법진이 조금씩 작동했다.

연대장은 재개되는 포탈을 가만히 바라보며 작게 중얼거렸다.

"조금만 더 있으면……."

너무나 오랜 기다림이었다.

2년이었던가? 아니다. 3년 혹은 4년…… 어쩌면 10년 가까이 되었는지도 모르겠다.

'그 날'이 있고 난 뒤로 그는 시간을 전혀 잊고 살았다. 오로지 한 가지 목적을 위해서만 살았고, 오늘날에 이르렀다. 환상연대를 일구게 된 것도 그 날에 대한 원한을 풀기 위해서였으니.

이제 곧, 그토록 간절히 바라던 만남을 이룰 수 있게 된 다……!

연대장의 두 눈에 처음으로 들뜬 감정이 어린 순간, 마법 진이 크게 꿈틀거리면서 붉은색 포탈을 토해 냈다.

그 너머로, 전투가 한창 벌어지고 있는지 시끄러운 소란 이 느껴졌다.

"전원, 연대장을 따라 포탈을 건넌다. 저쪽에 무엇이 있 는지 알 수 없으니 전부 전투 준비를 갖추도록!"

크로이츠가 재빨리 손을 높이 들며 소리쳤다. 연대가 모 두 모이게 되면, 그는 자연스레 부연대장직을 맡게 되어 있 었다.

연대원들 모두가 만반의 준비를 갖추면서, 연대장의 뒤 를 따라 포탈을 건너려는 순간.

"이봐, 너희들 뭐지?"

갑자기 뒤쪽에서 일련의 기척이 느껴졌다.

연대장과 크로이츠도 걸음을 도중에 멈추면서 뒤를 돌아 보았다.

환상연대만큼이나 많은 숫자의 인력이 그곳에 서 있었 다. 역시나 살벌한 경계심을 뿜어내면서.

차투라와 샤논의 무리들. 마희성이었다.

＊　　　＊　　　＊

「'난'을 갈취하는 데 성공했습니다.」

연우가 한령으로부터 모글레이 공작을 처치했다는 보고를 들은 건, 거대 포탈을 따라 마군 등이 차례대로 나타날 무렵이었다.

연우는 자기도 모르게 흘러나올 뻔한 비릿한 웃음을 겨우 참아야만 했다.

'내 예상이 맞으면 좋을 텐데 말이야.'

괴력난신(怪力亂神).

식탐황제를 보조한다는 네 명의 공작들. 이들은 오늘날 혈국이 8대 클랜으로 군림할 수 있도록 만들어 낸 공포의 상징이었다.

하지만 이따금 연우는 동생과 마찬가지로 이들의 존재에 대해 의문점을 가지고 있었다.

대체 이들이 말하는 괴력난신은 어디서 나타난 걸까?

혈국은 분명 강했다. 오래전에 사라진 옛 나라의 계보를 잇는다는 신념만큼이나 장구한 역사를 지니고 있었으니까. 정글 같은 탑의 세계에서 긴 역사를 지녔다는 건, 그만큼 강하다는 뜻과 같았다.

하지만 사실 따지고 보면, 혈국은 영광의 역사보다 핍박의 역사가 훨씬 더 오래된 클랜이었다.

특유의 선민사상 때문에 어디에도 섞이지 못하고, 오히려 견제와 차별만 받던 자들. 그렇기 때문에 언제나 혈국의 포지션은 상중하로 따진다면 중상(中上)에 가까웠다.

그러던 혈국의 포지션이 갑자기 뒤바뀐 것은 바로, 식탐황제가 등극하고 얼마 있지 않아 갑자기 괴력난신이라는 공작들을 등장시키면서부터였다.

식탐황제가 무분별한 정복전을 벌이기 시작하면서부터, 혈국은 급성장을 이뤘고, 4개의 공작 위도 그만큼 많이 갈아 치워졌다.

하지만 구성원의 면면이 바뀌는 한이 있어도, 식탐황제는 공작 위를 무조건 네 자리로 유지했다. 그가 즉위한 이후 절대 변동이 있었던 적이 없었다.

지금도 마찬가지.

이미 '력'에 해당하던 아르드바드 공작이 죽었는데도 불구하고, 그 자리를 공서으로만 두었지 절대 없애지 않았다.

얼핏 듣기로는 신중하게 차기 후계자를 물색하고 있는 중이라 했던가.

연우는 그게 절대 '우연'이 아닐 거라고 생각했다.

한낱 반편이 취급을 받던 식탐황제가 형제들과 선대 황제까지 먹어 치우면서 황좌에 오를 수 있었던 이유에 식탐의 돌이 자리했듯.

혈국의 전력을 급상승시킨 괴력난신의 4개 공작 위도 아마 여기서 비롯된 것이 아닌가 하는 생각이 들었던 것이다.

아무리 식탐황제가 탐욕에 눈이 멀었다고 해도, 혈국을 이만큼이나 일궈 놓은 효웅이라는 것을 감안한다면.

식탐의 돌을 완전히 무용(無用)하게 쓰지는 않았을 것이다.

제대로 다루지는 못하더라도, 여기서 파생되는 힘을 꺼내 쓰는 것만으로도 충분히 큰 힘이 되었을 테니.

대부분은 자신을 강화하는 데 쓰고, 감당하지 못할 만큼 남는 양은 '괴력난신'이라는 형태로 빚어낸 것이다.

다행히. 그런 연우의 예상대로.

띠링—

['패란(悖亂)' 을 갈취하는 데 성공했습니다.]
[영혼석(식탐의 돌)의 힘을 일부 빼앗았습니다. 기존에 소지하고 있던 영혼석(오만의 돌)이 크게 반응합니다.]
[영혼석(오만의 돌)이 더 많은 힘을 갈망합니다.]

메시지가 빠른 속도로 출력되기 시작했다.

지이잉—

왼쪽 가슴에 박힌 현자의 돌이 기분 좋게 울렸다.

그리고.

[서든 퀘스트(죄악석)이 생성되었습니다.]

[서든 퀘스트 / 죄악석(罪惡石)]

내용: 과거, '태초의 불'을 지키던 등대지기, 루시엘은 욕심에 눈이 먼 나머지 그 불을 삼키고, 수많은 천계와 기나긴 전쟁을 치러야 했습니다.

하지만 신과 악마들은 루시엘의 날개를 찢는 데 성공했음에도 불구하고, 서로 욕심에 눈이 멀어 결국 태초의 불을 회수하지 못해 하계로 떨어지는 것을 지켜봐야만 했습니다.

이때의 불꽃은 루시엘의 영혼과 뒤섞이면서 14개의 돌로 나뉘어 세상 곳곳으로 쏟아졌습니다.

이 중 대다수는 천계에서 회수하는 데 성공했으나, 일부는 남게 되었으니. 그중 하나가 바로 당신의 손에 들어오게 된 '오만의 돌'입니다.

그리고 지금, 바로 여기에 또 다른 돌, '식탐'이 발견되었습니다.

주선(Virtue)은 주선끼리, 죄악(Sin)은 죄악끼리 서로 이끌리도록 되어 있습니다. 알게 모르게, 오만의 돌과 식탐의 돌도 서로를 끌어당기는 중입니다.

그 작용에 따라, 지금부터 오만의 돌과 식탐의 돌을 하나로 합쳐 한차례 강화된 새로운 돌, '죄악석'으로 탄생시키세요.

그러기 위해서는 식탐의 돌을 가진 강한 적으로부터 돌을 강탈해야 할 뿐만 아니라, 두 개의 돌을 면밀히 분석해 실수 없이 결합시키는 치밀함도 보여야 할 것입니다.

제한 조건: 영혼석의 소지자
제한 시간: —

달성 조건:
1. 식탐의 돌을 소지할 것.
2. 식탐의 돌을 분석할 것.
3. 오만의 돌 속에 식탐의 돌을 섞어 새로운 영혼석을 제작할 것.

보상: ???된 영혼석

'됐다!'

연우는 속으로 쾌재를 외쳤다. 예상했던 바가 그대로 들어맞았던 것이다.

괴력난신은 식탐의 돌을 제대로 다루지 못한 식탐황제가 힘을 주체하지 못하고 빚어낸 잔여분이었고.

이 중 하나를 갈취하게 되자 곧바로 시스템이 이것을 인지하게 된 것이다.

'이럴 줄 알았더라면, 진즉에 아르드바드 공작을 베었을 때 '력'도 갖고 올 걸 그랬나.'

연우는 괜히 아쉬운 마음에 그렇게 중얼거렸지만, 사실 당시의 상황을 고려해 본다면 절대 말이 안 되는 소리였다.

그때는 연우가 영혼석을 다루는 법을 전혀 몰랐으니까. '력'에 대해서 생각지도 못했고, 갈취하는 방법도 몰랐다. 설사 알아서 갖고 왔다고 해도, 습득할 수도 없었을 것이다.

지이이잉—

현자의 돌은 크게 꿈틀거리면서 마력을 잇달아 쏟아 냈다. 마치 더 많은 힘을 내놓으라는 것처럼. 연우는 현자의 돌 속에 깃든 마성이 소리치는 것처럼 느꼈다.

하지만 괄목할 만한 변화가 있거나 한 건 아니었다. 사실 괴력난신이라고 해도, 본래 식탐의 돌이 갖고 있던 힘의 크기에 비하면 한 줌에 불과했으니까.

'그만큼 식탐황제가 돌을 제대로 다루지 못한다는 뜻이지만.'

그래도 '패란'을 얻은 만큼, 연우는 영괴가 좀 더 부드러워졌다는 느낌을 받았다.

반면에.

"……뭐지, 이건?"

식탐황제의 표정은 딱딱하게 굳어 있었다.

그와 언제나 연결되어 있던 끈이 갑자기 툭 하고 끊어졌다. 모글레이 공작이 죽었다는 뜻.

어차피 그것이야 각오했던 일이고, 얼마든지 그만한 인사를 '제조'할 수 있으니 상관없었지만. 문제는 당연히 회수되어야 할 힘이 돌아오지 않았다는 점이었다.

뭐지? 뭐가 어떻게 된 거지? 혹시 적들 중에 '돌'에 대해 눈치챈 놈이 있었나? 하지만 어떻게? 그동안 들킨 적이 한 번도 없었을 텐데?

식탐황제의 머릿속이 복잡해지며 팽팽하게 돌아갔다. 잃어버린 힘을 회수하지 않으면, 그로서도 혈국으로서도 큰 손실이었다. 아니, 그것을 넘어 '큰일'이라는 생각밖에 들지 않았다.

욕심 많은 그가 무언가를 잃는다는 건, 특히 소중한 보물을 잃는다는 건 절대 있을 수 없는 일이었으니.

"왜 그러십니까, 폐하?"

하지만 식탐황제의 생각은 길게 이어지지 못했다. 연우가 불쑥 끼어들면서 사고가 도중에 정지하고 말았기 때문이었다.

"이미 적들이 여기까지 왔습니다. 병력을 물리십시오. 이대로 계속 두시다간 정말 같이 휘말립니다."

"……!"

식탐황제는 그제야 퍼뜩 정신을 차렸다. '난'을 어떻게 되찾아야 할지 고민하는 것도 중요하지만, 지금은 우선 계획대로 일을 진행해야만 했다.

다행히 '난'을 갖고 갔을 용의자인 세 사람, 대주교, 마그누스, 왈츠가 전부 공동 안쪽으로 진입하는 것이 보였다.

저들을 전부 처치하고 나면, 범인이 누군지도 금세 찾아낼 수 있으리라.

"수상, 뒤로 물려라!"

"모든 병력 뒤로!"

"모든 병력, 산개하라!"

"산개하라!"

뚜언띠엔 공작의 명령에 따라, 혈국의 선발대가 일제히 성화가 그려진 벽 쪽으로 물러났다.

그러자 사자 연맹, 마군, 엘로힘, 그리고 마군이 차례로 등장해 그들을 쫓아 공동의 깊숙한 곳까지 진입하게 되었고.

여태 두 눈을 크게 뜬 채로 침입자들을 잔뜩 경계하고 있던 발난타의 어깨가 조금씩 들썩이기 시작했다.

[여러 침입자들을 발견하였습니다. 경고합니다.
더 이상의 접근을 불허합니다.]
[여러 침입자들을 발견하였습니다. 경고합니다.
더 이상의 불필요한 침입을 불허합니다.]
......

[세이프 가드 시스템의 단계가 상향 조정됩니다.]
[현재 세이프 가드의 단계: 5]

[지정된 세이프 가드 시스템에 따라, 발난타의 상태가 '항시 작동'으로 변경됩니다.]

발난타가 천천히 자리에서 일어났다. 불길한 기운이 태풍처럼 휘몰아치기 시작했지만, 혈국을 제외한 침입자들은 그것을 뒤늦게 발견하고 말았다.

당연하지만.

그 대가는 참혹했다.

쉭—

발난타의 신형이 휙 꺼지더니.

콰아앙!

막 포탈 안쪽으로 진입하던 플레이어들이 폭발 소리와 함께 피떡이 되어 사라졌다.

"무, 뭐지, 이건?"

수하들이 갑자기 한 줌의 핏물이 되어 사라진 것을 본 마그누스의 두 눈이 부릅떠졌다.

방금 전에 죽은 이들 중에는 우로스도 있었다. 엘로힘이 자랑하는 7인대의 수장이자, 프로토게노이 족의 가주이기도 한 우로스가!

가뜩이나 계속된 프로토게노이 가주들의 죽음으로 인해 엘로힘이 처한 위험을 떠올려 본다면. 이번 일은 절대 있어서는 안 되는 것이었다.

"이놈이!"

결국 마그누스는 분노에 잔뜩 젖은 채로, 한쪽 손을 크게 펼치며 일장(一掌)을 날렸다.

〈거인의 추(鎚)〉. 마치 거인이 직접 손바닥을 아래로 내려치는 것처럼, 강렬한 장풍을 쏟아 내는 그의 시그니처 스킬이었다.

마그누스는 당연히 이 정체도 알지 못하는 전투 인형 따위는 가볍게 날려 버릴 수 있으리라 생각했다.

하지만.

쾅!

발난타는 오른손을 뻗으면서 그 일장을 받아 냈다. 그와 똑같은 자세, 똑같은 위력, 똑같은 스킬로.

"……!"

마그누스의 두 눈에 도무지 말도 안 된다는 불신의 기색이 어리는 순간.

콰르르릉—

발난타가 비어 있던 왼손을 앞으로 내뻗었다. 방금 전에 보였던 것과 같은 스킬이되, 그보다 월등히 높은 숙련도와 위력을 선보이면서.

격렬한 태풍이, 마그누스를 집어삼키면서 단숨에 공동을 휩쓸었다.

쿠르르—

'지금!'

그리고 놈들이 서로 뒤엉켜 정신없이 싸워 대는 동안. 연우는 문지기가 없어진 철문 쪽으로, 불의 날개를 펼치면서 빠르게 몸을 날렸다.

"독식자아아!"

연우의 등장에 가장 먼저 반응한 것은 바로 아이반이었다. 발난타의 등장으로 전장이 혼란스러운 동안, 유일하게 연우의 행적을 좇았던 것이다.

하지만 발난타는 어느 누구도 철문 쪽으로 접근하는 것을 허락하지 않겠다는 듯, 그쪽으로도 손을 뻗었다. 비스듬히 내리긋는 손날에서부터 공간이 갈라져 나갔다.

〈사자 출동〉. 아이반의 시그니처 스킬이 녀석에게서 터져 나왔다.

"흡!"

아이반은 연우에게로 달리다 말고, 급격하게 방향을 틀어 검을 아래로 내리쳐야만 했다.

까앙, 하는 거친 소리와 함께 몸이 크게 들썩이며 한참이나 떠밀려 났다. 검이 부르르 떨리면서 절반 이상 금이 갔다.

등골을 따라 식은땀이 흘렀다. 방어가 조금만 늦었으면 허리가 날아갔을 위력. 자신이 펼치는 사자 출동보다 더 숙련도 높은 스킬이었다.

'어떻게 한낱 전투 인형 따위가……!'

그가 알기로 전투 인형의 움직임은 어디까지나 입력된 모션(Motion)을 모방하는 것에 지나지 않는다. 상대의 스킬을 흉내 낼 수 있다고 해도 숙련도나 위력까지 똑같이 따라 할 수는 없을 텐데. 이건 그 정도를 넘어서는 것 같았다.

일 년 남짓한 시간 동안 실종되었던 독식자가 비밀리에 만들어 낸 비장의 무기인 걸까, 아니면 혈국이 여태 숨겨왔던 패였던 걸까?

그것도 아니라면.

[히든 스테이지, '용의 미궁'에 입장하였습니다.]

혹시 포탈을 넘자마자 망막에 맺혔던 이상한 메시지와 관련된 걸까.

용의 미궁?

이게 대체 뭘까. 50층 스테이지에 여러 지형이 있는 건 사실이지만, 이런 이름을 가진 구획은 없었다.

히든 스테이지라는 것을 봐서는 절대 그저 그런 곳은 아닐 텐데. 혹시 용의 신전, 어딘가에 묻혀 있을 거라고 모두가 예상하던 '유적지'와 관련 있는 걸까.

콰르르릉!

하지만 아이반의 생각은 길게 이어지지 못했다. 어느새

전면으로 다가온 발난타가 주먹으로 그의 복부를 거세게 후려친 까닭이었다.

아이반의 검이 결국 폭발하면서 피보라가 일어난 사이.

대주교와 왈츠가 빛살이 되어 연우와 식탐황제의 뒤를 맹렬하게 뒤쫓았다.

"폐하! 이곳은 저희들이 맡겠으니 어서 문을 여시옵소서! 티르빙, 폐하를 책임지고 모셔라!"

"뚜언띠엔!"

식탐황제를 호종하던 뚜언띠엔 공작이 뒤로 빠지면서 몸을 뒤로 돌렸다.

쾅!

발을 세게 구르면서 마력을 발동시켰다. 그러자 그를 둘러싸고 있던 살가죽이 찢어지면서 뼈로 이뤄진 칼날이 고슴도치처럼 대거 삐죽삐죽 튀어나왔다.

〈골해늑검(骨骸勒劍)〉. 뼈를 인위로 조작해 검을 만들어 내는 뚜언띠엔 공작의 시그니처 스킬. 식탐황제로부터 전수받은 '괴'와 합쳐지면서 뼈의 경도는 비정상적으로 단단해져, 그는 움직이는 흉기라 할 수 있는 상태였다.

처처척—

뚜언띠엔 공작이 양어깨를 부여잡으며 마력을 밀어 넣자, 바깥으로 튀어나온 뼈의 칼이 단숨에 수십 배로 확장해 마치 덤불처럼 변했다.

그리고 앞으로 쏟아지는 뼛조각들.

대주교와 왈츠는 귀찮아 죽겠다는 듯이 인상을 찡그리면서 손을 옆으로 흔들었다. 그러자 공간이 떠밀리면서 뼛조각들이 허망하게 연거푸 터져 나갔다.

하지만 부서진 뼛가루들은 공간을 가득 메우며 시야를 가렸고.

그 틈을 타, 저 높은 공동의 끝부분에서 공간이 갈라지면서 두 개의 인페르노 사이트가 활활 타올랐다.

「접근. 을. 불허. 한다.」

사방에 맺힌 마방진을 따라 마법 포격이 집중적으로 쏟아졌다. 지면이 갈라지면서 불기둥도 높이 치솟았다. 엘더리치로 승급을 한 만큼 강해진 위력의 마법이었다.

화아아—

뼛가루가 만들어 낸 안개에 구멍이 숭숭 뚫리고, 지면을 따라 생겨난 균열이 잔뜩 벌어지면서 대주교와 왈츠의 접근도 일시 차단되었다.

"이것들이!"

왈츠는 잔뜩 일그러진 얼굴을 하며 전사경을 잇달아 뿌려 공세를 모조리 파훼시켰다. 하지만 그들의 발목을 묶겠다고 작정하며 달려드는 뚜언띠엔 공작과 부의 합공을 모두 뿌리치는 것은 쉽지 않았다.

어머니, 여름여왕으로부터 배운 마법을 통해 디스펠을 펼쳐 마방진을 막아 보기도 했지만.

지잉, 징, 지이잉―

부는 마법 실력이 그녀보다 한 수 위라는 것을 증명하듯, 디스펠을 도로 디스펠시키는 말도 안 되는 수준의 마법을 구사했다.

결국 그녀는 이대로는 안 되겠다는 생각에 자신의 원영신을 한껏 분리시켰다.

힘을 분산시키는 만큼 자칫 약점을 드러내는 꼴이 될 수 있어 되도록 이 짓은 안 하려 했지만.

지금은 상황이 그렇질 못했다. 십여 기의 원영신이 사방으로 퍼져 나가며 서로 다른 경로로 연우의 뒤를 쫓았다.

"이런!"

뚜언띠엔 공작은 아차 싶은 마음에 십여 기나 되는 원영신을 전부 막아 보려 했지만, 도무지 쉽질 않았다.

결국 몇몇이 그들의 견제를 피해 균열을 넘는 데 성공했고.

바로 그때, 먼지구름을 헤집으면서 못 보던 얼굴들이 난입했다.

"시작부터 이만한 싸움이라니. 저 친구, 예나 지금이나 사고를 몰고 다니는 건 여전하군."

"우선은 결계를 치겠습니다."

"마희! 여긴 저희가 맡겠습니다!"

환상연대의 연대장과 크로이츠, 차투라, 그리고 샤논이었다. 아군이라는 것을 자각하고, 빠르게 연합을 하여 포탈을 넘어온 것이다.

연우와 같이 있던 에도라는 그들을 맞으면서 신마도를 높이 들었다.

쿠우우, 콰아앙!

파츠츠—

그리고 아이반과 마그누스 등에게 발이 묶였던 발난타가 어느새 돌아와, 후미에서부터 왈츠와 대주교를 공격하기 시작했으니.

오러가 폭발하며 마구잡이로 뒤엉키는 가운데.

연우의 손이 드디어 철문에 닿았다.

　　[방문자를 인식하였습니다.]
　　[미궁의 첫 관문을 여는 데 성공했습니다.]
　　[문지기(발난타)를 따돌리는 데 성공했습니다.]
　　[숨겨진 조건이 충족되었습니다.]

"드디어……!"

식탐황제의 입꼬리가 길게 쭉 찢어졌다.

아직 이 너머에 더 많은 길이 남아 있다는 것을 알고 있지만. 지도를 숙지하고 있는 자신과 다르게 적들은 미궁이 열리는 순간 수많은 가디언들을 상대해야만 한다. 몰살은 되지 않더라도, 큰 피해는 뒤따르리라.

그럼 자신은 그사이에 칼라투스가 남긴 용종의 유산을 모조리 독차지하면 되는 것이다.

그는 벌써부터 많은 보물들을 눈앞에 둔 것처럼, 두 눈이 시뻘겋게 충혈되었다. 입가에는 군침이 잔뜩 흘렀다.

그런데.

[숨겨진 시련이 시작됩니다.]
[첫 번째 시련: 미궁에서 살아남으세요.]

"······무슨?"

식탐황제는 전혀 생각지도 못했던 메시지에 눈을 크게 떴다. 그 순간, 그는 자신도 모르게 연우 쪽으로 고개를 돌렸다.

가면 아래.

연우의 두 눈이 호선을 그리고 있었다.

비릿한, 눈웃음이었다.

"카……!"

식탐황제가 연우를 부르기도 전에.

화아악!

미궁에서부터 시작된 빛무리가 공동을 환하게 밝히며 모든 것을 집어삼켰다.

*   *   *

칼라투스의 부름을 받아 곧바로 그가 머물던 레어에 도착했던 나는 비록 겪지 못했지만.

나중에 가디언 우발라에게 듣기로, 미궁 곳곳에는 여러 개의 크고 작은 시련이 가득하다고 했다.

미궁은 많은 용종들을 기리면서 칼라투스가 만들어 낸 최후의 안식처. 당연히 그런 곳을 방문해 안식을 방해하는 자라면, 응당 그만한 자격을 보여야 한다는 게 그의 설명이었다.

미궁의 위에 있는 신전에서 벌어지는 시련조차도, 사실 미궁이 가진 여러 시련 중 하나에 불과하댔지.

그리고 그 내용들을 들었을 때는…… 말을 말아야지.

하지만 한 가지는 확실했다.

첫 시련부터가 랭커, 일반 플레이어들한테는 아주 엿 같다는 것.

미로처럼 얽힌 복잡한 미궁에 랜덤으로 플레이어들을 흩어 놓아 길을 찾게 한다?

문제는 거기서 끝나는 게 아니었으니.

내용만 따진다면…… 어휴, 그게 어디 사람이 할 짓인가.

아, 그러고 보니 칼라투스는 사람이 아니었지.

그럼 어디 도마뱀이 할 짓인가?

"일단은 계획대로 된 것 같은데."

연우는 주변을 둘러보면서 작게 중얼거렸다.

보이는 거라고는 온통 종유석으로 가득한 동굴 벽뿐. 작은 공동을 따라 좌우로 굴이 길게 뻥 뚫려 있었지만, 어둠으로 덮여 있어 어떤 구조인지 알아보기 힘들었다.

그 외에 주변에는 아무도 없는 듯했다.

연우의 계획대로 됐다는 뜻이었다.

'입구에 있던 놈들도 전부 뿔뿔이 흩어졌겠지.'

여러 세력들이 복잡하게 얽혀 있는 상태에서 계속 싸움을 벌여 봤자, 이쪽이 불리하기만 할 뿐.

하지만 랜덤으로 위치가 지정된다면 이야기는 전혀 달라진다.

강제로 전력을 분산하는 효과가 있으니 견제하기도 편하면서, 저들 간에 경계심을 키우기도 좋다. 이 드넓은 미궁 안에서 한정된 자원만 가지고 이리저리 구르며 고생하다 보면, 이기심부터 먼저 고개를 들 테니까.

각개 격파되기도 하고, 서로를 잡아먹기도 하면서 각자 피해를 기하급수적으로 불려 나가겠지.

사자 연맹, 엘로힘, 마군, 화이트 드래곤, 혈국…… 어느 곳 가릴 것 없이 모두 깊은 수렁에 빠진 것이다.

거기다 조만간 위쪽에서도 이쪽에 대한 소문이 퍼져 나갈 게 분명하다.

용의 미궁이 발견되었다, 칼라투스의 무덤이 발견되었다, 그런 소문이 퍼진다면, 너도나도 끼어들게 될 것이다. 미궁 안쪽으로 계속 인구가 유입되면 가뜩이나 아수라장이었던 판이 더 이상 걷잡을 수 없을 만큼 커지게 된다.

모든 것을 집어삼키는 블랙홀.

그게 연우가 바라는 가장 이상적인 시나리오였다.

무엇보다.

미궁이 가진 가장 큰 문제점은.

'역시 안 되나?'

언제나 꼬리처럼 따라붙던 채널링을 모두 닫아 버린다는 점이었다.

용의 신전. 용의 미궁. 당연한 말이지만, 칼라투스는 자신들의 안식처를 다른 존재들이 엿보는 것을 아주 불쾌하게 여겼다.

사도 외에도 신과 악마로부터 힘을 빌리는 플레이어들은 많다. 그들의 기능이 모두 정지해 버리는 것이다.

그건 용종이 가진 특성 때문이었다.

비록 천계로 올라간 신, 악마들과 다르게 용종은 하계에 남았다지만.

그래도 용종 역시 그들과 한때 어깨를 나란히 하던 초월종. 불쾌하기 짝이 없는 시선을 용납할 리가 없었다.

그리고 당연한 말이지만, 채널링이 모두 닫히면서 권능은 모두 정지된 상태. 연우도 하늘 날개를 펼칠 수 없었다.

하지만.

'그래도 칠흑왕의 권능은 잘 작동하고 있나.'

우우웅─

다행히 연우는 잘게 떨리는 세 개의 형틀을 확인하면서 작게 고개를 끄덕였다. 아무래도 칠흑왕의 형틀은 아티팩트를 빌려 권능을 사용하는 것이니, 채널링 차단과는 전혀 관계가 없는 듯했다.

하늘 날개를 쓸 수 없는 게 아쉽긴 하지만, 그래도 칠흑 왕의 권능이 있다면 미궁을 통과하는 데는 크게 지장이 없을 것 같았다. 이미 머릿속에 레어까지 향하는 지름길은 담겨 있으니.

그리고 미궁이 주는 또 하나의 단점.

['용의 저주'에 노출되어 있습니다.]
[공격력과 방어력이 일정 수치만큼 하락합니다.]
[속성력과 지배력이 일정 수치만큼 하락합니다.]
······

히든 스테이지가 가진 특유의 디버프도 뒤따른다는 점이었다.

[특성 '마룡신체'의 영향으로 '용의 저주'에서 일부 해방됩니다.]

그나마 연우는 용에게서 비롯된 체질을 가진 덕분에 영향이 덜 미치는 편이었지만. 그래도 몸은 평소보다 무거운 상태.

'이런 지경이라면, 아무리 왕 급이라고 해도 힘에 부칠 수밖에 없겠지. 가진 수준만큼 용의 저주도 비례하니까.'

아무리 랭커니 하이 랭커니, 아홉 왕이니 해도, 이런 막대한 제약들을 가지고서 계속 이어지는 시련과 가디언들의 공세를 어떻게 극복할 수 있을 것인지.

연우는 지금쯤 가디언들에게 한창 시달리고 있을 놈들을 떠올리면서 비릿하게 웃었다.

언뜻 따로 떨어진 에도라가 걱정되긴 했지만.

'그 아이라면. 잘 해내겠지.'

비밀리에 미궁의 구조에 대해 말해 주었으니, 똑똑한 에도라라면 무사히 잘 빠져나와 레어까지 도착할 수 있으리라 믿었다.

[미궁에서 살아남으세요.]

첫 번째 시련의 내용을 보면서.

화아아—

연우는 천천히 초감각의 영역을 퍼트려 나갔다.

우선 자신이 정확하게 어느 위치에 있는지를 파악해야 했다.

'그러고 보니.'

그러다 문득 연우는 이곳으로 넘어오기 전에, 크로이츠와 함께 보았던 환상연대장의 얼굴이 떠올랐다.

'분명히 그놈이었지?'

연우의 두 눈이 깊게 가라앉았다.

'내가 위치한 곳은…… B2—AC11 구역인가? 생각보다 좀 먼 곳에 떨어졌어.'

연우는 정확한 위치를 파악하고는 가볍게 혀를 찼다. 아무래도 가장 깊은 중심부, 레어까지 도착하기 위해서는 제법 많이 이동해야 할 것 같았다.

'우선 여기서는 우측으로. 그다음에는 좌, 세 번째 출구, 대각선 두 번째 순이던가?'

[바람길 — 질풍]

연우는 용신안을 활짝 열어 둔 채, 바람길이 만들어 내는 길을 고스란히 밟으면서 빠르게 이동했다.

그처럼 미궁의 구조를 미리 파악해 두지 않으면 절대 통과할 수 없을 것 같은 복잡한 구조를 한참 지나던 도중.

쿠쿠쿠—

「침입자. 확인.」

갑자기 소름 끼치는 소리와 함께, 연우가 밟으려던 지면이 갈라지면서 검은색 갑주를 착용한 해골 창기사가 천천히 일어나 앞을 가로막았다.

용아병, 스파르토이.

칼라투스의 이빨을 매개체로 태어난 가디언.

용아병은 보통 용종의 신체를 일부 빌려 태어나기 때문에 가진 바 능력이 뛰어난 편이었다. 지금은 봄의 여왕과 가을군주로 대변되는 왈츠와 탐도 원래 여름여왕의 혈청(血淸)을 이용해 태어났던 용아병들이었다.

이곳 미궁에는 칼라투스의 그런 용아병들이 가득했다.

다만, 그중에도 단계는 있었다. 가장 높은 등급이 다섯 무덤지기인 발난타 등이 속한 5급이라면.

지금 눈앞에 있는 녀석은.

'3급쯤 되나?'

용아병의 붉은 안광이 연우를 위아래로 가볍게 훑더니 기계음을 냈다.

「침입자. 판정 중⋯⋯.」

연우는 가만히 녀석이 하는 짓을 지켜보았다.

녀석을 상대하기 전. 우선 확인해야 할 것이 있었다.

'길라투스는 분명히 '그놈'들이 닥친다고 했었어. 대체 그게 뭘까?'

분명히 미궁의 위치를 알고 있는 건 자신밖에 없었을 텐데.

다른 누가 접근을 한다?

일반적인 플레이어는 아닐 거란 생각이 들었다.

하계에서 감히 칼라투스를 직접 위협할 만한 존재는 없을 테니까. 그건 과거에 여름여왕도 해내지 못했던 일이었다.

하지만 칼라투스가 직접 에도라의 눈을 빌려 부탁을 했을 정도라면 사안이 급박한 것은 사실.

그렇다면 칼라투스가 말하는 '그놈'들의 접근은 어디까지 이뤄졌을까?

연우는 용아병의 상태를 보면 확인할 수 있지 않을까 하고 생각했다.

발난타야 입력된 프로그래밍이 그렇다 치더라도.

미궁 내에 있는 가디언들은 자신에게서 용의 흔적을 읽어 낼 수 있을지도 모른다.

만약 파악하는 게 보인다면 미궁의 시스템은 '그놈'들로부터 아직 안전한 것일 테고, 그런 게 전혀 없다면.

'이미 위협이 목전까지 다다랐다는 뜻이겠지.'

그런데.

「판정. 소멸!」

쾅!

용아병은 별다른 판단 없이 지면을 거세게 박차면서 창을 길게 앞으로 쭉 내뻗었다.

역시.

그런 생각이 연우의 머릿속을 스쳤다.

채애앵!

연우는 재빨리 아공간에서 비그리드를 비스듬히 뽑아 창날을 옆으로 흘렸다.

'몸이 조금 무겁긴 하지만.'

팟!

연우는 아트만 시스템을 적극 활용하면서 한 발을 앞으로 내디뎠다.

창날이 비스듬하게 꺾이면서 연우에게 내리꽂혔지만, 이미 그는 블링크를 이용해 사라진 상태. 다시 그가 나타난 곳은 용아병의 바로 뒤쪽이었다.

비그리드에 맺힌 검은 오러가 단번에 녀석을 반 토막 내려는 순간.

차차창!

갑자기 연우 옆으로 두 개의 창날이 불쑥 교차하면서 비그리드를 가로막았다.

어느새 두 명의 용아병이 각각 좌우에서 니다나 농료를 구해 낸 것이다.

「침입자 등급, 상향 조정.」

「위험 등급, 3.」

위험 등급이 5까지 있다는 것을 감안한다면.

"마음에 안 드는데."

연우는 더 이상 길게 상대해 봤자 귀찮아지겠다는 생각에, 비그리드를 쥐고 있던 손에 힘을 가득 실었다.

콰르릉!

검은 오러가 더 짙은 검은색으로 변하더니, 여태 단단히 압축되었던 것을 그대로 폭발시켰다.

간만에 사용하는 〈불의 파도〉였다.

비록 미궁의 디버프 때문에 평상시에 비하면 위력이 현저히 약했지만.

그래도 세 용아병을 집어삼키고, 나아가 그 뒤에 잠복해 있을 여러 용아병과 트랩들을 한꺼번에 망가뜨리기엔 충분했다.

화르륵—

여러 폭발 소리마저 화마에 집어삼켜졌다가 끝내 가라앉았을 때.

주변에 남은 건, 종유석마저 녹아 버릴 정도로 모든 게 새카맣게 탄 동굴과.

잿더미가 되다시피 한 용아병의 흔적들이 전부였다.

유일하게 남아 있는 건, 처음 연우와 맞닥뜨렸던 3등급의 용아병이 남긴 머리통뿐.

「위험 등급…… 4.」

쩌거걱, 파스스—

녀석의 안광은 여전히 연우에게 고정되어 있다가, 이내 모든 기능이 다해 쪼개져 사라졌다.

"이제야 조금 맘에 드는군."

연우는 피식 웃으면서 용아병의 머리가 있는 쪽으로 걸어가 잔해를 뒤졌다.

그러자 나타나는 손바닥만 한 크기의 구슬.

[고룡 칼라투스의 이 조각]

종류: 잡화

내용: 고룡 칼라투스가 가디언을 만들기 위해 직접 매개체로 사용한 자신의 이 조각.

효과: '용의 저주'를 조금씩 물리친다. 소지하고 있는 이 조각이 많아질수록 효과가 상승한다.

[아티팩트의 효과로 '용의 저주'가 조금씩 해제됩니다.]

[몸이 한결 가벼워졌습니다.]

[스킬에 적용된 페널티가 일부 완화됩니다.]

[히든 퀘스트(저주 항마력 Ⅰ)이 생성되었습니다.]

[히든 퀘스트 / 저주 항마력 Ⅰ]

내용: 당신은 지금 마지막 용왕, 칼라투스의 무덤에 무단으로 침입하였습니다.

마지막 용왕의 안식을 방해한 대가로 당신은 현재 '저주'를 받아 육체가 제 기능을 하지 못하게 되었습니다.

또한, 침입자에 대한 정보는 무덤을 지키고 있던 모든 가디언들에게 전달된 상태이며, 그들은 이곳을 샅샅이 뒤져 당신을 찾아 제거하고자 합니다.

정해진 시간 내에 그들을 제거하거나 피해 곳곳에 흩어진 마지막 용왕의 이 조각들을 찾으세요. 그래야만 모든 저주에서 벗어날 수 있습니다.

그렇지 못할 시, 저주가 당신을 잠식할 것입니다.

참여 조건: '용의 미궁' 침입자

제한 시간: 24시간

성공 시:

1. '용의 축복'

2. 연계 퀘스트(저주 항마력 Ⅱ) 제시

실패 시:

1. 능력치 영구 상실

2. 저주의 영혼 잠식

'다른 놈들은 이런 게 있을 줄 전혀 짐작도 못 하고 있겠지.'

24시간이라는 타이머는 이미 미궁에 입장한 순간부터, 모든 플레이어들에게 적용되고 있는 중이었다.

하지만 히든 퀘스트를 찾아내지 못한다면, 자신도 모르게 저주에 잡아먹히고 말겠지.

용의 저주는 아홉 왕이라고 해서 크게 벗어나지 못하니.

어떻게 살아남는다고 해도, 그리고 미궁을 빠져나가더라도 저주에서 완전히 벗어날 수 없는 것이다. 용종의 마법은 그만큼 지독했다.

연우가 이곳을 두고 '덫'이라고 했던 가장 큰 이유였다.

츠츠츠—

연우는 그림자를 이용해서 곳곳에 널브러진 이 조각들을 전부 회수했다.

연우는 이 점을 십분 활용해 혹시 있을지 모를 충돌에서 유리한 고지를 차지하고자 했다.

그러다 마지막 이 조각을 수거할 때 즈음.

"으아악!"

저 멀리, 누군가의 비명 소리가 아주 작게 들렸다.

보아하니 침입자 중 누군가가 용아병을 만난 모양이었다.

연우는 기척을 최대한 죽이고, 초감각의 영역을 한껏 넓히면서 그쪽으로 빠르게 접근했다.

그런데 왠지 기척들이 낯이 익었다.

'아이반······.'

정말이지 타르타로스를 나온 이후로 지긋지긋하게 마주치는 놈들이었다.

하지만 저들이 혼란에 잠긴 지금이 기회인 것도 사실.

연우는 비그리드를 다시 고쳐 쥐었다.

놈들을 빠르게 제거하기 위해서.

*　　　*　　　*

"대주교······!"

"······하아. 하아. 이런. 내가 못난 모습을 보이는군."

대주교는 자신을 안타까운 표정으로 바라보는 주교를 보면서 쓰게 웃었다.

이 아이가 네 번째였던가, 다섯 번째였던가? 아니면 여섯 번째? 머릿속이 어지러워서 그런가, 몇 번째인지 기억도 잘 나지 않았다.

아니, 사실 한동안 이런저런 이유로 주교 위가 너무 자주 갈아 치워졌기 때문에 바로 아래에 있는 교구장이나 상급 사제 등의 계급이 뒤죽박죽 섞여 헷갈리는 것도 무리는 아니었다.

이러니저러니 하더라도. 편의상 직책과 계급을 나눴다지만, 이들 모두가 자신의 손으로 직접 키운 소중한 형제들이며.

천마께서 사랑으로 낳으신 자식들이 아닌가.

애당초 그는 천마의 신도들에게 차별을 둔 적이 단 한 번도 없었다.

'정작 그런 당신께서는 이렇게 신실한 당신의 자식들을 전혀 돌보지 않고 계시지만 말입니다.'

대주교는 자신을 걱정하면서도 안색이 더 파랗게 질린 주교에게 무언가를 내밀었다.

"우선 이것을 먹으면서 기력을 되찾거라. 나를 보호한다는 녀석이 그렇게 비실대서야 쓰겠느냐."

"하지만 대주교, 이 선단(仙丹)은……!"

"어서 먹으래도."

대주교는 걱정 말라는 듯이 손에 쥐고 있던 것을 주교에게 강제로 먹였다.

주교는 울상 가득한 얼굴로 선단을 꼭꼭 씹었다. 선단은 비상시에 기력을 되찾게 해 주는 영약으로, 전대 대주교, 검은 새벽이 죽으면서 제조법도 유실되어 이제 교단에도 몇 개 남지 않은 상태. 그런 귀한 것을 자신에게 주었으니 어찌 감복하지 않을 수 있을까.

그는 어떻게든 이 위험천만하기 짝이 없는 곳에서 대주교를 지켜 내겠노라고 다짐했다.

대주교는 그런 비장한 기색이 역력한 주교의 머리를 쓰다듬으면서.

한편으로, 다른 생각에 잠겼다.

'그나저나 이제 어쩐다……'

미약하게나마 이어져 있던 천마와의 채널링이 모두 끊어진 상태.

그나마 동주칠마왕의 사당에서 얻은 '힘'이 있어 버티고는 있다지만, 이게 얼마나 지속될지는 알 수 없는 상태였다.

'여기 있는 전부가 그 아이의 술수에 휘말렸다는 뜻이겠지. 동맹인 혈국까지. 허허! 정말이지 볼수록 대단한 아이가 아닌가.'

대주교는 자신을 이런 꼴로 만든 연우를 떠올리면서 너털웃음을 흘렸다.

'어떻게든 치워야만 하는 아이로다. 그래야 여기서 한 발을 더 나아갈 수 있겠지.'

대주교는 이미 고행오산에서의 실패 이후로, 천마를 버리겠노라고 다짐했던 바가 있었다.

하지만 그렇다고 해서 기존에 갖고 있던 계획까지 전부 버린 건, 절대 아니었다.

이제는 오기로라도, 천마의 얼굴이 되겠다는 일념이 남아 있었다.

'우마왕께서 하셨던 말씀이 옳다면. 효마의 '머리'는 분명히 그곳에 있을 터……'

대주교는 동주칠마왕의 사당에서 만났던 거대한 존재를 떠올리면서 작게 중얼거렸다.

'그러기 위해서는 독식자, 그 아이에게서 열쇠를 되찾아 와야만 한다.'

물론, 쉽지는 않을 것이다.

철문이 열리고, 빛무리가 터지면서 갑작스레 이동된 장소.

이곳은 채널링도 끊어지고, 권능이며 능력들이 전부 닫히거나 약화되는 곳이었다.

신앙을 힘의 근간으로 삼는 마군으로서는 최악의 장소인 셈이니.

이런 곳에서 적이라도 맞닥뜨렸다간 어떻게 되는지.

아무리 그들끼리 서로 방해를 하지 말자는 조약을 맺었다고 하더라도, 전력이 이렇게 약화되었다는 것을 안다면 그깟 조약쯤은 아무렇지 않게 내팽개치겠지.

만약 그런 자신이라도 그런 기회가 주어진다면 똑같은 선택을 할 테니.

그러니 어떻게든 수를 찾아야만 했다.

그러던 그때.

"……대주교."

"그래. 나도 느껴지는구나."

"이곳은 제가 맡을 터이니, 대주교께서는……!"

"아니. 이미 늦은 듯싶다. 우리에게로 오는 듯하니."

대주교와 주교의 시선이 기다란 통로 쪽으로 향했다.

곧 모퉁이 부근의 어둠이 갈라지면서 누군가가 나타났다.

여태 격전을 벌이고 왔는지, 제법 지친 기색이 역력했다. 그녀는 대주교를 보고 마음에 들지 않는지 살짝 인상을 찡그렸다.

"이런 곳에서, 이리 빨리 마주치게 될 줄은 생각도 못 했군. 봄의 여왕."

왈츠가 고요한 눈빛으로 대주교를 보았다.

＊　　　＊　　　＊

칸은 탑으로 향하다 말고, 시장에서 사람들이 나누는 소리를 우연찮게 듣고 말았다. 오늘 하루만 해도 벌써 몇 번째 듣는 화젯거리인지.

"이봐, 이봐! 그 소식 들었나?"

"무슨 소리……?"

"이 못난 사람이! 그 왜 50층이 지금 난리가 나지 않았나!"

마지막 용왕, 칼라투스의 무덤이 나타났다!

어디서 비롯되었는지 모를 소문은 갑작스레 시작되어, 금세 탑의 세계 전역으로 퍼져 나갔다.

그리고 이제는 탑 외 지역에까지 다다르고 말았으니.

여름여왕 이후로 완전히 사멸되었다고 알려진 옛 용종의 유적지는 당연히 많은 플레이어들의 이목을 끌 수밖에 없었고.

당연히 여러 거대 클랜을 비롯해 50층에 입장이 가능한 랭커들이 눈에 불을 켤 수밖에 없는 상황이었다.

더구나 50층에는 여러 번 공략에 도전했지만 번번이 실패의 쓴맛을 봐야만 했던 세미 랭커들도 있었으니.

그들은 혹시 랭커가 될 수 있는 새로운 기회가 아닐까 싶어 부리나케 뛰어들었다.

그러다 보니. 칼라투스의 무덤으로 향하는 포탈은 금세 여러 진영의 각축장으로 변하고 말았다.

서로가 마지막 용왕의 유산을 독차지하겠노라며 뛰어들면서.

칼라투스의 안식처는 탄생한 이래 처음으로, 여러 플레이어들에 의해 더 이상 안식처가 아니게 되어 버린 것이다.

그리고 탑 외 지역에 머물던 낙오자들 역시도, 한창 들뜨는 중이었다.

최후의 승자가 되지는 못하더라도, 우연찮게 용종의 유산 중 하나만 가지게 되더라도 대박이기 때문이었다.

그래서 곳곳에서는 벌써부터 자기들끼리 십시일반 돈을 모아 조합을 만들거나, 원정대를 꾸리는 등 다양한 움직임을 보이는 중이었다.

'용의 미궁이라.'

칸은 그런 변화를 느끼면서.

'거기에 카인이 있단 말이지?'

주먹을 꽉 쥐었다.

그 역시 도일의 채널링 문제로 연우를 찾으러 가던 길. 그런데 생각보다 빨리 계획이 진행되는 모양이었다.

'이제 슬슬 시작하려는 거구나.'

탑을 바라보는 칸의 시야에는, 짙은 전운이 먹구름처럼 잔뜩 드리우는 것 같이 보였다.

*　　　*　　　*

"젠장!"

블랙 드래곤의 수장, 가을군주 탐은 자기도 모르게 울컥 튀어나온 울분을 참지 못하고 탁상 위에 있던 물건들을 모두 쓸어버렸다.

와장창창. 다들 하나같이 탑에서도 진귀하다 싶은 물건들이고, 어머니 여름여왕이 막내였던 그에게 남겨 줬던 보물들이었지만.

지금 그는 도무지 그런 것들이 눈에 들어오지 않았다.

갑자기 그의 귀에 들어온 소문이 이성을 상실케 했기 때문이었다.

용왕 칼라투스의 무덤이 발견되었다는 소문.

처음 그 소문을 들었을 때에는 또 어디선가 헛소문이 돈다고 생각했다.

용의 신전에 아마 용종과 관련된 숨겨진 유적지가 있을 거란 소문은 아주 오래전부터 있었고, 설사 그런 것이 발견되었다고 해도 멍청한 식탐황제가 찾았을 거란 생각은 추호도 못 했기 때문이었다.

탐의 머릿속에 식탐황제는 실컷 부려 먹기만 하다가, 나중에 화이트 드래곤의 전력을 많이 갉아먹고 나면 어부지리로 취할 수 있는 편리한 도구에 불과했다.

하지만 그 소문이 진실이라는 게 알려졌을 때.

그는 암담한 심정을 느끼고 말았다.

모든 용종이 사멸하고 만 이때. 그리고 서로가 용종의 정통 후계자라며 삼파전으로 전쟁을 치르는 이때. 옛 용종의 유적지는 전황을 단박에 뒤집을 수 있는 패가 될 수 있었다.

단순히 용종의 유산을 차지하는 것을 넘어서, 자신이 진정한 용종의 후계자라며 나설 수 있는 좋은 구실이 되기 때문이었다.

그런데 하필이면 그런 좋은 장치가 탐이 한번 뒤통수를 친 적이 있는 식탐황제의 손에 있었고.

왈츠와 전쟁을 치르던 와중에 같이 휘말리고 말았다고 한다.

당연히 탐으로서는 암담함을 느낄 수밖에 없는 상태였다.

"어떻게든 나도 개입을 해야만 해. 어떻게든……."

사실 지금이라도 당장 혈국을 돕겠다는 명분을 들어 칼라투스의 무덤으로 뛰어들어도 무방하긴 했지만.

문제는 그랬다가 무덤 속에 갇혀 전력만 상실할 수 있다는 점이었다.

세작을 통해 전해 듣기로 무덤은 미궁의 구조로 이뤄져 있어, 자칫 발을 잘못 들였다가는 호되게 당할 수 있다고 하니.

반면에 혈국에는 무덤 내부가 그려진 지도가 있다고 했다.

그러니 어떻게든 식탐황제, 그 역겨운 돼지의 비위를 맞춰야만 했다. 하루아침에 두 세력의 위치가 달라져 버린 셈이었다.

"……그 돼지 놈이 마음에 들 만한 것을 내놓아야 할 텐데. 무엇이 있지? 구미가 당길 만한 것이."

탐욕과 허영만 가득한 식탐황제가 좋아할 만한 보물이 무엇이 있을는지.

탐은 자신의 방을 어지럽게 돌아다니면서 계속 머리를 굴렸다.

그러던 그때.

『듣기로, 막내, 너와 우리의 사정이 크게 다르지 않다고 들었는데. 이편가? 잠깐이라도 손을 잡아 보는 것이.』

갑자기 다른 잡동사니들과 같이 바닥을 나뒹굴던 구슬이 묘한 빛을 발하면서, 익숙한 목소리를 내뱉었다.

그린 드래곤을 이끄는 3명의 수장 중 한 명, '이호(螭虎)'
할이었다.

"……."

탐은 허리를 숙여 수정구를 들었다. 아주 오래전, 어머니
이신 여름여왕이 자식들에게 고루 나누어 줬던 수정구. 형
제들이 모두 갈라진 이후로 한 번도 사용하지 않았던 것이
빛을 발하고 있었다.

저쪽도 자신만큼이나 사정이 다급했던 것이겠지.

탐은 저쪽의 제안이나 한번 들어 보자는 생각에 천천히
입을 뗐다.

"오랜만입니다. 형님?"

＊　　　＊　　　＊

아이반이 몇 안 되는 수하들과 함께 용아병들을 쓰러뜨
리던 도중, 갑자기 눈앞이 '번쩍' 하고 나서 느낀 생각은 두
가지였다.

뜨겁다.

그리고 화가 난다.

동굴의 벽을 타고 흘러오던 불길이 무엇인지 잘 알고 있
었기 때문에, 거기에 속수무책으로 당할 수밖에 없었던 자

신이 한심스럽기만 했다.

그리고 다시 정신을 차렸을 때.

자신의 곁에는 방금 전까지 그와 함께하던 수하들은 모두 사라진 채, 증오스러운 얼굴만 남아 있었다.

검은 가면과 코트를 입은 사내. 자신의 아들을 앗아 가고, 세력마저 붕괴시킨 원수.

독식자, 카인.

"……왜 날 살려 두는 거지?"

아이반은 연우를 보면서 으르렁거렸다.

이미 수하들은 죽은 지 오래였고, 자신 역시 이상한 쇠사슬 같은 것에 칭칭 감겨 이렇다 할 스킬조차 발동시킬 수 없었다.

죽으면 죽었지, 이렇게 전쟁 포로처럼, 혹은 줄에 묶인 개새끼처럼 질질 끌려다니는 건, 그의 자존심상 절대 있을 수 없는 일이었다.

하지만 연우는 그런 아이반의 목소리 따윈 들리지 않는다는 듯, 그림자를 움직여 방금 전에 해치운 용아병에게서 이상한 구슬 같은 걸 수거하고 있었다.

"왜 날 살려 두난 말이다!"

결국 아이반은 화를 참지 못하고 고함을 질렀다.

그제야 연우도 하던 일을 멈추고, 천천히 이쪽을 돌아보았다. 검은 가면 아래에 있는 두 눈은 아무 감정도 담겨 있지 않은 듯 고요하기만 했다.

"착각하는군."

"뭐?"

"널 살려 두는 게 아니야. 칸 때문에 놔두고 있는 것뿐이지."

"……!"

"그쪽과 칸 사이에 무슨 일이 있었는지는 모른다. 하지만 나에게 칸은 소중한 친구고, 그쪽은 그런 칸의 아버지이니 내버려 뒀을 뿐. 그쪽에 관한 건, 칸이 결정하도록 놔둘 생각이다."

"……나에게 수모를 줄 생각이냐?"

"수모라고 생각한다면, 혀라도 깨물고 알아서 자살하던가."

"뭐……?"

"말했지만, 내가 그쪽을 살려 두는 건 다른 이유가 있어서가 아니야. 칸 때문이지. 죽고 싶거든 죽어라. 나야 칸에게 당신의 시체를 던져 주든, 아니면 그냥 숨기든, 알아서 하면 될 일이니."

"……"

"그리고 뒈지려면 혼자 조용히 뒈져. 하나밖에 없는 아들 마음에 괜히 멍들게 하지 말고."

아이반은 아랫입술을 질끈 깨물었다. 결국 자신은 연우에게 아무런 가치도 없다는 것을 알게 된 것이다.

대주교와 왈츠, 마그누스 때도 그랬고, 지금 역시도. 아이반은 자신이 놓인 위치가 얼마나 보잘것없는지를 절실히 깨닫고 말았다.

그리고 그런 아이반을 보면서.

'짜증 나.'

연우는 속으로 혀를 찼다.

칸과 아이반의 부자(父子) 사이에 좋지 않은 일이 있었다는 건 대충 알고 있었다. 그리고 그건. 자신도 마찬가지였기에 괜히 지구에서의 일이 떠올라 화가 났다.

가족의 일에는 무책임하기만 한 아버지. 그러면서도 제자존심만 챙기는 모습 따위가 역겨워서 꼴도 보기 싫었다.

그래도 아이반의 숨을 끊지 않은 이유는 말했던 대로 이일을 칸에게 맡기는 게 맞다고 생각했기 때문이었다.

'때에 따라서는 인질로 삼을 수도 있을 테고.'

연우는 침묵에 잠긴 아이반을 슬쩍 보다가, 더 이상 헛소리를 하지 않을 것 같자 다시 고개를 들었다.

그의 앞에는 돌로 만든 석문이 하나 놓여 있었다.

'일기장대로라면, 여기가 맞을 텐데.'

미궁은 개미굴처럼 복잡한 구조로 이뤄져 있고, 곳곳에 수많은 석실(石室)이 숨겨져 있었다.

각 석실에는 보관소, 무기 창고, 연구소, 도서관, 재료 농장 등 다양한 시설이 마련되어 있었고.

종류에 따라서 일정한 시험을 거쳐 소유하는 것도 가능했다.

그것들 하나하나가 용종이 남긴 유산들이니 대단한 것들이 분명했지만.

정작 연우는 그런 것에 전혀 관심이 없었다.

'다른 석실들에 있는 건, 죄다 실패한 실험물이나 기능 떨어지는 양산품들뿐이야.'

'진짜' 보물이라 할 만한 것들은 칼라투스의 레어에 보관되어 있을 테니까.

그리고 이 석실은 그런 레어로 향하는 '유일한' 통로였다.

다른 석실들과 마찬가지로 크게 다를 게 없어 보이는 석문.

연우가 그 위에다 손을 대고 마력을 실어 넣자, 순간 석문 위로 룬 문자가 빛을 토해 내며 빼곡히 나타났다.

그그긍, 그그—

그리고 돌아가는 기관 장치 소리와 함께 석문이 열렸다.

"잠깐, 물어볼 게 있……!"

그때, 아이반이 무슨 생각을 하다 말고 연우를 부르려 했지만, 갑자기 녀석의 그림자가 길게 쭉 늘어나면서 그대로 몸을 집어삼켰다. 이후의 일은 타인에게 노출시켜서 좋을 게 하나도 없기 때문이었다.

연우가 연 석실 내부는 비교적 작은 크기를 자랑하는 곳이었다.

이렇다 할 기관이나 시설도 보이지 않는 곳. 중앙 제단에 빛이 바랜 검은 수정구가 하나 놓인 게 전부였다.

보물을 찾아 움직이는 플레이어들의 눈에는 별것 아닌 것처럼 보이겠지만.

연우에게는 미궁에서 가장 필요한 물건이었다.

제단에 천천히 올라 수정구를 살폈다. 여기저기에 균열이 가 있고, 듬성듬성 조각이 빠져 있었다.

잘 보면 수정구가 아닌 것처럼 보이기도 했다. 타원형으로 되어 있어 겉보기엔 '알'이라는 느낌이 더 강하게 들었다.

[정체를 알 수 없는 알]
종류: 잡화
내용: 쓰임새를 전혀 알 수 없는 알. 부서져서 복원이 필요해 보인다.

연우는 여태껏 모았던 칼라투스의 이 조각들을 전부 꺼

냈다.

그러자 검은 수정구와 이 조각들이 허공으로 둥실 떠오르더니, 돌개바람을 그리면서 하나로 합쳐지기 시작했다.

그리고 마치 큐브가 돌아가는 것처럼 이리저리 돌아가더니, 곧 자그마한 요정의 형태로 변했다.

『날 깨운 게, 당신인가요?』

요정은 시린 빛을 발하면서 천천히 눈을 떴다. 아무런 감정도 담겨 있지 않아, 마치 기계처럼 보이는 눈빛.

연우는 녀석을 보면서 가만히 고개를 끄덕였다.

"맞다. 미궁의 메인 코어 프로세서, 우발라. 맞지?"

『절 아시는군요. 전 당신을 처음 보는데 말이죠.』

"잘 알다마다."

칼라투스의 다섯 무덤지기는 모두가 각자 별난 특색을 갖고 있다지만. 그래도 그중에서 가장 우두머리가 되는 건, 우발라였다.

가디언들 사이에 형성되어 있는 복잡한 네트워크망의 메인 프로세서라 할 수 있는 가디언.

그리고. 미궁을 지키는 데에만 목적이 있는 녀석의 모티브는……

"무덤을 찾아와서, 주인의 아들을 못 알아봐서야 손님이라 할 수 없을 테니까."

칼라투스가 오래전에 잃어버려야만 했던 자식이었다.

그가 평생토록 보고 싶어 했던 얼굴.

위대한 용왕이라 불렸지만, 결국 그의 눈을 멀게 만들고, 끝내 종족의 사멸을 불러일으키고 말았던 원인.

『간만에 깨어나서 그런 식으로 불리게 될 줄은 생각도 못 했군요.』

여전히 기계음처럼 아무런 감정도 담기지 않은 것 같은 목소리였지만.

연우는 왠지 모르게 그의 목소리에 짙은 한숨이 담겨 있는 것 같다는 느낌을 받았다.

『저의 주인, 칼라투스께서 당신이 사랑하시던 자식의 기억을 고스란히 제게 담아 두시긴 했습니다만. 그런 면에서 저는 단순히 저장소의 역할만 하고 있을 뿐, '자식'으로서의 자아는 전혀 갖고 있지 않으니 저는 단순히 이곳 미궁을 관리하는 시스템인 우발라일 뿐입니다.』

우발라는 딱 잘라 말하고, 더 이상 언급하기 싫다는 듯이 연우를 응시했다.

『그보다. 저를 깨웠다는 건, 당신이 칼라투스 님과 차정우 님이 말씀하셨던 그분이신가 보군요.』

칼라투스와 차정우가 말했던 사람.

그 말을 듣는 순간, 연우의 두 눈이 빛났다.

역시 칼라투스뿐만 아니라, 정우도 여기에다 뭔가를 남긴 걸까. 시계 속에 잠든 동생의 사념체는 죽을 당시의 기억이 없다고 했다. 어쩌면 그와 관련된 정보가 있을지도 몰랐다.

"그래."

『차정우 님께 주어졌던 권한을 진행하길 바라십니까?』

"바란다."

『알겠습니다. 확인을 위해 간단한 절차를 진행하겠습니다. 동의하시겠습니까?』

"동의하지."

『패스워드를 이곳에 인식해 주십시오.』

연우 앞으로 자그마한 빛이 터지면서 투명한 창이 열렸다. 연우는 그 위에다 손바닥을 얹어 마력을 불어 넣었다.

사람은 각자가 주어진 고유 마력 패턴 같은 것이 있는바. 연우의 체질은 동생에게서 전승받은 것이기 때문에 칼라투스와 동일했다.

『확인되었습니다. 사용자 차연우. 기존 사용자인 차정우

님의 권한을 그대로 승계합니다.」

그 순간, 연우는 자기도 모르게 몸이 허공으로 둥실 떠오르는 듯한 느낌을 받았다.

그리고.

화아악!

그를 둘러싼 광경이 번했다.

연우는 어느새 시커먼 동굴이 아닌 시푸른 창공에 떠 있었다.

그리고 그의 발아래로.

미궁에서 벌어지는 모든 일들이 '낱낱이' 보였다.

마치 전지적 시점으로 하계를 내려다보는 것처럼.

─이곳의 비밀을 알아낸 것 같아서. 잠시 손을 잡는 게 어떨까, 대주교?

한쪽에서는 왈츠와 만나고 있는 대주교의 모습이.

─제기랄! 카인! 카인은 어디에 있단 말이냐! 성이 말한 것과 니무노 다르지 않은가! 어디 있냔 말이다아!

─폐하, 정신 차리시옵…… 크아악!

─다 잡아먹어 버리겠다! 다 잡아먹어 버리겠어!

다른 한쪽에서는 길길이 날뛰다가, 용의 저주로 마력 제어에 실패하면서 갑자기 이성을 잃은 식탐황제의 모습이 보였고.

—여기가 미궁이로군.

—불나방 같은 것들이 참으로 많은데?

입구로 향하는 포탈을 건너는 수많은 플레이어들과, 그들을 밀어젖히면서 입장하는 블랙 드래곤과 그린 드래곤의 무리들도 있었으며.

—으아악! 제기랄! 이놈은 뭐야? 가디언? 저게 무슨……!

그들에 맞서는 발난타의 모습이 있었고.

—본부! 본부는 왜 연락이 안 되는 거야!

—방금 전부터 모든 연락이 두절된 상태입니다!

랜덤으로 떨어진 탓에 혼란스러워하다가, 다른 가디언들에 휩쓸리는 여러 플레이어들의 모습도 보였다.

그뿐만이 아니었다.

미궁의 각 통로와 석실에 설치된 모든 트랩과 활동 중인 가디언들의 위치, 그리고 설정 권한도 같이 뒤따랐다.

여기서 마음만 먹는다면, 이들에 대한 모든 권한을 만질 수 있었다.

동생에게 주어졌던 권한은 최고 관리자.

우발라에 직접적으로 '접속'을 함으로써, 미궁을 조율할 수 있는 모든 권한을 인계받은 것이다.

너무 많은 정보가 쏟아지는 탓에 정신이 아찔해질 정도였다.

『정보의 홍수에 휩쓸리지 않도록 주의하십시오. 미궁에 현혹되는 순간, 자아를 잃게 되십니다.』

연우는 아주 잠깐 눈을 감았다가 호흡을 정리하면서 다시 떴다. 마룡신체로 발전하면서 확장되었던 의식 세계가 부드럽게 미궁의 정보를 인식하고 해석하면서 서서히 동기화를 진행시켰다.

[완전한 접속이 이뤄졌습니다.]

연우는 한순간, 이 미궁 속에서는 모든 것을 해낼 수 있을 것 같다는 자신감이 생겼다.

이 미궁 안에 있는 한, 연우는 이미 신이나 악마 같은 초월자와 다름없는 힘을 손에 넣게 된 것이지만.

당장 그에게는 그런 것을 신경 쓸 겨를이 없었다.

지금은 자신이 개입하는 것보다는 혼란이 더 크게 빚어질 수 있도록 내버려 두는 게 나았다.

대신에 연우는 에도라가 어디에 있는지만 파악한 뒤, 무사히 미궁을 잘 돌파하고 있는 것을 확인하고 고개를 높이 위로 들었다.

그러자 연우가 둥실 떠오른 하늘보다도 더 높은 상공 위로, 구름을 가로지르는 거대한 크기의 성채가 보였다.

부유성(浮遊城) 라퓨타(Laputa).

칼라투스가 생전에 머물렀던 레어이자, 마지막 안식처이며. 또한, 아르티야의 클랜 하우스가 위치해 있는 곳이기도 한 비밀의 성.

미궁에서도 이면 세계에 숨겨진 장소가 모습을 드러낸 것이다.

드디어 미궁의 중심지까지 도착한 것이다.

연우는 곧장 그곳으로 올라가려 했지만, 불의 날개를 펼치며 날갯짓을 하기도 전에 멈칫거리고 말았다.

부유성 라퓨타 위로, 분명히 창연한 푸른색으로 빛나야할 하늘이 검은빛에 잠겨 있었다. 문제는 거기서부터 이상한 촉수 같은 것들이 아지랑이처럼 스멀스멀 내려와 라퓨타를 위협하고 있는 것처럼 보인다는 것이었다.

"뭐지?"

연우는 일기장에서도 볼 수 없었던 현상에 눈을 크게 떴다. 그러다 저것이 칼라투스가 경고했던 '그놈'이 아닐까 하는 생각이 문득 들었다.

"저게 대체 뭐지?"

연우는 우발라를 돌아보았다. 미궁을 관리하는 메인 코어라면, 라퓨타를 건드리는 게 무엇인지 잘 알고 있을 테니.

『모릅니다. 저도, 주인님이 남기신 사념체도. 다만, 저것이 옛 위대한 종족의 현인분들도 인지하기 어려울 정도로 아주 멀리 있고, 이렇다 할 이름도 없으며, 흔히 '타계의 신'으로 불린다는 것밖에는. 그리고 저것이 이 섬을 '문'으로 삼고자 한다는 게 현재로서 알아낼 수 있는 전부입니다.』

우발라는 여전히 무심한 어투로 검은 촉수들을 보면서 말을 이어 나갔다.

『그래서 옛 위대한 종족의 현인분들도 '저것'을 두고 이렇게 부르곤 했습니다.』

우발라가 눈을 가늘게 좁혔다.

『'기어 다니는 혼돈'이라고 말입니다.』

*   *   *

"제기랄……! 이 미친 것들은 죽여도 죽여도 끝이 나질 않는구나."

대체 어디서부터 꼬인 걸까.

그린 드래곤과 손을 잡고 다 같이 포탈을 넘을 때까지만 해도 그들은 큰 꿈에 부풀어 있었다.

마지막 용왕의 유산을 모두 독차지하리라. 그래서 어머니 여름여왕도 해내지 못했던 일을 해내리라. 그렇게 다짐했다.

하지만 그런 탐의 원대한 꿈은 미궁에 입장하는 순간 산산조각이 나고 말았다.

같이 데려왔던 수하들은 알지도 못하는 곳으로 뿔뿔이 흩어져 버렸으며.

그들을 찾으려 움직일 때마다 석실에서 마주치는 가디언과 용아병의 공세는 너무 거칠었다.

문제는 그들을 해치운다 치더라도.

츠츠츠—

떨그럭, 떨그럭!

['용의 저주' 가 강화됩니다.]

[두 번째 시련: 길을 개척하십시오.]

어느새 검은 안개 같은 것이 맴돌더니, 이미 기존에 쓰러져 있던 사체들이 일어서기 시작한다는 점이었다.

그것들은 이미 쓰러뜨렸던 용아병과 똑같은 모습을 한

채, 탐에게 칼을 겨누었다.

이처럼 용의 저주는 죽은 망자들을 억지로 움직여 침입자들을 가로막는 악독한 성질까지 보였으니.

"제기라아알!"

탐은 결국 참지 못하고 폭발하면서 앞으로 튀어 나갔다. 어느새 본체인 조각류(鳥脚類) 형태로 변한 그는 닥치는 대로 모든 것을 쓸어 내기 시작했다.

『죽여·버리겠다아!』

우선은 어머니께서 남기신 수정구를 따라, 다른 형제들을 찾는 게 가장 중요했다.

쾅! 콰콰쾅─

·

·

·

그렇게 미궁 속을 수없이 배회하면서 돌아다니기를 한참.

탐은 드디어 몇몇의 수하들과 함께, 구석진 석실에서 다른 형제들을 찾아낼 수 있었다.

『꼴이 말이 아니군.』

탐은 엉망이 되다시피 한 형제들을 보면서 어이가 없다는 듯이 헛웃음을 흘렸다.

그 역시 온통 단단한 외피가 부서지고 상처로 도배되는 등, 피를 철철 흘리는 중상을 입은 상태였지만.

할, 이수, 바하라탄은 상태가 더 끔찍했다.

할은 이미 피투성이가 되어 벽에 등을 기댄 채 거칠게 숨을 몰아쉬고 있었고, 와이번의 본체로 변한 이수는 왼쪽 날개가 잘린 상태였다.

그나마 바하라탄은 상태가 괜찮은지, 한쪽 눈만 붕대로 칭칭 감은 채 다른 두 형제들에게 치유 마법을 걸어 주는 중이었다.

거기다 그들의 수하로 보이는 자들은 대부분 '찢겨 죽은' 채로 곳곳에 널브러져 있었으니. 숨이 붙어 있더라도 곧 죽을 것 같은 녀석들이 대부분이었다.

어딜 보아도 정상적인 자들이 한 명도 없었다.

탐은 그들을 보면서 살짝 군침이 돌았다. 중태를 입은 이상, 빠른 회복을 할 수 있는 방법은 같은 용의 인자를 보유한 용혈을 흡수하는 것.

이미 형제였던 트라이거 등을 먹었던 전적이 있던 그였기에. 그게 얼마나 달콤한 과실인지를 잘 알고 있었다. 용혈을 삼킨다는 건, 단순히 회복뿐만 아니라 '격'이 상승하고, 보다 용종에 가까워진다는 뜻이기도 했으니.

"허튼짓할 생각 마라, 탐."

하지만 바하라탄은 너의 생각 따윈 이미 짐작하고 있다는 듯, 강하게 으르렁거렸다. 할과 이수도 잔뜩 경계 어린 표정으로 그를 주시했다.

한두 명이라면 모를까. 아무리 부상을 입었다고 해도, 셋이나 되는 형제들을 동시에 상대하기란 요원한 일.

결국 탐도 한 발 뒤로 물러서야만 했다.

『대체 무슨 생각을 하는지 모르겠지만, 나는 형들에게 위해를 끼칠 생각 따윈 없다고.』

"잘도 헛소리를 지껄이는군. 지금 당장은 칼라투스의 유산 때문에 손을 잡았다지만, 우리는 너를 신뢰하지 않는다는 것을 명심해라."

『알았다고, 알았어. 막내를 이렇게 몰아가다니. 참 애석해.』

'다음에 기회가 있겠지.'

탐은 그렇게 생각을 하면서 재빨리 화제를 돌렸다.

『한데, 왜 전부 이딴 꼴이 되고 만 거지?』

비록 왈츠나 탐에 비하면 한 수가 처진다고 하더라도.

그린 드래곤의 세 수장도 따지고 보면, 아홉 왕 다음 자리를 위협할 만큼 뛰어난 실력자들이었다.

그런 이들이 셋이나 뭉쳤는데도 불구하고 이렇게 중태를 입었다는 사실이 믿기지 않았다. 석실에 남아 있는 전투의 흔적으로 봐서는 분명.

'한 명······.'

홀로 이들을 모두 물리쳤다는 건데. 대체 누구지? 아홉 왕 중에 한 명과 부딪치기라도 한 걸까?

"저놈 때문이다."

『저놈?』

"숨죽여. 이쪽으로 오는군."

탐은 바하라탄이 말하는 방향으로 고개를 돌렸다. 저 모퉁이 너머로 무언가가 이쪽으로 접근하는 것이 느껴졌다.

저벅, 저벅—

"용 고기, 용 고기를 내놓아라······!"

군침을 질질 흘리며, 반쯤 이성을 상실한 눈으로 어슬렁거리는 식탐황제가 보였다.

*　　　*　　　*

"기어 다니는 혼돈?"

연우는 작게 중얼거리면서 일기장 속에 있던 수많은 내용 중 저 밑에 있던 정보를 하나 떠올릴 수 있었다.

흔히 초월적인 존재라 일컫는, 신이나 악마, 용종, 거인

과 같은 종들은 기원을 알 수 없는 아주 오래전부터 탑을 무대로 살았다.

하지만 모든 초월적인 존재들이 탑의 천계에만 머무는 건 아니었다.

일반적인 플레이어들이 절대 관측할 수 없을 외부 차원, 흔히 타계(他界)라 부르는 어지러운 차원에도 그런 존재들은 실존했었고.

그들 중 일부는 탑에 호기심을 갖고 이따금 접근해 오곤 했다.

하지만 일반적인 지성이나 이성과는 동떨어진 의식 체계를 가진 그들의 생각은 도저히 읽을 수 없는 것이었다.

아주 오래전부터 그들을 관측하고 움직임을 예측해 왔던 용종은 그들을 정의할 이름이 따로 없어 이렇게 부르곤 했다.

타계의 신이라고.

용종이 관측한 타계의 신은 그리 숫자가 많지 않았다.

이렇다 할 형태를 갖추고 있지 않아, 계측하기 힘들 정도로 엄청난 크기를 자랑하기도 하고, 때에 따라서는 여러 차원과 시공간에 중첩되어 있는 경우도 많아 관측이 너무 까다롭기 때문이었다.

새로운 것을 관측해 내었다 싶더라도, 기존에 관측했던 것과 같은 존재인 경우가 비일비재했으니.

용종의 시각으로 봤을 때 살아 있는 게 맞나 싶을 정도로 움직임이 굼뜬 것도 많았다.

그래도 대개 활동적이거나, 탑의 세계로 관심을 기울이는 몇몇 존재들은 관측이 가능했고, 그 특성에 따라 다양한 이름을 붙였다.

기어 다니는 혼돈은 그중에서 가장 활발한 활동을 보이던 존재였다.

외부에 철저한 무관심으로 일관하는 다른 존재들과 다르게.

유일하게 탑을 인식하고, 호기심을 가지며 접근하는 존재.

다만, 탑에 접근하는 방식이 마치 실뭉치에 관심을 둔 고양이처럼 너무 단순하고 패턴을 읽을 수가 없어서, 어떤 사고 체계를 갖추고 있는지 도저히 알 수 없었다.

분명한 건, 방대한 지식 체계를 갖고 있다는 사실뿐.

그래서 동생도 평상시 활동할 때 이따금 타계의 신에 대해 들었어도, 별반 관심을 두지 않았다.

그런데 그런 존재가 라퓨타를 위협하고 있다고?

하지만 칼라투스씩이나 되는 존재가 서두르라고 재촉할 만한 원인이 될 수 있는 건. 저 정도의 존재가 아니면 없기도 했다.

"저런 게 대체 왜 여기에 있는 거지?"

『과거에 맺은 언약 때문입니다.』

"언약?"

『…….』

연우가 되물었지만, 우발라는 거기에 대해서는 절대 알려 줄 수 없다는 듯 입을 꾹 다물었다.

연우는 가볍게 혀를 찼다. 사실 짐작 가는 바가 전혀 없는 것도 아니었다.

"그럼 대체 올포원은 뭘 하고 있는 거지?"

신과 악마들이 하계에 접근하는 것도 철저하게 막는 녀석이 저런 것이라고 내버려 둘까.

하지만 곧 돌아온 대답은 연우로 하여금 욕지거리를 뱉게 만들었다.

『이곳은 용의 권역, '비나' 이니까요.』

"빌어먹을 일이로군."

하데스의 권역, 타르타로스가 히든 스테이지에 놓여 올포원의 간섭을 차단할 수 있었듯.

이곳 미궁과 라퓨타도 하데스에 못지않은 존재였던 칼라투스의 권역이었으니, 올포원이 접근할 방법이 없다는 뜻이었다.

만약 기어 다니는 혼돈이 라퓨타를 잠식하고, 스테이지로 나오면 모를까.

그런 게 아니라면 올포원은 나서지 않을 것이다.

언제나 그렇듯.

그가 바라는 건 어디까지나 하계와 77개 층계의 안전뿐이니.

기어 다니는 혼돈도 그 사실을 깨닫고 저런 움직임을 보이는 게 아닐까.

『어쩌시겠습니까, 올라가시겠습니까?』

"말이라고."

『자칫 휘말릴 수도 있습니다. 필멸자에게 있어 타계의 신이란……..』

"위험하지. 관측을 시도하는 것만으로도 이성이 날아가는 경우가 허다하니까."

하지만 연우는 이미 신살의 업적을 이루고, 신성까지 일부 획득했던 바가 있었기 때문에. 기어 다니는 혼돈의 영향력에 크게 좌우되지 않을 자신이 있었다.

그리고.

이게 대체 어떻게 된 일인지 정확하게 파악해야만 했다.

'정우가 남긴 유산들이 저기에 있기도 하고.'

아르티야의 클랜 하우스부터 되찾아야 할 테니까.

연우는 불의 날개를 활짝 펼치면서 라퓨타로 이동했다. 우발라가 조금 염려스러운 표정으로 연우의 뒷모습을 보다가, 날갯짓을 하며 뒤따랐다.

라퓨타는 생각보다 제법 높은 위치에 있었다. 그리고 위로 올라갈수록 라퓨타의 주변으로 아른거리는 검은 촉수도 더 위협적으로 다가왔다.

덩치로 보나 존재감으로 보나 녀석에게 연우는 벌레 정도에 불과해 보일 터. 때문에 놈은 연우를 딱히 인식한 것 같지 않아 보였지만.

연우가 보기에는 타르타로스를 위협하던 대지모신과 비교해도 절대 뒤지지 않았다.

'그런 게 일개 '단면'에 불과하다는 거지?'

단면이 대지모신과 비견될 정도라니. 물론, 타르타로스에서 봤던 대지모신도 일부에 불과하긴 했지만. 그렇다 치더라도, 타계의 신이 얼마나 거대한 우주적 존재인지를 알 수 있었다.

단순히 보는 것만으로도 정신이 어지러워질 것 같은 느낌.

'정신 똑바로 차리지 않으면 그대로 잡아먹히겠는데.'

블랙홀이 행성과 먼지를 가리지 않고 빨아들이듯. 기어 다니는 혼돈도 자칫 잘못하면 자신을 통째로 휩쓸어 버릴 것 같은 느낌이 들었다.

이미 소울 컬렉션에 있는 망령들은 하나같이 절규를 내지르고 있었다. 어떻게든 빠져나가게 해 달라면서. 칠흑의 권능으로 억누르고 있지만, 쉽지가 않았다.

「주인. 님.」

계속 이대로 있다가는 정말 위험하겠다는 생각에 돌아서려는데, 갑자기 부가 연우에게 말을 걸었다.

여태껏 자신이 부르는 것 외에는 불경스럽다며 직접 말을 거는 경우가 없던 부였기에. 연우가 고개를 갸웃거렸다.

'왜 그러지?'

「잠깐. 저것. 을. 살펴봐도. 되겠습니까?」

갑자기 왜 이러는 걸까.

그때. 문득 연우는 부가 잃어버린 옛 기억 중 일부가 떠올랐다.

파우스트였던 시절. 그는 모종의 이유로 타계의 신과 접촉해 지식을 전수하고, 에메랄드 타블렛을 완성시켰다.

그러고 보니 기어 다니는 혼돈은 타계의 신 중에서 탑에 가장 관심이 많은 존재. 어쩌면 파우스트가 가장 접촉하기 쉬웠던 존재인지도 모른다.

아니나 다를까.

「분명. 처음. 보는 것인데. 익숙. 합니다.」

어느새 활짝 열린 공간 너머로, 부의 시퍼런 두 눈이 기어 다니는 혼돈에 단단히 고정되었다.

「알아. 보고. 싶습니. 다.」

"위험할 텐데."

「조심. 하겠습니. 다.」

"레베카."

휘이이—

"부와 같이 다녀와."

「감사. 합니다.」

부는 고개를 숙이고 레베카와 함께 검은 촉수가 있는 열권으로 올라갔다. 만약 부가 기어 다니는 혼돈의 영향력에 휩쓸리더라도, 케르눈노스의 신령인 레베카가 옆에 있으면 괜찮으리란 생각에서였다.

연우는 아주 잠깐 멀어지는 둘을 보다가, 천천히 라퓨타에 착지했다.

탁!

라퓨타는 일기장에서 봤던 것처럼 화려하면서도 아름다운 모습을 지니고 있었다.

하늘을 찌를 것처럼 높게 선 수십 개의 지붕과 주변을 둘러싼 견고한 성채, 내성과 외성 사이로 흐르는 깊은 해자와 마당을 채우는 정원, 아름다운 가로수.

칼라투스가 눈을 감고, 관리자였던 동생이 사라진 뒤에도. 라퓨타의 시스템은 여전히 환경을 그대로 보존하는 중이었다.

기어 다니는 혼돈의 접근을 차단하던 방어막은 연우의 존재를 인식하고 아주 잠깐 해제되어 그의 착지를 허락했다.

연우는 깔끔하게 정리된 도로를 지나, 성채의 중심지로 향했다.

이동할 때마다 굳게 닫혀 있던 문이 활짝 열리고, 방비 시스템이 해제되었다.

그리고 거대한 중앙 홀에 도착했을 때.

『드디어 이곳까지 왔구나.』

수백 미터나 되는 거체가 그곳에 조용히 앉아 있었다.

에도라를 통해서 보았던 것만큼이나 큰 크기. 하지만 그림자가 사라진 지금은 금방이라도 부서질 것처럼 위태롭게 보였다.

치지직, 치직—

사념체만 남았는데도 불구하고. 칼라투스는 당장 쓰러져도 이상하지 않을 정도로 쇠약한 모습이었다.

노이즈가 잔뜩 끼고, 위풍당당해야 할 거죽은 뼈와 상접해서 앙상하게 메마른 몸체를 드러내고 있었다.

『기다렸다. 그대가 오기만을.』

초점이 잘 잡히지 않는지, 칼라투스의 눈동자가 가늘게 좁혀졌다.

『칠흑의 또 다른 후예여.』

그런 그를 보면서.

연우는 질문을 던졌다.

"각설하고, 묻겠습니다. 정우의 마지막을 수습한 건 당신입니까?"

『아니. 내가 아니다.』

순간, 연우는 정신이 번쩍 깨는 기분이었다.

지이잉─

무의식중에 듣고 있었던지 회중시계도 잘게 떨렸다.

그만큼 칼라투스가 던진 말은 충격적이었다.

적들로 인해 쓰러졌던 동생을 수습하고, 지구로 보냈던 이가 칼라투스가 아니었다고?

그럼 대체 누가 해 줬단 거지?

『자신을 벗이라고 밝혔던, 반거인의 아이였다.』

그리고 언급되는 이름에. 연우의 두 눈이 경악으로 커지고 말았다.

『그래, 발데비히. 그런 이름을 썼던 것 같군.』

"……!"

발데비히.

동생이 튜토리얼에 발을 들였을 때 만났던 첫 동료. 비에라 둔과 함께 가장 먼저 아르티야를 창설했던 멤버이기도 했다.

반거인으로서, 언제나 자신의 정체성에 대해서 질문을 던졌던 마음 아픈 존재였고.

또, 물불을 가리지 않고 닥치는 대로 적들을 쓰러뜨리는 광전사로서 수많은 이들로부터 공포를 사던 존재이기도 했다.

하지만 마지막에는 이유도 없이 홀연히 사라져 정우의 마음에 비수를 꽂기도 했던 존재가.

동생의 마지막을 수습해 주었다고?

대체 어떻게?

지이이잉!

회중시계가 아주 크게 떨렸다.

그만큼 칼라투스가 아무렇지 않게 던진 말은 충격적이었다.

"대체…… 어떻게 된 겁니까?"

연우도 시끄럽게 요동치는 마음을 억누르면서 물었다. 하지만 악다문 입술 사이로 비집고 나오는 목소리는 분노로 들끓었다.

동생이 필요로 할 때는 코빼기도 내비치지 않다가, 마지막에야 나타나서는 했던 짓이 그것이라고?

동정인가?

아니면 속죄?

그게 무엇이든, 연우에겐 절대 용납할 수 없는 기만에 불과했다.

『가장 먼저 묻는 것이 정우와 관련된 것이라니. 역시.』

"제게 그것보다 중요한 건 없습니다. 대체 어떻게 된 겁니까?"

『지금에 와서 느끼는 것이지만. 그대들의 우애는 정말이지 당해 낼 길이 없어. 정우, 그 아이도 마지막까지 그대를 생각하곤 했었지.』

연우의 눈빛이 예리하게 빛났다.

"알겠으니, 자꾸 말을 빙빙 돌리지 마십시오. 정우의 영혼은 대체 어디에 있습니까?"

[5차 용체 각성]

드드득—

연우는 드래곤 하트와 현자의 돌을 같이 구동시키면서 마신룡체로서의 힘을 한꺼번에 개방시켰다.

피부를 따라 비늘이 잔뜩 올라오고, 용의 날개와 꼬리가 돋아나오면서 흉측한 기파가 회오리치기 시작했다.

연우는 어느새 아공간에서 비그리드를 뽑아 들고 있었다.

더 이상 칼라투스가 대답을 회피하면 그때는 정말 가만히 있지 않겠다는 무언의 시위였다.

『내가 그대들에게 건네주었던 것을 이렇게나 발전시키다니. 옛날이라면 끔찍한 혼종이라며 눈살을 찌푸렸을 테지만…… 이것도 이것 나름대로 괜찮군그래.』

칼라투스는 그런 연우를 위아래로 훑어보면서 가만히 고개를 주억거렸다. 만족스러워하면서도 어딘지 모르게 씁쓸해하는 모습. 순수한 용종의 힘이 아닌, 다양한 기운이 뒤섞여 있으니 이제 탑 내에 순혈(純血)은 없다는 것을 깨달은 것이다.

연우의 한쪽 눈썹이 꿈틀거렸다. 비그리드가 흔들리려던 그때.

『발데비히라는 아이가 어떻게 이곳 미궁을 찾았는지는 나도 모른다.』

"……!"

연우의 손길이 뚝 하고 멈췄다.

칼라투스가 말해 준 적이 없다?

그런데도 찾아왔다는 뜻은 하나.

『정우가 오래전에 말해 준 것이겠지.』

"……."

『당시의 나는 잠에서 깬 지 얼마 되지 않았던 상태였다. 이 몸뚱이는 어디까지나 만약을 대비해서 만들어진 임시 조처였을 뿐이었으니.』

고룡 칼라투스가 생전에 바라던 소망은 한 가지.

자신의 실책으로 빚어진 종족의 사멸을 뒤집어, 용종의 인자를 다시 길이 남게 하는 것.

하지만 그런 소망은 동생이 죽으면서 요원해지고 말았고.

새로운 방책을 찾기 위해 라퓨타에 남겨 두었던 사념체가 깨어나게 된 것이다.

새로운 후예를 물색하기 위해서.

『그러던 차에 반거인, 그 아이가 찾아와서는 묻더군. 정우를 대신 수습해도 되겠느냐고. 몸이라도 고향으로 되돌려 보내 주고 싶다고 말이다.』

"……."

『해서 지구로 통하는 게이트를 열어 주었고…… 그렇게 장사를 치르고 난 뒤에는 다시 사라져 버렸다.』

빠득—

연우는 이를 악물면서 물었다.

"어디로 갔는지는 알 수 없습니까?"

『모른다. 내가 머물 수 있고, 감지할 수 있는 곳은 이곳 라퓨타가 전부이니.』

연우는 주먹을 꽉 쥐었다. 발데비히. 녀석은 대체 그동안 뭘 했던 것이고, 왜 마지막에야 기다렸다는 듯이 나타났던 걸까.

……

방금 전까지 미친 듯이 떨리던 회중시계도 다시 잠잠해졌다.

'걱정 마라. 그놈은 내가 어떻게든 찾아 줄 테니.'

연우는 회중시계를 가만히 쓰다듬으면서 작게 중얼거렸다. 언젠가 마주해야 할 녀석이긴 했지만. 이렇게 된 이상, 이번 일이 끝나면 곧바로 찾아 나서야 할 것만 같았다.

문제는 녀석의 종적이 묘연하다는 것. 탑 외 지역에 있는 나이트 워치를 시켜 봐도 번번이 돌아오는 대답은 '찾을 수 없음'이었으니.

그래도 라퓨타를 방문한 흔적은 있으니, 이를 토대로 행적을 되짚어 나가 보면 뭔가 알아낼 수 있으리라 생각했다.

연우는 칼라투스를 올려다봤다.

발데비히도 발데비히지만, 그보다 더 중요한 게 있었다.

"그럼 정우의 영혼은 어디에 있습니까?"

『원래 있을 곳에.』

원래 있을 곳?

연우의 눈살이 찌푸려졌다.

"그게 무슨……!"

『깊디깊은 심연의 늪. 어둠과 혼돈이 뒤섞이는 알. 수많은 존재가 깨어났다가 스러지는 곳. '그것'? 아니면 '그곳'? 하여간 이를 두고 지칭하는 말은 아주 많지만, 흔히 그렇게 부르곤 하지.』

칼라투스의 두 눈이 가늘게 좁혀졌다.

『공허. 혹은 칠흑.』

"……!"

그 순간.

우우우웅—

연우의 손목과 발목, 목을 감싸고 있던 칠흑왕의 형틀이 일제히 길게 몸을 떨었다.

금방이라도 떨어져 나갈 듯이. 통증이 느껴질 만큼 격한 진동이었나.

연우 역시 충격을 받긴 마찬가지였기 때문에, 자기도 모르게 버럭 소리치고 말았다.

"정우가 왜 그런 곳에……!"

『연어가 다 자라고 나면 고향으로 돌아가듯. 그대의 동생 또한 귀소 본능에 따라 원래 있던 곳으로 되돌아갔을 뿐이다.』

귀소 본능이라고?

『그대는, 그대에게 칠흑왕의 유산이 전해진 것이 과연 단순한 우연이라고 생각하는가? 그대의 동생에게 만통이라는 재능이 있어, 나의 간택을 받았던 것은?』

우웅, 우우웅―

진동은 더 거세져 갔다.

『그대와 그대의 동생은 양면을 이루는 거울이되, 떨어지지 못할……!』

칼라투스는 한창 말을 하다 말고 도중에 멈춰야만 했다.

우―

우우―

갑자기 이번에는 하늘에서부터 기다란 울음소리가 들렸다. 세상이 울리고 있었다. 라퓨타가 떨어질 듯이 요란하게 격동했다.

그리고.

콰직, 콰지직―

마치 달걀의 껍데기가 깨어지듯이. 단단한 결계로 둘러쳐져 있던 성채의 지붕에 금이 가기 시작하면서 그 사이로 검은 촉수가 안쪽으로 스멀스멀 들어오기 시작했다.

라퓨타를 집어삼키고자 하던, 기어 다니는 혼돈이 본격적으로 움직이기 시작했다는 증거였다.

칼라투스는 천장을 보다가 씁쓸하게 웃으면서 다시 연우에게로 고개를 숙였다.

『유예를 달라고 하였으나, 그새를 참지 못하는군. 더 길게 이야기를 나누고 싶으나, 이제 정말 나에게 주어진 시간이 얼마 없구나.』

"어딜 가려 하십니까! 아직 이야기가 덜 끝났……!"

『떠나기 전에 한 가지만은 말해 주마. 정우의 영혼을 되찾고 싶다면. 아니, 모든 것을 삼키는 그곳에 영혼이란 게 남아 있을지 모르겠지만. 그래도 되찾으려 한다면.』

칼라투스는 슬픈 눈빛으로 연우를 바라보았다.

『칠흑으로 되돌아가라. 그곳에 길이 있을지니.』

쩌거거걱—

쾅!

성채의 지붕이 부서지면서 촉수가 어느새 칼라투스에게로 닿아 가고 있었다.

『하지만 칠흑은 아직 격을 갖추지 못한 그대를 잡아먹을 수 있으니 만반의 준비를 갖춰야 할 것이다. 가는 길조차도 험난하겠지만.」

치직, 치지직—

촉수가 칼라투스의 사념체를 비집고 들어가면서 노이즈가 잔뜩 꼈다.

연우는 이대로라면 정말 칼라투스가 사라지겠다는 생각에 비그리드를 사선으로 거칠게 뿌렸다.

아직 칼라투스에게 다 전해 듣지 못한 말이 너무 많았다.

공허나 칠흑에 정우의 영혼이 있다는 말은 무엇이고, 거기로 향하는 길을 찾으라는 건 또 무슨 의미인가? 그 끝에는 칠흑왕이나 마성이 관련이 있는가?

있다면 당신은 어디까지 알고 있으며, 대체 그 방법이 무엇인지는 말해 주어야 하지 않는가!

수수께끼만 잔뜩 던져두고서 가는 건 절대 용납할 수 없었다.

[‘비그리드—???’가 숨겨진 진명, ‘듀렌달’을 개방합니다.]
[전승: 일도양단]

휘이이, 콰아앙—

비그리드에서 발출된 어마어마한 풍압에 불의 파도와 제 천류까지 섞이면서. 화염 폭풍이 라퓨타의 성체를 절반 이상 그대로 휩쓸어 내어 검은 촉수를 잘랐다.

화르륵—

불길이 넘실대며 촉수를 타고 위로 오르고자 했지만.

파스스.

불길이 묻은 검은 촉수는 사라지고, 대신에 그 자리에 더 많은 촉수들이 나타나 그대로 칼라투스를 칭칭 옭아매었다.

연우가 아무리 연거푸 비그리드를 휘둘러 봐도, 촉수는 사라지기는커녕 오히려 크기만 더 커져 나갔다.

어둠에 가려지기 직전, 칼라투스는 안타까운 시선으로 연우를 보며 외쳤다.

『부디, 정우와 내가 못다 이룬 소망을 이뤄다오……. 새로운 연자여. 클랜 하우스, 그곳을 찾아볼……!』

파스스—

칼라투스의 사념체가 모래성처럼 잘게 부서지면서 촉수 속으로 그대로 빨려 들어가 사라졌다.

우—

우우우—

기어 다니는 혼돈은 그것으로 만족한 듯, 촉수를 거둬들이면서 자신이 왔던 하늘 위로 다시 올라갔다. 여태 열권을 새카맣게 물들이던 우주적 존재가 자신이 왔던 곳으로 되돌아가려 하고 있었다.

"어딜 가!"

[네르갈과의 채널링이 복구되었습니다.]
[할파스와의 채널링이 복구되었습니다.]
[비마질다라와의 채널링이 복구되었습니다.]
......

[당신과 연결된 신들이 갑작스러운 상황을 확인하고자 합니다.]
[당신과 연결된 악마들이 당신이 맞서는 존재에 대해 경악합니다.]

[아가레스에게서 메시지가 도착했습니다.]
[메시지: 안 된다! 대체 무슨 일인지는 모르겠지만, 저건 건드려서는 안 돼!]
[아가레스에게서 메시지가 도착했습니다.]
[메시지: 내 말 들······!]

[사용자의 권한에 따라 메시지가 차단되었습니다.]

미궁을 뒤덮던 저주의 주체인 칼라투스가 사라지면서 채널링이 복구되기 시작했다.

연우는 그런 채널링을 하나로 묶어 날개를 활짝 펼쳤다.

[권능 전면 개방]

연우의 등에 매달려 있던 불의 날개와 용의 날개가 뒤섞이면서 검은색으로 빛나는 세 쌍의 날개, 하늘 날개로 변했다.

연우는 그대로 하늘을 향해 날아오르면서 자신이 보유하고 있던 모든 스킬과 권능을 난사했다. 칼라투스를 두고 가라는 무언의 시위였다.

퍼버버벙—

하지만 일렁이는 어둠에 자그마한 구멍만 숭숭 뚫릴 뿐. 기어 다니는 혼돈은 이미 존재의 대부분을 게이트 너머로 넘긴 채 사라지고 있었다.

"제기라아아알!"

연우는 드래곤 하트와 현자의 돌을 극한까지 쥐어짜며 비그리드를 위로 그었다. 불의 기둥이 높다랗게 치솟으면서 라퓨타의 거대한 성채를 모두 불사르는 것으로도 모자라, 하늘을 절반으로 갈라 버렸다.

거기서 퍼져 나온 불씨들이 다시 연쇄 폭발을 일으키면서 스테이지를 가득 물들였다.

그리고 그런 먹구름 사이로. 자그마한 눈동자가 살짝 나타나 연우를 응시했다.

순간 어떻게 말로 표현할 수 없는 너무나 많은 언어와 정보가 쏟아졌고.

용의 사고 체계는 그것을 이렇게 이해했다.

칠. 흑.
아. 직.
아. 니. 다.

우우우—

기어 다니는 혼돈은 그렇게 게이트 너머로 완전히 자취를 감추고 말았다.

이제 미궁의 중심부에는 불길로 타오르는 라퓨타만 남아 있을 뿐. 하늘은 창연한 색으로 빛나고 있었다.

"……."

연우는 이를 바득 갈았다.

또였다.

타르타로스에서도. 36층에서도.

대지모신과 올포원에게 농락당한 데에 이어, 또다시 초월적인 존재에게 당하고 만 것이다.

동생과 관련된 일은 깊이 파면 팔수록 이해할 수 없는 것 투성이었고, 그마저도 초월자들에 의해 아무것도 할 수 없게 다 가로막혀 있었다.

이대로 녀석을 보내야만 하는 걸까?

아니다.

연우는 자신에게 아직 방법이 남아 있다는 것을 알 수 있었다. 현자의 돌 속에서 꿈틀대고 있는 것.

"마성."

『……』

"보고 있는 것 다 알아. 도와줘. 제발."

『……』

"……제기랄!"

하지만 연우의 바람과 다르게 마성은 꿈쩍도 않았다. 이 일은 자기아 진혀 부관하다는 듯이.

연우는 무력감에 주먹으로 바닥을 거세게 내리쳤다. 역시 남아 있는 건, 초월을 이루는 방법뿐인 걸까.

그때.

츠츠—

연우 옆으로 공간이 열리면서 부가 나타났다.

기어 다니는 혼돈을 조사하겠다고 나선 그도 신체 곳곳이 파훼되고, 마력이 훼손되는 등 큰 부상을 입은 상태였다. 하지만 부의 커다란 손에는 금색으로 빛나는 눈이 있었다.

「기어. 다니는 혼돈. 의. 체내에서. 뽑. 은. 칼라투스의. 눈. 입니다. 이것. 이라면…….」

대체 언제 이런 일을 해냈던 걸까.

"너?"

「칠흑. 으로. 가는 길을. 여셔야. 합니다.」

부는 그 말만 남기고 조용히 던전 속으로 사라졌다. 큰 부상을 입어 자가 치료가 시급했기 때문이었다.

연우는 그가 남긴 칼라투스의 눈을 꽉 쥐면서 칠흑왕의 권능을 발현시켰다.

세 개의 형틀은 여전히 크게 진동하고 있었다.

['사자 소환'이 발동되었습니다.]
[누구를 소환하시겠습니까?]

"칼라투스."

칼라투스의 황금색 눈이 확 하고 흩어지면서 허공으로 떠올랐다.

그리고.

[사용 지정된 물건은 '감염'된 상태입니다.]
[소환하신 대상을 찾을 수가 없습니다.]
……

[소환하신 대상의 정보에 원인을 알 수 없는 영향이 미쳐 그와 비슷한 존재를 물색합니다.]

['기어 다니는 혼돈'에 감염된 '혼돈의 마룡' 칼라투스가 강제 소환됩니다.]

그 순간.

콰콰콰—

라퓨타를 비롯해 미궁의 중심부를 이루던 심상 결계와 용의 미궁을 감싸던 저주 전체가, 폭주하고 말았다.

＊　　　＊　　　＊

쾅!

왈츠는 앞으로 쭉 내뻗었던 주먹을 천천히 거둬들였다. 암경(暗勁)을 발출하고 난 뒤, 그녀의 주먹 끝에서는 새하얀 연기가 스멀스멀 올라오고 있었다.

푸스스―

[가디언 '화수길'을 성공적으로 처치하였습니다.]
[용의 저주에서 일부 해방됩니다.]

"봐도 봐도 대단하군. 외뿔부족의 무공과 용종의 마법이라…… 여름여왕이 후계자는 잘 뒀어."

대주교는 길을 개척하는 왈츠의 뒷모습을 보면서 쓰게 웃었다.

처음 왈츠를 마주쳤을 때. 대주교는 동주칠마왕의 힘을 깨워야 하나 아주 진지하게 고민했다. 천마와의 채널링이 끊어진 당시로서는 왈츠가 덤빈다면 힘에 부칠 것이라고 생각했기 때문이었다.

하지만 왈츠는 아무래도 상관없다는 듯, 그와 주교를 한 차례 훑어보더니 오히려 같이 다니지 않겠냐고 제안했다.

아직 휴전 협정은 유효하며, 미궁에 무엇이 숨어 있을지 모르니 자신의 수하들을 찾을 때까지만이라도 힘을 합치자는 것이었다.

대주교로서도 전혀 나쁠 이유가 없기 때문에 동의를 한 것인데.

지금 와서 보니, 왈츠는 사실 전혀 그들의 도움을 필요로 하지 않는 듯싶었다.

'미궁의 비밀을 풀어냈다고 하더니 정말이었어. 가디언들을 부수고 난 뒤에 생기는 조각들. 저것을 모으면 되는 것이었나.'

칼라투스의 이 조각을 모으면 모을수록, 여태 단단히 억눌려 있던 왈츠의 힘도 돌아오는 것 같았다.

'거기다 길도 이제 어느 정도 짐작하는 것 같고.'

대주교는 아직 이 복잡하기만 한 미로의 길을 찾는 방법을 몰랐지만, 왈츠는 그것도 어느 정도 짐작을 한 것 같았다. 대주교로서는 용종의 마법을 이용한 것이 아닐까 하고 짐작하는 게 전부일 뿐.

어쨌거나, 대주교는 크게 힘을 들이지 않고 왈츠의 도움을 빌려 계속 미궁의 중심부로 이동했고.

그동안에 지나친 수많은 석실에서 수하들을 여럿 찾아 재규합할 수 있었다.

그래 봤자 데리고 왔던 전력 중 7할 이상이 이미 당하거나 실종되어 궤멸에 가까운 타격을 입은 상태였지만.

그래도 이 정도면 미궁의 난이도를 생각했을 때 나쁜 결과는 아니었다.

더군다나 우연히 마주쳤던 여러 플레이어들도 속속 무기를 버리고 투항하기 바빴으니.

어느새 왈츠의 뒤를 따르는 무리는 금세 숫자를 불리면서 백여 명으로 늘어나 있었다.

'어쩌면 화이트 드래곤은 이번 위기를 계기로 입지를 더 탄탄히 다질 수 있을지도.'

이것만큼 여러 플레이어들에게 그녀에 대한 인식을 확실하게 박아 두는 방법도 없을 테니.

'나 역시도 열쇠를 찾아야 할 터인데.'

대주교의 두 눈이 깊게 가라앉았다. 다행히 동주칠마왕의 힘을 조금씩 돌리기 시작하면서, 그 역시 끊어졌던 채널링이 아주 조금씩 복구되는 중이었다. 그 뒤에는 이딴 일을 저지른 연우를 찾아야겠다는 생각밖엔 들지 않았다.

콰르르—

그때. 계속 앞으로 나아가던 왈츠가 처음으로 걸음을 멈췄다. 아무것도 없는 빈 허공을 응시하는 그녀의 모습에, 뒤를 따르던 플레이어들도 뭔가 있나 싶어 엉겁결에 위를 쳐다봤다.

왜 그러는지 대주교가 물어보려는 순간.

"깨어났어."

왈츠가 먼저 중얼거렸다.

대주교가 섬뜩한 느낌을 받으며 물었다.

"무엇이 말인가?"

"미궁의 주인."

그 말이 끝나기 무섭게.

쿠쿠쿠—

미궁이 위아래로 크게 격동하기 시작했다.

대주교는 자신을 둘러싼 모든 감각이며 동주칠마왕의 모든 힘들이 요동치는 걸 느낄 수 있었다.

『하! 하하! 여기서도 이따위를 느끼게 될 줄이야!』

『이런…….』

『역시 칠흑이군. '열쇠'를 되찾기가 이렇게 힘들어서야.』

『기어 다니는 혼돈이라.』

동시에 분명히 끊어졌던 채널링이 조금씩 돌아왔다. 노이즈가 잔뜩 껴서 내용을 제대로 알아들을 수는 없었지만. 그건 분명히 동주칠마왕의 목소리였다.

하지만 마왕 중 한 명의 목소리만은 너무나 말끔하게 들렸다.

『피해라.』

우두머리, 우마왕의 목소리였다.

"모두 자세 숙……!"

대주교는 뭐라고 소리를 치려다가, 뒤늦게 이미 늦었다는 것을 깨닫고 양손을 크게 합장하면서 마력을 사방으로 고루 뿌렸다. 근원이 뒤섞인 결계가 팽창하며 수하들을 감쌌다.

그리고.

콰아앙!

갑자기 엄청난 소리와 함께 미궁이 그대로 폭발했다.

콰르르르―

"미, 미궁이 무너진…… 크아악!"

"이게 뭐야! 으아아악!"

미궁에 들어와 한창 유물을 물색하고 있던 이들로서는 날벼락이나 다름없는 일이었다.

무너지는 벽과 쏟아지는 토사에 대부분의 플레이어들이 휩쓸리거나, 그대로 생매장되는 가운데.

혼란한 마력의 격류 속에서 능력이 좋은 플레이어들은 재빨리 스크롤과 아티팩트를 사용해서 탈출을 시도하기도 했다.

쿠쿠쿠!

워낙에 넓은 규모를 자랑하던 미궁의 붕괴이다 보니, 격동은 스테이지 전체로 퍼져 나갔다.

"이게 무슨……!"

미궁의 소문을 듣고 갓 입장하려던 플레이어들은 물론.

"제기랄! 일제히 부유 마법을 전개해라! 스테이지가 이상하다!"

용의 신전을 방문하며 시련을 진행 중이던 세미 랭커들도.

"독식자, 이놈은 또 무슨 짓을 한 거지?"

폐허가 되다시피 한 35층의 소문을 들은 바가 있던 랭커들은 재빨리 신전에서 물러서기 시작했다.

하지만 노면이 갈라지고 땅거죽이 뒤집히는 등, 엄청난 규모로 이뤄지는 지진은 수많은 인명을 살상 및 실종시키면서 계속 커져만 갔고.

우우우―

끝내 수십 킬로미터에 달하는 지면이 내려앉은 자리 위로, 거대한 그림자가 나타나 포효를 내질렀을 때.

플레이어들은 모두 충격에 잠기고 말았다.

크롸롸롸!

분명히 사멸했다고 알려진 용이, 그것도 아주 거대한 크기를 자랑하는 용이 서서 크게 포효를 하고 있었다.

[타락한 용왕, 칼라투스가 출현하였습니다!]

[칼라투스의 의지에 따라 50층 전체가 용의 권역으로 지정됩니다.]
[스테이지 전체에 '용의 저주'가 내려옵니다.]
['용의 저주'가 '기어 다니는 혼돈'의 영향을 받아 강화됩니다.]
['용의 저주'가 '기어 다니는 혼돈'의 영향을 받아 추가됩니다.]
……

[모든 플레이어들의 채널링이 차단되었습니다.]
[모든 능력이 하향되었습니다.]
[모든 내성이 하향되었습니다.]
……

미궁에 한정되었던 마룡 칼라투스의 저주는 금세 스테이지 전체를 가득 채웠다.

하늘이 잿빛으로 물들었다. 스테이지를 구성하고 있던 법칙이 모두 잠금 처리되면서 채널링과 권능, 스킬들에 일제히 악영향이 끼쳤다.

"이, 이게 무슨……!"

"말도 안 돼!"

가뜩이나 지진에서 겨우겨우 몸을 피했던 플레이어들로서는 날벼락이나 다름없는 일이었다.

그리고 그들의 망막 위에 공통된 메시지가 떠올랐다.

[50층, '용의 신전'에 입장한 모든 플레이어들에게 공통적으로 서든 퀘스트가 제공됩니다!]

[네임드 보스 몬스터, '타락한 용왕, 칼라투스'를 사냥하십시오.]

[퀘스트 / 킬 더 드래곤]

내용: 고룡 칼라투스는 과거에 잃어버렸던 자식, 우발라를 되살리기 위해 타계의 신인 '기어 다니는 혼돈'과 계약을 맺은 전적이 있습니다.

그는 '기어 다니는 혼돈'을 통해 얻은 지식을 바탕으로, 신성을 얻어 초월을 이루면 소망에 가까워질 수 있다는 사실을 깨닫고, 탑을 오르고자 하였습니다.

하지만 그는 77층을 지키고 있던 올포원에 가로막혀 등반에 실패했습니다. 이에 반발해 모든 종족을 이끌고 전쟁을 시작하였으니, 이것이 훗날 2차 용살 대전이라 불리는 대전쟁의 서막이었습니다.

그러나 2차 용살대전마저도 용종의 사멸이라는 끔찍한 결과를 맞이하고 말았고, 겨우 목숨만 부지한 칼라투스는 옛 거처였던 미궁으로 돌아와 과거의 선택을 후회하며 죽을 날만을 기다려야만 했습니다.

그리고 '후예'만을 남겨 둔 채, '기어 다니는 혼돈'과의 계약에 따라, 영혼을 대가로 내놓고 말았습니다. 위대했던 마지막 용왕이 타계의 신에 오염된 것입니다.

그리고 지금, 바로 그 용왕이 알 수 없는 이유로 소환되었습니다.

오염된 상태라고 하지만, 그래도 남아 있는 일말의 정신은 자신의 마지막 안식처였던 미궁이 침입자들에 의해 더럽혀지고, 선조들의 위패를 모신 신전이 제 기능을 상실한 것에 분노하고 있습니다.

지금부터 칼라투스는 자신의 안식을 방해한 자들에게 응징을 가하고자 합니다.

그리고 그가 크게 날뛸수록, '문'이 되어 배후에 있을 '기어 다니는 혼돈'의 탑 내 영향력도 커지게 될 것입니다.

현재 스테이지는 칼라투스의 영역이 되어 외부로의 탈출도, 지원도 불가능한 상태입니다.

남아 있는 전력과 자원을 이용해 대재앙이 된 그로부터 살아남거나, 다 같이 힘을 모아 용의 저주를 극복하고 퇴치에 성공하십시오.

제한 조건: 50층의 플레이어

제한 시간: 72시간

성공 시:

1. 칭호 '용 대적자(對敵者)'

2. 공헌도에 따른 차등 보상

실패 시:

1. 50층 구획 폐쇄

2. 층계 이동 불가

3. 참여 플레이어 전원 사망

"…… '대재앙'이라. 미친 난이도로군."

탁!

대주교는 수하들과 함께 스테이지 끝자락에 멀찍이 착지

하며 가볍게 혀를 찼다.

대재앙(大災殃).

흔히 돌발적으로 진행되는 퀘스트 중, 그 스테이지 내에서 해결하기가 거의 불가능에 가까운 난이도의 퀘스트를 가리킬 때 쓰는 말이었다.

연결되는 것 같았던 동주칠마왕과의 채널링도 다시 차단된 상태.

외부로의 탈출도, 지원도 불가능한 상태에서. 그나마 남아 있는 힘마저 모두 앗아 가고 나면 저런 놈을 어떻게 사냥하라는 건지.

"여럿 죽어 나가겠군."

이미 3할가량은 죽은 듯하지만.

대주교의 두 눈이 깊게 가라앉았다.

저 멀리.

칼라투스가 양 날개를 활짝 펼치면서 하늘로 날아오르고 있었다.

대규모 레이드의 시작이었다.

*　　　*　　　*

탁!

연우는 스테이지 끄트머리에 위치한 절벽에 조용히 착지하면서 이를 악물었다.

'설마…… 사념체가 아니라 진짜 칼라투스가 나타날 줄은.'

결론부터 말하자면.

사자 소환은 실패였다.

그가 만나고 싶었던 것은 비밀을 알고 있는 칼라투스의 사념체였지, 기어 다니는 혼돈에 이미 잡아먹힌 지 오래인 칼라투스의 본체가 아니었다.

「추하군. 저것이, 그래도 한때 위대했던 일족을 이끌었던 왕이라는 작자의 몰골이라니.」

어느새 연우의 옆에는 검은 머리칼을 길게 늘어뜨린 여름여왕이 나타나, 비웃음을 던지고 있었다.

용종이 사멸했던 2차 용살대전이 발발했던 당시 아주 어렸기에, 막연하게 칼라투스를 위엄 넘쳤던 왕으로만 기억하고 있던 그녀로서는.

지금 칼라투스가 보이는 모습이 너무나 추하게만 느껴졌다.

용으로서의 품위를 지켜도 모자랄 판국에. 덩치만 클 뿐, 자아도 제대로 갖추지 못한 것 따위에 구속되어 저딴 식으로 영락하고 만 꼴이라니.

그녀도 자식을 아홉이나 두었었다지만.

도저히 칼라투스의 심정 따위는 이해할 수도, 딱히 이해하고 싶지도 않았다.

"사랑으로 낳은 것과 너처럼 필요로 만든 것을 동등한 선상에 두면 안 되니까."

그때. 연우가 고요한 눈빛으로 여름여왕을 빤히 바라보았다.

여름여왕은 팔짱을 끼면서 가볍게 코웃음을 쳤다.

「숙녀의 머릿속을 함부로 탐하다니. 참으로 예의 따윈 눈을 씻고 봐도 찾을 수 없는 무뢰배로구나.」

샤논 등처럼 강하지는 않아도, 연우와 여름여왕 사이에도 어느 정도 연결 고리가 이어져 있어 서로 간의 생각을 공유할 수가 있었다.

그리고 여름여왕은 자신의 생각을 드러내는 데 전혀 주저함이 없었다.

마치 엿볼 테면 엿보라는 듯이.

오만하고, 불손하던 그녀의 성정을 생각해 본다면 당연한 태도였다.

하지만 연우는 그런 여름여왕을 더 이상 상대할 필요가 없다는 듯, 고개를 다시 칼라투스 쪽으로 돌렸다.

이미 말한 대로, 아마 여름여왕은 평생을 가도 모를 테니. 더 길게 말을 이어 나갈 필요가 있을까.

연우는 마지막까지 자신의 손을 붙잡으며 동생을 찾으라고 신신당부하시던 어머니의 모습을 떠올리다가, 천천히 눈을 크게 떴다.

[용신안]

용의 눈을 활짝 열자, 화안금정과 현인의 눈이 동시에 연결되어 수많은 색채를 시야에 담았다.

크롸롸롸—

칼라투스가 드높은 상공으로 날아올라 검은 브레스를 내뿜고 있었다.

독기와 산성, 그리고 저주 등이 뒤죽박죽 섞인 브레스.

플레이어들은 이에 아랑곳하지 않고, 갖가지 화려한 스킬 이펙트를 터뜨리면서 칼라투스를 사냥하기 위해 달려가는 중이었다.

눈치가 빠른 이들은 퀘스트창에 떠올랐던 '차등 보상'이 용종의 유산이라는 사실을 이미 눈치챈 것이다.

그리고 능력이 디버프를 먹었다고 해도, 이렇게나 많은 거대 클랜과 랭커, 세미 랭커 등이 있는데 설마 칼라투스 하나를 잡지 못하겠냐는 막연한 기대도 있었다.

하지만.

연우의 눈에는 그 모든 것이 허무한 병정놀이로만 보였다.

남들의 눈에는 보이지 않겠지만. 그의 눈에는 칼라투스의 몸뚱이 위로 솟은 검은 촉수들이 하늘로 이어지는 게 보였다. 기어 다니는 혼돈이 칼라투스의 육체를 빌려 탑에 직접 관여를 하고 있단 뜻이었다.

'제한 시간을 72시간으로 둔 건, 권역 지정이 스테이지를 장악할 수 있는 최대의 시간이기 때문이겠지. 그 뒤에는…… 올포원이나 관리국도 개입을 할 수밖에 없다.'

기어 다니는 혼돈의 시종이 된 칼라투스를 올포원이 내버려 두지 않겠지.

'하지만 그래서는 모든 게 끝장나.'

칼라투스를 사냥해야 하는 플레이어들과 다르게, 연우는 어떻게든 칼라투스를 기어 다니는 혼돈으로부터 빼앗아 와야만 하는 입장이었다.

「도와주랴?」

그때. 여름여왕이 연우의 생각을 읽고 피식 웃으면서 물었다. 명백한 비웃음.

「그래도 명색이 마지막 남은 용이라 불렸던 이 몸이다. 타종(他種)에게는 절대 가르쳐 줄 수 없었던, 비밀이나 약점 따위도 아주 많이 알고 있지.」

혹할 수밖에 없는 말.

샤논 등과 달리, 여름여왕은 구속력이 약해 연우가 어떻게 강제할 수가 없었다. 그런 그녀가 직접 나선다면 큰 도움이 될 테지만.

"방해 말고, 꺼져."

「하하하! 역시 그대는 재미있는 인간이로다. 만약 도와달라고 했다면 바로 이 자리에서, 내 손으로 죽였을 텐데 말이야.」

여름여왕이 붉은 입술을 혀로 핥으려는데.

스륵—

연우 앞으로 부가 나타나 으르렁거렸다.

「죽고. 싶. 은가.」

「나서지 말고 찌그러져라, 잡것. 어디서 종놈 따위가 함부로 끼어드느냐.」

"둘 다 그만."

연우는 부와 여름여왕의 신경전을 무시하고 천천히 자리에서 일어났다.

칼라투스를 기어 다니는 혼돈에게서 빼앗는다니. 남들이 들었다면 미친 짓이라고 하겠지만.

'아예 방법이 없는 건 아니지.'

연우는 바토리의 흡혈검이 맺힌 왼손을 만지작거리면서

시선을 다른 쪽으로 돌렸다.

"용이다, 진짜 용이다아! 꺄하하하! 고기! 고기를 내놓아라!"

그곳에는. 식탐황제가 그린 드래곤과 블랙 드래곤의 수장들을 상대하다 말고, 갑자기 칼라투스 쪽으로 방향을 꺾어 와락 달려들고 있었다. 반쯤 눈이 돌아간 채로, 군침을 질질 흘리면서.

이미 이성이 반쯤 날아간 듯 보였다.

녀석의 배 속에서. 식탐의 돌이 마구 요동치고 있었다. 아무래도 용의 저주가 작동하면서 그동안 식탐의 돌을 강제로 옥죄고 있던 봉인이 일부 풀린 모양이었다.

'저걸 이용한다면⋯⋯.'

연우의 두 눈이 깊게 가라앉았다.

그리고 생각이 끝난 순간.

"우발라."

작은 요정, 우발라를 불렀다. 녀석이 작게 고개를 끄덕였다.

『뜻대로 하세요. 이미 당신은 미궁과 라프텔의 새로운 주인이시니까요.』

"고맙군."

연우는 절벽 아래로 손을 뻗었다. 그러자 우발라로 연결되는 라프텔의 모든 시스템이 작동, 미궁이 폭발하면서 스테이지 곳곳으로 흩뿌려졌던 칼라투스의 이 조각들이 저절로 호응해 허공으로 둥실 떠올랐다.

칼라투스의 이 조각들은 우발라를 따라 돌개바람을 그리다가, 중심으로 합쳐졌다. 구체 안쪽으로 우발라가 들어가면서 조용히 눈을 감았다.

철컥, 철컥―

[히든 퀘스트(저주 항마력 Ⅰ)를 성공적으로 달성하였습니다.]
[보상으로 '용의 축복'을 받았습니다.]

[연계 퀘스트(저주 항마력 Ⅱ)와 연계 퀘스트(저주 항마력 Ⅲ)을 순서대로 완수하였습니다.]
[누구도 쉽게 이루지 못할 업적을 달성했습니다. 추가 공적치가 제공됩니다.]
[공적치를 100,000만큼 획득했습니다.]
[추가 공적치를 200,000만큼 획득했습니다.]
[보상으로 '용의 축복'이 강화되었습니다.]
[추가 보상으로⋯⋯]

[아티팩트 '용근(龍根)'이 완성되었습니다.]

연우의 손에 네모난 칩이 떨어졌다. 우발라는 미궁의 메인 프로세서. 따라서 이것으로부터 인정을 받고, 완전히 습득하는 것이야말로 미궁을 정복해 '용의 후계'가 되는 퀘스트 진짜 과정이었다.

연우는 용근을 오른쪽 손등에다 밀어 넣었다. 살갗이 살짝 찢어졌지만, 용근은 피부 속으로 고스란히 스며들면서 아트만 시스템에 안착, 사고 회로와 순환 체계를 보조하기 시작했다.

용의 방대한 정신 체계는 아직 인간의 정신을 크게 벗어나지 못한 연우가 완전히 감당할 수 없는바. 용근은 이것을 보조해 효율을 증대시키기 위해서 만들어진 칼라투스의 안배였다.

그리고.

[연계 퀘스트(저주 항마력 Ⅳ)을 성공적으로 완수하였습니다.]
['용의 축복'이 강화되어 모든 '용의 저주'로부터 해방되었습니다.]
[모든 채널링이 복구되었습니다.]

......

[모든 능력이 복구되었습니다.]

[모든 내성이 복구되었습니다.]

[모든 권능이 복구되었습니다.]

연우만이 유일하게 스테이지 내에서 칼라투스의 저주로부터 해방될 수 있었으니.

[5차 용체 각성]

[권능 전면 개방]

연우는 마지막까지 남아 있던 채널링을 활짝 열어 하늘 날개를 있는 힘껏, 그 어떤 때보다 크게 펼쳤다.

'여기에 있는 아홉 왕은 총 다섯.'

왈츠, 탐, 마그누스, 대주교, 그리고 식탐황제.

'오늘, 그중 최소 둘은 죽인다.'

검고 붉은 세 쌍의 날개가 불길처럼 퍼져 나가 하늘을 가득 물들였다.

그리고 그것을 앞으로 쭉 뻗은 손을 따라 실타래처럼 하나로 엮으면서.

[‘비그리드—???’가 숨겨진 진명, ‘아론다이트’
를 개방합니다.]
　　[전승: 화룡 참살]

　연우는 비그리드를 거세게 아래로 내리쳤다.

　수십 수백 개의 불벼락이 뒤섞인 불의 기둥이, 하늘에서
부터 지상으로 내리꽂혔다.

　　　　　＊　　　＊　　　＊

　“용 고기, 용 고기를 내놓아라……! 용 고기이이!”

　“페…… 하! 쿨럭!”

　티르빙 공작은 저 멀리 사라지는 식탐황제를 보면서 피
를 울컥 토해 냈다.

　무너지는 미궁 속에서도 어떻게든 주군을 구해야 한다는
일념 하나로 식탐황제를 겨우 찾았을 때부터.

　식탐황제는 이미 반쯤 눈이 뒤집혀 있는 상태였다.

　티르빙 공작은 그게 무엇을 의미하는지 잘 알고 있었다.

　이따금 전투가 길어져 열량이 부족해지면 나타나는 현
상. 허기와 갈증을 심하게 느끼고, 이것이 심해질수록 식탐
황제의 광기도 그만큼 비례해서 커졌다. 이때의 식탐황제

는 뚜언띠엔 공작이 나서도 절대 막지 못했다.

눈에 보이는 건 무엇이든 닥치는 대로 삼키고자 하는 그 광기는 적아를 가리지 않기 때문이었다.

실제로 화이트 드래곤과의 전쟁에서도 백작 두어 명을 제물로 내놓아야 했다.

그러다 허기를 어느 정도 충족하고 나면 이성이 돌아왔으니. 그때마다 식탐황제는 죄책감에 잠겨 땅을 치고 후회했다.

하지만.

오늘은 뭔가 평소와 달라도 너무 달랐다.

이미 식탐황제가 먹어 치운 병사의 수가 몇이며, 적군의 머리가 몇 개던가.

그런데도 식탐황제는 이성을 되찾지 못하고, 한창 그린 드래곤의 세 수장들을 몰아붙이다가 칼라투스가 나타나자 곧장 그쪽으로 발길을 돌렸다.

용 고기라는 단어를 주문처럼 연신 되뇌면서.

티르빙 공작은 어떻게든 그런 식탐황제를 말려 보려 했지만, 오히려 왼쪽 팔만 뜯기고 말았다.

'이대로는 위험하다……!'

그래도 본능적으로 어떻게든 다시 일어나, 주군의 이성을 되찾게 해야 한다는 생각이 자꾸 들었다.

이미 독식자의 농간으로 미궁에서 병력의 8할 이상이 날아간 상태. 여기에 스테이지를 권역으로 삼는 칼라투스까지 나타난 이상, 전멸까지 각오해야 하는 상황이다. 어떻게든 병력을 추슬러 대책을 강구해야 했지만, 식탐황제의 상태가 저래서야 그러기도 힘들 것 같았다.

결국 남은 방법은 하나.

'폐하를 지켜야만 한다.'

어차피 제한 시간 동안 스테이지를 빠져나가기란 요원하니, 식탐황제를 보호하다가 뒤로 빠지는 것이 최선이었다.

"폐하를…… 보호하라!"

"전군, 진군하라!"

"용을 사냥하여! 우리의 용맹함을 탑의 떨거지들에게 보여 주자!"

티르빙 공작의 외침에 따라 혈국의 병사들이 전열을 다지면서 다시 뛰어가는 동안.

크롸롸롸—

칼라투스가 목을 뒤로 크게 젖히더니 브레스를 거칠게 내뿜었다.

저주와 독기로 범벅이 된 브레스는 지면을 거칠게 휩쓸면서 감히 자신에게 덤비려는 대적자들을 한꺼번에 쓰러뜨렸다.

하지만.

바로 그 위로 덤비는 자들이 있었으니.

콰콰쾅—

칼라투스라는 거대한 보스 몬스터 앞에서 일시적으로 연합을 구축한 '왕'들이었다.

"마(魔)에 물든 용이라니. 자신을 잃어버린 것만큼 추한 것도 없소. 그대가 있던 대지로 돌아가시오, 위대한 용이여!"

드높은 상공에서. 마그누스가 착잡한 시선으로 칼라투스를 내려다보면서 합장하던 손을 활짝 풀었다. 초월종과 지고종의 후예를 자처하는 엘로힘의 수장으로서, 칼라투스가 지금 겪고 있는 모습이 너무나 안타까웠던 것이다.

어떤 신화를 품고 있는지조차 알 수 없는 타계의 신 따위는 엘로힘이 가장 경멸하는 존재들이었고.

그런 이들에게 영혼이 사로잡힌 칼라투스를 어떻게든 해방시켜 주고 싶었다.

파라락—

그렇기에. 마그누스가 풀어내는 스킬은 다른 어느 때보다 강렬했다.

지금은 사멸한 거인족은 과거 타고난 전사로서, 그들의 전의가 타오를수록 세상을 집어삼키는 불길도 거칠어졌다고 하니.

〈거신함의(巨神含意)〉. 마그누스는 양손을 앞으로 쭉 내뻗었다. 옷자락이 깃발처럼 펄럭대면서 강렬한 파동이 벼락처럼 내리꽂혀 칼라투스의 왼쪽 날갯죽지를 길게 자르고 지나갔다.

크아아아!

칼라투스는 아래쪽으로 브레스를 쏟아 내다 말고, 끔찍한 고통에 거대한 몸뚱이를 옆으로 돌렸다. 그의 비행은 날개가 아닌 마법으로 이뤄지는 것이라 추락하는 일은 없었지만, 그래도 자신에게 위해를 끼친 벌레를 어떻게든 잡고자 했다.

그때가 바로 빈틈이었으니.

다른 '왕'들도 바로 이때를 놓치지 않았다.

"고기! 맛있는 용의 고기다! 크하하!"

식탐황제가 어느새 광기를 줄줄 흘리면서 칼라투스의 바로 앞까지 나타난 것이다.

비록 칼라투스에 비하면 너무나 초라하고 작은 크기였지만. 식탐황제가 발산하는 기세는 절대 그에 못지않았다. 배 속에 담아 둔 식탐의 돌이 기승을 부리면서 보라색 기운이 모공 밖으로 새어 나와 넘실대고 있었다.

"이것만 먹는다면! 이것만 내 것으로 만들 수 있다면 이 돌도 완전히 내 것이 될 것이다아!"

와그작!

식탐황제의 입술이 귀까지 쭉 찢어지더니 칼라투스의 오른쪽 다리를 깨물었다. 보라색 기운이 맺힌 송곳니는 단단한 비늘을 관통하는 것으로도 모자라, 마치 맹수가 사냥감을 물어뜯듯 우악스럽게 오른쪽 다리를 본체에서부터 강제로 분리시켰다.

"고기, 고기이! 하하하하하!"

크아앙!

콰르르르, 쿠쿠쿠—

왈츠는 〈백보신권(百步神拳)〉을 전사경으로 풀어냈다. 원거리에 있는 적에게 막대한 일격을 먹이는 격산타우(隔山打牛)의 묘리가 극에 달한 무공. 여기에 힘을 한 지점에 집중시키는 〈헤느리파의 송곳〉이라는 마법까지 접목되자, 칼라투스의 왼쪽 눈이 그대로 박살 났다.

마치 송곳으로 찌른 것처럼 뒤통수에도 커다란 바람구멍이 생겨나고.

그 위로 본체로 현신한 탐이 내려오면서 우악스러운 이빨로 칼라투스의 반쪽 머리를 뜯어 버리니.

크아아아—

단번에 얼굴의 절반이 날아간 칼라투스는 고통에 몸부림 쳤다.

마법이 마구잡이로 난사되었지만, 눈먼 포격에 휩쓸리는 멍청한 플레이어들만 있을 뿐. 아홉 왕들에게는 이렇다 할 타격을 전혀 주지 못했다.

그들은 용의 저주에 단단히 묶여 있는데도 불구하고, 왜 자신들이 아홉 왕이라 불리는지 보여 주겠다는 듯.

그리고 어째서 탑의 정점에 군림하고 있는지를 확인시켜 주려는 듯, 과감하게 자신들의 시그니처 스킬을 풀어내면서 칼라투스의 날개와 손발을 잘라 나갔다.

이 모든 게 가능했던 것은.

아무리 칼라투스가 위대한 마지막 용왕이었다고 해도, 수천 년이 지난 만큼 플레이어들의 평균 능력치가 발달했기 때문이기도 했고.

칼라투스가 기어 다니는 혼돈에 이성을 빼앗기면서 제대로 된 사고 판단이 안 되기 때문이기도 했다.

그리고 여러 왕들의 합공에 당하는 칼라투스의 마지막을 장식하려는 듯.

"이런 짓은 되도록 안 하려 했지만."

대주교는 체내에 잠재된 동주칠마왕의 힘을 격발, 마령으로 화려하게 태워 올리면서 72선술을 과감하게 뿌렸다.

"어쩔 수 없지. 조금 무리라도 할 수밖에."

한 손가락에 하나씩, 서로 다른 광망이 맺혔다. 발현한 선술은 〈뇌(雷)〉, 〈폭(爆)〉, 〈파(破)〉, 〈열(裂)〉, 〈소(燒)〉. 총 5개였다.

선술 하나하나에 일반적인 스킬을 능가하는 힘이 담겼다는 것을 감안한다면 말도 안 되는 짓이었다. 전대 대주교, 검은 새벽도 최대 4개가 한계였지만.

콰르르릉!

대주교는 어떻게 자신이 검은 새벽과 옛 주교들을 모두 죽일 수 있었는지를 증명하려는 듯, 손을 거세게 아래로 내리쳤다.

하늘에서부터 수십 수백 줄기를 뒤섞은 듯한 거대한 벼락이 떨어졌다.

마치 하늘의 장수가 칼날로 내리그은 것처럼 거대한 벼락이 칼라투스를 직격하고, 폭발하면서 단번에 불길이 녀석을 집어삼켰다.

크아아! 크아아앙!

칼라투스는 불길을 어떻게든 꺼트리고자 갖가지 마법을 사용해 봤지만, 오히려 그럴수록 불길은 더 거칠게 타오르며 칼라투스를 좀먹어 갔다.

"허허. 그리 잘되진 않을 것이오. 그래 봬도 붕마왕의 환염(晥炎)에 미후왕(獼猴王, 손오공과는 다른 존재)의 통풍(通風)을 섞은 것이니."

대주교는 조금 지쳤던지, 자신을 돕던 주교에게 기대어 숨을 고르고 있었다. 동주칠마왕과의 채널링이 끊어진 상태에서 힘을 억지로 격발하다 보니 반작용이 돌아온 것이다.

그래도 고생한 만큼 효과가 있었던지, 칼라투스는 마법으로 해결이 되지 않자 이번에는 스테이지 곳곳에다 몸을 마구잡이로 부딪쳤다.

절벽이 충격과 함께 와르르 무너지고, 신전이 산사태에 완전히 뭉개졌다. 브레스도 곳곳으로 뿜어지며 대기를 뜨겁게 달궜다. 산이 쓰러졌다. 짙은 고랑이 지면 곳곳에 남았다.

가뜩이나 미궁의 붕괴와 함께 망가지다시피 한 스테이지였기에. 칼라투스의 광란은 더 큰 파괴만을 불러올 뿐이었다.

그러다.

쿵!

쿠르르—

칼라투스가 힘이 잔뜩 빠진 채 균형을 잃고 지면에 처박혀 굴렀다.

덩치가 덩치이다 보니 산자락 두어 개가 부서지고 난 뒤에야 겨우 멈췄고, 불길은 더욱 거세지면서 어느새 하늘까지 닿을 정도로 높게 치솟았다.

쿠륵, 쿠르륵!

그리고.

"용이, 쓰러졌어……?"

"지금이라면……!"

"가자!"

플레이어들은 마지막 경련을 일으키는 칼라투스를 보면서 지금이 기회라고 생각했다.

보상은 공헌도에 따른 차등 지급. 칼라투스의 힘이 빠지고 있는 지금이 아니면 언제 공헌도를 쌓을 수 있을까.

"와아아아!"

"놈을 죽여라! 잡아!"

플레이어들이 일제히 칼라투스의 명줄을 끊기 위해 달리기 시작했다. 저마다 자랑하는 시그니처 스킬을 발동시키니, 화려한 이펙트로 스테이지가 요란하게 반짝일 정도였다.

『크하하! 저놈은, 내 것이다!』

『무슨 소리! 나다!』

『비켜라! 용왕의 심장은 내가 취할 것이다!』

인파의 가장 선두에 있는 건, 그린 드래곤의 세 수장들이었다.

할, 이수, 바하라탄. 이미 미궁 내에서 식탐황제와의 충돌로 몸이 거의 망가지다시피 한 그들이었지만.

오염되었다고 해도, 마지막 용왕의 혈청이라면 회복은 물론, 그토록 간절히 바라던 용종 각성까지 완성시킬 수 있지 않을까 하는 기대감 때문이었다.

그때, 와이번의 형태를 띤 이수가 하나 남은 날개를 연거푸 퍼덕이면서 앞으로 치고 나갔다.

『캬하하! 이건 내가 먼저 먹겠……!』

하지만 이수의 말은 도중에 끊기고 말았다. 불길 속으로 뛰어들며 칼라투스의 남은 머리를 씹으려는 순간, 갑자기 밑에서 다른 손길이 불쑥 튀어나오더니 그대로 그를 양옆으로 찢어 버린 것이다.

촤아악!

"내 고기다! 내 고기에 손대지 마!"

여태 칼라투스에 달라붙어 고기를 뜯어 먹고 있던 식탐 황제가 짐승처럼 으르렁거렸다. 온통 화상을 입어 흉측한 몰골을 하고 있는데도 불구하고, 두 눈에 맺힌 보라색 안광이 사위를 압도하고 있었다.

『이수!』

『네놈이, 감히 내 형제를!』

할과 바하라탄은 너무나 처참하게 죽어 가는 형제를 보면서 울부짖었다.

아무리 틈만 나면 신경전을 벌이긴 했다지만. 그래도 그들은 어머니 여름여왕으로부터 같은 피를 물려받은 형제라는 자긍심으로 살았던 존재들이었다. 형제의 이런 허망한 죽음은 절대 바라지 않았다.

그러나.

아주 잠깐의 방심이 또 다른 죽음을 불러왔다. 분명히 다 죽어 간다고 생각했던 칼라투스가 별안간 머리를 위로 팅기더니, 단숨에 할을 낚아챈 것이다.

『안……!』

그것이 할의 마지막 유언이었다.

콰직!

콰드득, 콰득—

칼라투스는 마치 개껌을 씹어 삼키는 개처럼 입에 물고 있던 할을 질겅질겅 씹다가 그대로 집어삼켰다. 녀석이 쏟아 낸 핏물이 목울대를 타고 넘어갔다. 혈청을 어느 정도 회복한 덕분인지, 칼라투스의 눈가에 초점이 되돌아왔다.

크오오오—

칼라투스는 다 부서진 몸으로, 불길을 칭칭 감은 채 다시 한번 더 기력을 되찾아 길게 포효를 내질렀다.

['타락한 용왕, 칼라투스'의 마기를 모두 제거하는 데 성공했습니다. 숨겨진 신력이 발현됩니다.]

[주의! 2차 페이즈가 시작됩니다.]

드래곤 피어가 파문처럼 퍼져 나가면서. 이쪽으로 달려오던 모든 플레이어들의 얼굴을 단숨에 새파랗게 질리게 만들었다.

이전보다 훨씬 무거운 프레셔가 스테이지를 짓눌렀다. 마치 중력이 몇 배로 가중된 듯, 가까이 있던 플레이어들 백여 명이 삽시간에 피떡이 되어 터져 나갔다.

고열로 잔뜩 달아오른 광풍도 몇 차례나 불면서 지면을 다시 한번 더 뒤집고, 플레이어들을 한꺼번에 날리고 말았다.

『말도…… 안 되…… 는……!』

바하라탄도 날개와 다리, 꼬리 등이 터지면서 지면에 그대로 처박혔다.

두려움에 찬 눈빛이 거대한 그림자를 일으키면서 이쪽을 내려다보고 있는 칼라투스에 단단히 고정되었다. 절대 거스를 수 없는 포식자를 만난 듯한, 아니, 그보다 훨씬 상위에 있는 개체를 맞이해 잔뜩 겁을 먹은 듯한 모습이었다.

그제야 바하라탄은 제 주제를 파악할 수 있었다. 아룡인 그는, 애당초 용왕을 넘볼 수가 없었던 것이다. 그러려고 시도했던 것 자체가 잘못된 일이었다.

이윽고 칼라투스의 아가리가 바하라탄의 혈청도 흡수하기 위해서 내려왔다. 그림자가 잔뜩 지면서 바하라탄을 가렸다.

그때였다.
마치 또 다른 태양이 갑자기 생겨난 것처럼 하늘이 환해지고.
거대한 불기둥이 떨어진 것은.

화아아—
촤아아악!
칼라투스가 바하라탄의 목덜미를 물어뜯으려다 말고, 황급히 고개를 위로 들며 날개로 홰를 쳐 몸뚱이를 물리고자 했다.
하지만 불의 기둥은 바하라탄을 단숨에 갈라 잿더미로 만드는 것으로도 모자라, 순식간에 방향을 바꾸면서 칼라투스의 '결'을 확 가르고 지나갔다.
크아아—
칼라투스의 결은 기어 다니는 혼돈과 이어지는 채널링. 그것이 모조리 끊어지자, 갑자기 주인을 잃은 신력이 폭주하면서 칼라투스의 발작을 일으켰고.

여기에 불의 기둥, 비그리드에 담긴 전승인 '화룡 살해'는 화룡을 베었던 영웅 란슬롯의 무용담에 따라, 칼라투스의 몸뚱이를 확 긋고 지나갔다.

사선으로.

푸화악!

갈라진 몸뚱이를 따라 호수를 이룰 수 있을 정도로 많은 핏물이 잔뜩 쏟아지다가, 고열과 함께 증발해 사라지고.

크우우우—

칼라투스는 '존재가 사라진다'는 고통에 더 크게 울부짖었다.

"⋯⋯!"

"⋯⋯!"

드래곤 피어와 프레셔에 묶여 그 광경을 멍청하게 지켜봐야만 했던 이들은. 전부 충격에 잠겨 어떻게 말을 이어나갈 수가 없었다.

그들의 눈에는 한순간 태양이 섬광처럼 번뜩이면서 칼라투스를 가르고 지나간 것처럼 보였으니.

그리고. 그 태양이 다시 한번 더 방향을 꺾으면서, 이번엔 자신들에게로 다가온다는 것을 깨달았을 때에는.

이미 모든 것이 늦은 뒤였다.

피하라고 소리를 지르거나, 스킬을 발동할 새도 없었다.

소리를 지르기도 전에 어마어마한 고열에 전신이 타 사라졌고, 이어지는 불의 해일은 그나마 남아 있던 이들까지 깡그리 쓸어버렸으니.

콰르르릉, 콰르, 콰르르—

쿠쿠쿠쿠—

정말 모든 것이 쓸려나갔다.

스테이지에 남아 있는 것을 전부 지워 버리겠다는 듯.

사자 연맹의 용병과 마법사, 트리톤 등의 잔여 세력은 물론. 혈국, 엘로힘, 화이트 드래곤, 그린 드래곤, 블랙 드래곤, 마군, 미궁의 소식을 듣고 온 여러 랭커 및 클랜들까지. 적아를 가리지 않고 많은 것들이 사라졌다.

'번쩍' 하는 순간에.

문제는 그것이 한 번이 아니라는 점이었다.

불의 기둥은 몇 번씩이나 스테이지를 갈라놓았다.

그리고 그럴 때마다 뒤이어 나타난 화염 폭풍은 그 무엇도 남겨 두지 않겠다는 것처럼 나머지를 휩쓸어 갔다. 다시 위로 튀어 오른 불씨들은 뇌기로 서로 연결되면서 불벼락까지 연거푸 지면에다 때렸다.

쿠르르르, 쿠르르—

그것은 재앙이었다. 스테이지를 집어삼키는 재앙.

아무리 아홉 왕이라 해도, 거기서 완전히 벗어날 수는 없었다. 그들 전부 칼라투스를 상대하느라 상당한 힘을 소진했던 상태. 거기다 용의 저주는 여전히 작동 중이라 피해에서 절대 자유로울 수가 없었다.

왈츠는 모든 원영신들이 파괴되면서 깊은 내상을 입었고, 탐은 오른팔이 잘려 나갔다. 대주교는 억지로 다시 동주칠마왕의 힘을 사용하다 마력이 역류하면서 고꾸라졌으며, 마그누스는 수하들을 지키려다가 되레 빈사 상태에 빠지고 말았다.

촤촤촤촤—

그렇게 영원히 이어질 것 같던 지옥의 불길이 끝난 뒤에는.

"영역 선포."

어디선가 나지막하게 울린 목소리와 함께, 칠흑 같은 어둠이 내려앉았다.

[용의 권역, '비나'가 선포되었습니다.]

화아아—

여전히 불씨가 가득한 세상이 갑자기 반전되면서 암전(暗轉)이 찾아왔다.

열기가 채 식지도 않은 대지 위로 그림자가 퍼져 나가고, 그 위로 영괴들이 하나둘씩 모습을 드러냈다.

키키킥, 키킥!

영괴들은 하나같이 기괴한 웃음을 흘려 대면서 곳곳으로 뻗쳐 나가 겨우겨우 목숨을 부지하고 있던 플레이어들을 급습했다. 도처에 맛난 영혼들이 가득했다. 간만에 배를 채울 수 있는 기회를 놓치지 않고자 포식을 시작했다. 아주 탐욕스럽고, 게걸스럽게.

스테이지는 삽시간에 온통 플레이어들이 내지르는 비명과 절규로 가득 찼다.

"아아아악! 살려줘!"

"으아악! 으아아아악!"

"독식자! 독식자, 왜 이러는…… 크억!"

특히 상황을 미처 제대로 파악하지 못해 연우를 여전히 아군으로 생각하던 혈국의 플레이어들은. 연이은 배신 때문에 더더욱 고통스럽게 죽음의 늪으로 빠져들어야만 했다.

"카이이이인!"

그리고 그런 시옥노 사이에서.

어느새 칼라투스로부터 헤쳐 나온 식탐황제가 번쩍 고개를 들었다. 화상으로 온통 흉측하게 일그러진 그의 얼굴에는 이제 허기와 갈증 대신에, 분노와 원한만이 가득했다.

"어째서냐, 어째서어어!"

이성이 어느 정도 돌아왔는지, 식탐황제는 왜 이딴 짓을 저질렀는지에 대해 격렬하게 울부짖었다. 그동안 연우를 호의로 대했던 그로서는 도무지 지금과 같은 상황이 이해가 가지 않았다.

분명 그들이 나눴던 계획은 적들을 향하는 것이었을 텐데. 어째서 자신들까지 배반한단 말인가!

"어째서냐고?"

연우는 하늘에서 그런 녀석을 내려다보면서 차갑게 웃었다.

"지금부터 가르쳐 주지."

하늘 날개를 펼친 그대로 급강하했다. 불의 파도가 다시 한번 더 터지며 식탐황제를 뒤덮었다.

콰르르르—

〈다음 권에 계속〉

DREAMBOOKS